Aspi Deth

Les Velázquez

Tome 1

Titre de l'édition originale :
Les Velázquez

Ce premier tome reprend les quatre premiers épisodes de la saga numérique du même nom :

1. Une envie de tequila
2. Jouer avec le feu
3. Les liens du sang
4. Bienvenue dans la famille

ISBN : 978-2-9601359-9-2

A Pierre,
mon consigliere,
ma moitié.

« La famille, c'est tout ce qui compte. ».

Les Velázquez.

Bonne lecture.

Partie 1 :

Une envie de tequila.

Chapitre numéro un :

Pas certain que l'église approuverait.

Le soleil brillait de mille feux sur Bruxelles en cette magnifique journée d'avril. Cependant, le vent glacial, qui soufflait férocement sur la capitale belge, laissait désertes les terrasses des restaurants et cafés, n'obtenant pas un grand succès.

Dans quelques semaines, la vie citadine reprendrait ses pleines activités pour le plus grand bonheur des commerçants. En attendant, les étudiants de sortie dans les rues marchandes, profitaient de leurs vacances froides et ensoleillées.

Marie n'aimait ni la foule ni les endroits exigus où elle était obligée de se frotter à un passant en sueur pour espérer sauver sa peau. Respirer le parfum des dessous-bras du premier inconnu qui passait ne faisait pas partie de ses activités favorites. Selon la jeune femme, un des droits fondamentaux de l'homme devait être de pouvoir circuler comme bon lui semblait, y compris et surtout dans les centres commerciaux.

Elle considérait comme inacceptable de ne pas pouvoir se balader sans être constamment bousculée par une foule hystérique d'accros du shopping.

Pour elle, il était hors de question de devoir batailler pour s'approcher des vitrines en se frayant un passage entre les couples entre-langués, les familles nombreuses recomposées qui formaient des familles encore plus nombreuses et les omniprésentes poussettes dirigées telles des chars d'assaut par des mères surprotectrices. Et moins encore de rebrousser chemin face à une horde enragée de victimes de la mode postées en une première ligne indestructible de soldats déterminés à être les seuls à profiter des articles de ce magasin.

Aujourd'hui, la jeune femme était d'excellente humeur et pourtant, nous étions samedi. Elle adorait le samedi car, malgré une foule impressionnante présente dans les rues commerçantes, il s'agissait d'un jour uniquement consacré à sa relation fusionnelle avec ses deux meilleures amies, Jessica et Séverine.

En plus de leurs interminables discussions pseudo-philosophiques, elles en profitaient pour se raconter leurs misères et les derniers potins, indispensables pour atteindre la quantité de ragots essentiels à la survie de tout être humain de sexe féminin.

Le shopping, c'était avant tout un prétexte. Celui qui vous permet de laisser votre chéri à la maison. « Oui, mon cœur, on va encore faire les magasins. Ca va prendre des heures... Mais tu es le bienvenu si tu veux ». Un grand sourire plein de sarcasmes accompagnant l'offre.

Depuis toujours, les trois amies étaient inséparables, une version moderne des trois mousquetaires, avec des nichons et en plus jeunes, mais malheureusement, sans capes ni épées. Cela faisait près de vingt ans qu'elles s'étaient rencontrées sur les tapis de jeux parsemés de cubes multicolores de l'école maternelle et ne s'étaient plus quittées depuis.

Ce jour était d'autant plus spécial qu'il s'agissait d'une journée entre filles. Pas de mec pour venir leur casser les pieds et râler à tout-va. Aucun homme pour tenter de les convaincre d'acheter le jeans slim en promotion alors que le modèle « troué » au double du prix est celui qui leur irait comme un gant. Pas d'être humain au service trois pièces auquel il faudrait accorder plus d'une demi-heure d'explications sur la différence entre l'effet provoqué par une jupe noire mi-longue et une écossaise. Que du bonheur ! Du shopping, un gigantesque menu ultra-calorique du fast-food du coin, un ou deux cocktails bien frais selon l'avancée des confidences, des cigarettes à volonté et des potins bien croustillants : la recette infaillible du pied total !

Les jeunes femmes s'étaient donné rendez-vous dans leur cafétéria attitrée du samedi matin, le « Darling », et c'était devant un café noir bien serré et une savoureuse cigarette qu'elles commencèrent leur journée shopping et potins.

Jessica entama la conversation sur un ton très peste en tendant à Marie un magazine people : « Regarde-ça. ». Marie jeta un rapide coup d'œil sur la couverture du magazine et reconnut immédiatement Tony, son ex. Ce gros titre annonçait le mariage de l'acteur. Voyant sa réaction, Jessica s'exclama, énervée et contrariée :

- Ce n'est qu'un minable acteur de second rôle dans un feuilleton débile ! Pas de quoi en faire toute une histoire…
- Je suis passée à autre chose depuis bien longtemps ! tenta tant bien que mal de se défendre Marie.
- Alors c'est quoi le problème ? l'interrogea Jess, perplexe.

Marie touilla à plusieurs reprises dans sa tasse de café déjà à moitié vide à l'aide d'une petite cuillère argentée au bout arrondi qu'elle trouva peu pratique avant d'avouer à ses amies d'un air dépité, peu fière d'elle-même :

- J'ai l'impression qu'il fait tout pour me rappeler que je ne suis qu'une grosse paumée.
- Arrête de dire des conneries, rétorqua Séverine en posant une main sur l'avant-bras de sa meilleure amie, compréhensive, ne voulant pas davantage l'accabler.

Mais c'était sans compter sur Jessica qui l'interrompit sur un ton accusateur :

- Mon œil ! C'est tout à fait vrai ! En six mois, il n'a pas perdu de temps ! Il s'est trouvé une pouffe mannequin, ex miss Belgique, et sera bientôt marié alors, c'est à toi de bouger ton cul si tu ne veux pas finir vieille fille.

Jessica était un véritable garçon manqué, bagarreuse, pas langue de bois pour un sou et Marie répondit à son amie sur un ton ironique, en lui adressant un faux sourire :

- Merci, c'était rafraîchissant.
- De rien, enchaîna Jess affichant un rictus spontané et moqueur.

Marie s'interrogea un instant. Après tout, elle avait peut-être bien besoin de quelque chose de rafraîchissant dans sa vie.

Elle avait besoin d'un électrochoc.

Quelques heures plus tard, la partie shopping de la journée se terminait enfin et, après avoir dépensé plus de deux cents euros, le trio sortit de son magasin de vêtements préféré, les mains pleines de sacs. Les trois compères se dirigèrent ensuite vers le fast-food voisin pour y dévorer un de leurs délicieux menus de plus de trois mille calories.

En pleine discussion au sujet de la nouvelle coupe de cheveux de Nadia, la nouvelle petite amie d'un des nombreux frères de Jessica, les jeunes femmes avancèrent en une rangée bien droite sur le trottoir, percutant à plusieurs reprises d'autres promeneurs qu'elles jugèrent encombrants. C'était à leur tour de faire chier le monde.

Toujours en pleine discussion avec ses amies, Marie se sentit brusquement attirée par quelque chose de l'autre côté de la rue marchande. Comme malgré elle, elle jeta un coup d'œil sur le trottoir opposé et croisa le regard d'un des passants.

Ce regard les figea et ils s'immobilisèrent sur-le-champ, se fixant intensément. Hiératiques, comme statufiés, ils ne pensèrent plus à rien hormis à l'inconnu qu'ils étaient en train de dévisager. Pendant ce temps, continuant leur passionnante discussion, imperturbables, Jessica et Séverine avaient continué leur route sans s'apercevoir de la disparition du troisième membre de leur trio explosif, resté derrière elles.

Le temps semblait avoir perdu son emprise sur les deux jeunes gens et Marie supposa que cela faisait déjà un long moment qu'ils se dévisageaient, inébranlables. Etonnamment, elle n'était pas gênée par cette situation toute particulière. Il ne semblait pas l'être non plus. Les secondes passaient sans que Marie ne parvienne à détourner son regard de l'inconnu aux airs de séduisant mexicain fraîchement sorti de prison, qui semblait légèrement plus vieux qu'elle de quelques années. Sournoisement, un puissant frisson lui parcourut l'échine la faisant frémir à un tel point que, si elle avait été dans l'obligation vitale de parler, les mots seraient restés coincés dans sa gorge tant elle était troublée.
Brusquement, son cœur s'affola, battant aussi vite que possible dans sa cage thoracique. Son corps lui sembla soudain si faible qu'elle crut tomber, mais elle ne fit que vaciller dangereusement à plusieurs reprises avant de retrouver un équilibre plus ou moins stable. De l'autre côté de la rue, le bel inconnu subissait les mêmes effets et malgré son corps robuste, sa résistance et sa force semblèrent se dérober, lui donnant l'étrange sentiment de pouvoir être balayé et flanqué au sol par un souffle de vent. Il aurait voulu prendre appui sur le banc public qui se trouvait à moins d'un mètre sur sa gauche, mais il n'y parvenait pas tant le charme foudroyant de la superbe brune le pétrifiait. L'atmosphère devenait pesante et, malgré le vent froid d'avril, ils semblaient être en ébullition. A cet instant, les deux inconnus ne percevaient plus le moindre son provenant des voitures et des passants, mais uniquement les battements de leurs cœurs affolés.

Marie sursauta, réalisant que Jessica venait de poser sa main sur son épaule, la priant de les suivre tandis que Séverine la tirait par le bras en direction du fast-food. Une seconde plus tard, la jolie brune jeta un coup d'œil rapide vers le bel hispanique dans l'espoir de l'admirer une dernière fois, mais celui-ci avait disparu dans la foule.

Avait-elle imaginé ce qu'il venait de se passer ? Venait-elle de rêver éveillée ? Venait-elle d'inventer la présence d'un séduisant inconnu de l'autre côté de la rue ? Impossible, elle l'avait senti. Il existait et s'était trouvé quelques secondes plus tôt sur le trottoir opposé de cette rue marchande. Soudain, Jessica l'interrogea, assassine :

- Alors, comme ça, tu veux nous fausser compagnie ?

Marie, qui commençait seulement à reprendre ses esprits, retrouva le plein usage de son corps et de la parole et feignit un large sourire avant de se demander à haute voix :

- Qu'est-ce qu'il y avait dans mon café ?

***

Aux environs de 15h30, Jessica avait abandonné ses copines qui terminèrent cette journée devant plusieurs cocktails particulièrement alcoolisés. Voyant son amie pensive, Séverine demanda, curieuse :

- Bon, quand comptes-tu te remettre en selle ?
- De quoi parles-tu ?
- D'hommes, de mâles, … Tu te souviens ? La race avec laquelle on est sensé se reproduire.
  Marie éclata de rire.
- Je suis certaine qu'il y a un tas de petits gars qui ne demanderaient qu'un signe de ta part pour te faire ta fête, renchérit son amie.
- Je ne veux pas d'un mec pour tuer le temps. D'ailleurs, je ne veux pas de mec du tout. Je ne veux pas non plus d'un coup d'un soir. Depuis ma rupture avec Tony, je pense être prête à me lancer dans une relation sérieuse. En attendant, je t'avoue que j'ai pris le pli. Je n'ai pas à me maquiller tous les jours ou à faire attention à mon

16

look. Je peux fumer dans ma chambre et mettre un film en boucle si je le veux. Je n'ai en aucun cas besoin d'un homme dans ma vie pour le moment. Je suis très bien comme ça. Ca me convient parfaitement. Tout va pour le mieux.

- Arrête ou je vais croire que tu essaies de te convaincre.

Le visage de Marie se fendit d'un somptueux sourire lorsque Séverine, qui jouait avec ses longues boucles dorées, enchaîna d'une voix calme et posée :

- Et si l'homme que tu attends était moche ?

Célibataire, la blonde avait rompu avec un dénommé Sylvain après sept mois de relation chaotique et avouait avoir quelque peu perdu confiance en l'amour.

- T'es saoûle ! s'écria Marie en riant à tue-tête. Ne dis pas de conneries. Il ne peut pas être moche ! Tu as déjà vu un prince charmant laid comme un pou ? Ca n'existe pas…
- C'est sûrement mon cocktail, supposa la blonde.
- Oui, comment ils appellent ça déjà ? plaisanta Marie.
- La psychose sombre…
- Ouh… Ca explique tout…, la taquina la jolie brune en gloussant bruyamment.
- Et le tien ? demanda Séverine, curieuse.
- Le sang chaud. Drôle de nom, mais super goût !
- Au fait, tu es au courant que Carine va se marier ?
- Tu rigoles…
- Non, Marc lui a fait sa demande il y a quelques jours au restaurant chinois.
- C'est d'un ringard !
- Il lui avait glissé une bague dans son verre de champagne et encore un peu, elle s'étranglait avec.
- Tu veux dire qu'elle l'aurait avalée tout rond, se moqua la brune. N'oublie pas qu'à l'école, en quatrième, on l'appelait déjà gorge profonde.

La blonde ne put retenir un rire taquin tandis que Marie continuait :

- Enfin, c'est déjà mieux que sa sœur.
- Ingrid ? Pourquoi ?
- Elle m'avait expliqué que son mari lui avait demandé de l'épouser pendant qu'il la sautait à l'arrière de sa vieille caisse pourrie. Ca craint !
- Je te jure, les mecs de nos jours, même plus capables de faire preuve d'un minimum d'originalité.
- Et tu voudrais que je cherche à me caser ? Non merci ! conclut Marie, plus que ravie de son statut de célibataire. Bon, j'y vais.
- Oui, c'est ça. Juste au moment où on commençait à s'amuser. Tu m'abandonnes ici seule et sans défense…
- Je ne m'en fais pas pour toi. Je sais que tu joues très bien les demoiselles en détresse, lui lança-t-elle amicalement, en quittant les lieux.

Le temps avait brutalement changé. Le vent qui vocalisait plus tôt dans la journée, s'était mis à rugir violemment, poussant la jeune femme, sacs plein d'achats aux poings, à marcher d'un pas rapide pour rentrer au plus vite se réfugier dans le nid douillet qu'était son petit appartement. Soudain, la jeune femme se figea. De l'autre côté de la rue se trouvait le bel inconnu aux airs d'hidalgo, croisé plus tôt dans la journée.

Elle hésita un moment entre faire demi-tour et continuer à avancer, mais alors qu'elle s'apprêtait à reprendre sa marche, elle s'aperçut que le jeune homme regardait dans sa direction. La brune fit volte-face, mimant de scruter avec attention la vitrine du magasin devant laquelle elle se trouvait. Elle se redressa fièrement de toute sa hauteur et avisa son reflet dans ladite vitrine avant de se pétrifier. L'inconnu semblait l'avoir, lui aussi, reconnue et alla à sa rencontre, traversant la rue sans même prêter attention au trafic.

Marie se crispa, serrant davantage les poings autour des poignées de ses sacs. Peut-être voulait-il simplement aller faire quelques achats dans ce magasin, tenta-t-elle de se convaincre. Cependant, lorsqu'elle leva les yeux pour savoir devant quel commerce elle semblait s'extasier, elle découvrit avec horreur qu'il s'agissait d'une boutique de sous-vêtements coquins et de sex-toys en tous genres. Vu le peu de distance qui les séparait à présent, il lui était impossible de mettre en pratique la marche du crabe dont elle avait le secret, jusqu'au magasin suivant. Elle était condamnée à attendre que l'inconnu vienne faire sa connaissance devant un sex-shop comme la plus pitoyable des célibataires en manque cruel de sexe et cherchant désespérément tout objet vibrant pouvant lui procurer un tant soit peu de plaisir solitaire. Cette simple pensée la fit, plus que jamais, rougir de honte.

A présent au bord de la liquéfaction, il ne restait plus à la jeune femme qu'à espérer qu'il glisse sur une des redoutables bouches d'égouts de la capitale ou prier pour qu'une voiture le heurte de plein fouet, histoire de jouer les docteurs Queen, en plus jeune et plus sexy, lui faisant oublier ce maudit sex-shop.
« Sex-shop ».
A lui seul, ce mot était une torture insoutenable qui lui noua le ventre et accentua encore la douleur dans sa poitrine. Elle tenta de retrouver son calme. Après tout, elle s'inquiétait peut-être pour rien. Le jeune homme pouvait, tout simplement, être un gigolo ou un strip-teaseur. Cependant, elle avait du mal à l'imaginer avec une chemise à paillettes, dansant le cul à l'air devant une horde de cinquantenaires ménopausées, surexcitées à l'idée de pouvoir toucher la marchandise. Elle devait avouer qu'il avait l'air d'un être humain de sexe masculin tout ce qui se faisait de plus normal… Mais, elle savait que c'était tout bonnement impossible ! Ca n'existait plus depuis longtemps cette race-là. Marie croyait se souvenir que le dernier représentant de la race des mecs normaux était mort en 1958 ou

dans ces années-là. Depuis, il n'y avait plus que des lavettes sur cette putain de planète.

Une autre explication pouvait être envisagée. L'inconnu était peut-être un de ces nouveaux représentants séduisants du clergé en permission pour le week-end comme ceux qu'on peut voir à la télé sur les chaînes musicales. Eh oui, même les prêtres devenaient des pop stars sexy. Peut-être était-ce une tactique marketing pour attirer plus de minettes à l'église ? Après tout, les prêtres aussi étaient célibataires et ils allaient peut-être dans les sex-shops. Difficile à croire… Après les enfants, les sex-shops, ce n'est pas certain que l'église approuverait.

Marie soupira et battit des paupières, obligée de se rendre à l'évidence : « Faut pas rêver, ma pauvre fille. Il va arriver en un seul morceau et sans encombre jusqu'à toi, la célibataire en manque de sexe. Et pour ne rien arranger, à tous les coups, il n'est ni gigolo, ni strip-teaseur et encore moins prêtre. ».

Elle pouvait toujours essayer de prendre sa tête de grande méchante, ça le dissuaderait peut-être. Parfois, ça fonctionnait.

Le latino en était convaincu. Son corps élancé, sa chevelure lisse et soyeuse d'un châtain flamboyant qui lui tombait dans le creux des reins, aucun doute, il s'agissait bien de la jeune femme qu'il avait croisée en fin de matinée et avec laquelle il y avait immédiatement eu une alchimie inexplicable, qu'il avait renoncé à comprendre, préférant profiter de la magie et du mystère du phénomène.

Il n'était plus qu'à quelques petits mètres de la resplendissante brune qui l'avait envoûté, ensorcelé, lorsqu'il reconnut le sifflement strident lancé par l'ami qu'il avait prévu de rejoindre. L'inconnu se tourna dans sa direction pour l'informer de l'attendre quelques minutes. Mais, à son grand étonnement, lorsqu'il se remit en route vers la jeune femme, il réalisa que celle-ci avait disparu. Avait-il rêvé ? L'avait-il confondue avec une autre charmante brune ? Etait-elle réelle ?

Perdait-il la raison ? Il se frotta énergiquement les paupières avant de murmurer :

- Oh, Rico, tu perds la boule.

Le latino alla ensuite rejoindre, en traînant les pieds, son ami qui l'interrogea, surpris :

- Tu vas faire tes courses dans les sex-shops, maintenant ?
- Tu n'as pas vu la jeune femme qui se trouvait devant cette vitrine ? Une brune d'environ un mètre septante ? précisa-t-il, troublé.
- T'as fumé ou quoi ? Il n'y avait personne devant cette boutique hormis toi. Tu es sûr que ça va ?
- Ca va. J'ai juste cru voir quelqu'un… Bon, allez, on y va.

Le latino s'éloigna, à contrecœur, aux côtés de son ami. Il aurait tant voulu avoir l'occasion de la saluer, de s'approcher d'elle, d'admirer sa beauté, de sentir son parfum et d'entendre pour la première fois le son de sa voix. Il aurait tant aimé faire sa connaissance.

Quelques secondes avaient suffi. Marie en avait profité pour filer à grandes enjambées et disparaître. Heureuse de ne pas s'être trop mal sortie de cette histoire qui promettait d'être calamiteuse et d'entacher encore davantage sa réputation en plein déclin. La Bruxelloise mit les effets quelque peu intriguant de sa rencontre peu banale avec le jeune et séduisant inconnu sur le compte du surmenage et de sa soirée trop arrosée de la veille. L'alcool avait dû, tout simplement, prendre plus de temps à être assimilé par son organisme que d'ordinaire. C'était la seule explication logique pour justifier sa vision et surtout les sensations qu'elle avait ressenties et les sentiments qu'elle avait éprouvés pour cet énigmatique latino, sentiments que quiconque aurait aisément assimilé à un électrochoc.

Chapitre numéro deux :

Tu me suis ?

Plusieurs jours s'étaient écoulés et Marie était à nouveau plongée dans son quotidien hypnotisant. La jeune femme fut réveillée dès six heures par les rayons du soleil qui se déversaient sur son visage. Elle bâilla et s'étira longuement. Aveuglée par la lumière éclatante, elle chercha son réveil à tâtons, le désactiva, sachant qu'il n'allait pas tarder à émettre des petits bruits stridents. Elle finit par jeter un coup d'œil rapide au calendrier en papier disposé sur sa table de nuit. Elle discerna la case du jour, celle du vendredi. Elle grogna et glissa la tête sous l'oreiller avant de se rendormir.

Plus d'une heure s'était envolée lorsque la brune se leva enfin. Elle prit une douche vivifiante, dégusta un café noir et partit travailler.

A son retour dans son appartement, en milieu d'après-midi, la jolie brune se pelotonna dans le grand fauteuil qui trônait au milieu du salon, repliant sur elle ses longues jambes fines. Elle tenait à ne rater aucun épisode de sa série policière préférée. Les meurtres, le sang, les uniformes… Marie aurait souhaité devenir un des membres de ces équipes de séduisants experts travaillant sous les tropiques. Recueillir des indices sur les scènes de crime, interroger des suspects bronzés, arrêter des méchants sous les cocotiers. Lutter contre le crime, cela aurait été parfait pour la jeune femme, mais ses talents étaient loin d'être indéniables dans ce domaine. Elle aurait fait une piètre enquêtrice, à n'en pas douter. Discerner le vrai du faux, ce n'était pas son fort. Son ex, Tony, lui avait menti et l'avait trompée pendant des mois sans qu'elle ne se soit doutée de rien. Un aveuglement pareil chez elle, ça devait être génétique… Par exemple, dans l'épisode qu'elle était en train de regarder, elle pensait avoir déjà démasqué le meurtrier, l'avocat de la famille, qui aurait tué avec le chandelier, dans la cage d'escaliers. Le mobile ? « Le fric, c'est toujours le fric ! » hurla-t-elle avec férocité à son téléviseur. Mais, à son grand désarroi, elle avait tort. Il s'agissait du bel employé de la victime, chargé de nettoyer le filtre de la piscine. L'arme du crime ? Evident. L'employé en question avait prélevé le venin d'un serpent vénéneux avant de l'assimiler par intraveineuse à son patron. La raison qui l'avait poussé à agir de la sorte était que, quelques semaines plus tôt, le meurtrier avait découvert que son employeur richissime était son père biologique et pour se venger du fait que celui-ci l'ait renié, il avait décidé de lui faire mordre la poussière. C'était terrible, même les séries télévisées commençaient à s'en prendre à elle, lui jetant en pleine figure sa crédulité et sa stupidité. Confondre l'avocat et l'homme à tout faire… Elle était nulle.

Soudain, la sonnerie stridente du téléphone retentit dans la pièce, la faisant sursauter.
- Allo ! s'écria-t-elle en saisissant le combiné d'un ton peu amène.
- Mademoiselle Chevalier ? l'interrogea l'interlocutrice.
- Oui, c'est moi-même. Qui êtes-vous ?
La dame à l'autre bout du fil prit une bruyante inspiration avant de lui annoncer solennellement :

- Je travaille à l'hôpital Erasme, je vous appelle car deux de vos amies ont eu un accident de voiture, aujourd'hui et m'ont chargée de vous contacter.

Marie laissa échapper un cri de terreur.

- Comment vont-elles ? Est-ce grave ? lui demanda-t-elle, paniquée.
- Elles ne vont subir aucune chirurgie, mais nous préférons les garder en observation jusqu'à demain par mesure de précaution. Elles m'ont donc chargée de vous faire savoir qu'elles se trouvaient, toutes les deux, dans la chambre sept cents trente-six.
- Merci beaucoup. J'arrive tout de suite.

Un soupir de soulagement échappa au troisième membre du trio tandis qu'elle reposait le combiné et jetait un coup d'œil à l'horloge. Elle allait se mettre immédiatement en route pour passer le plus de temps possible avec ses amies.

La journée promettait d'être encore longue.

***

Marie avait préféré prendre un taxi pour ne pas perdre de temps à attendre le bus. De ce fait, il ne lui fallut que très peu de temps pour arriver à l'hôpital. Dès l'instant où le chauffeur commença à ralentir aux abords de l'entrée principale, la jeune femme lui lança un billet en l'informant qu'il pouvait garder la monnaie et sauta du taxi avec une technique loin d'être maitrisée. Une fois à l'intérieur du bâtiment, elle se précipita vers les ascenseurs, faisant bruyamment claquer ses hauts talons et balançant de gauche à droite son grand sac à main. Ses cheveux virevoltaient à tout-va et elle croisa le regard de plusieurs membres du personnel qui semblaient hésiter à appeler la sécurité. Cependant, Marie ne modéra aucunement son allure et, au contraire, accéléra, grisée par un mariage d'anxiété et d'impatience ainsi que par une pointe de théâtralité. Brusquement, à quelques pas d'atteindre les portes automatiques

25

en métal, elle percuta violemment une personne qui venait de faire irruption devant elle.

La collision projeta brutalement la besace de la bruxelloise au sol, éparpillant son contenu sur le marbre du hall, tandis qu'elle vacillait dangereusement avant de parvenir tant bien que mal à ne pas s'étaler de tout son long. Marie se stabilisa hâtivement et entreprit de rassembler ses affaires qu'elle replaça une à une dans son sac en grommelant des insanités avant de s'apercevoir que la personne responsable de ce désastre tentait de l'aider. Elle ronchonna, cherchant à le garder à distance respectable de ses effets personnels sans pour autant lever les yeux dans sa direction. Après son porte-feuille, son agenda, ses trois stylos, son rouge à lèvres, son paquet de mouchoirs, ses clefs, son tout nouveau parfum dont la bouteille ne s'était miraculeusement pas brisée au sol et une enveloppe remplie de bons de réductions, elle rangeait son briquet à l'intérieur de sa sacoche lorsque l'inconnu lui tendit son paquet de cigarettes et une serviette hygiénique qui avait glissé jusqu'à lui. Une serviette hygiénique, beurk ! Ah, ce n'était pas son jour et tout ça à cause d'un binoclard stupide.

Hors d'elle, Marie saisit ce qu'il avait dans les mains sans le regarder et au passage lui lâcha, glaciale :
-   Ca va ! Ca va ! N'empirez pas les choses ! Vous en avez déjà assez fait !
-   Lo siento. (Je suis désolé.)

La voix du jeune homme penaud était douce, tel un murmure caressant. Ils se redressèrent et la jeune femme leva la tête. Le silence tomba. Ils se dévisagèrent intensément et, de surprise, Marie sursauta.

Elle avait reconnu, sur-le-champ, sa carrure large et ses cheveux bruns mi-longs qui touchaient à peine ses amples épaules. Il s'agissait du splendide latino qu'elle avait croisé quelques jours plus tôt. Le jeune homme arborait, tout comme la fois précédente, des joues mal rasées qui accentuaient son charme latin. Marie fut étonnée de s'apercevoir qu'il ne mesurait qu'un mètre quatre-vingt-cinq alors qu'elle l'avait imaginé plus grand. Ce détail importait peu car elle se noyait déjà dans ses grands yeux noisette d'une incandescence singulière. Durant un long moment, il se concentra sur elle et elle sur lui. Le latino paraissait également plus que surpris par la présence de la brune dans cet hôpital au même moment que lui.

Estomaquée de réaliser qu'une fois de plus ils se trouvaient au même endroit au même moment, Marie pensa : « Minable ! Pitoyable ! Méga-minable ! Tu lui as parlé comme à un chien, pauvre fille. Tu vas finir ta vie toute seule si tu continues comme ça. ». Ils venaient de passer plusieurs secondes à se dévisager quand Rico émit un petit rire nerveux, tentant candidement de détendre l'atmosphère pesante, et un chaleureux sourire étira ses yeux. Vexée par cette attitude qu'elle perçut comme moqueuse, Marie se mit sur la défensive et décida d'entrer tout de suite en conflit avec lui en le jaugeant froidement. Elle eut beau le foudroyer du regard sans le moindre ménagement, le jeune homme ne se débina pas et plongea ses yeux brûlants dans les émeraudes scintillantes de la superbe Belge. Rico soutint son regard aussi longtemps que possible avant de renoncer, levant les sourcils, incrédule.

Il ne comprenait pas pourquoi la Bruxelloise l'assassinait de la sorte de ses prunelles cruelles.

Avait-il dit ou fait quelque chose d'impardonnable ?

Il eut le sentiment qu'elle le regardait d'une façon qu'il n'avait nullement méritée. Cependant, elle continua à le fixer, l'informant que sa rage n'allait pas s'atténuer.

Soudain, les portes de l'ascenseur s'ouvrirent et Marie, sans se soucier du jeune homme, pénétra dans l'enceinte métallique, suivie par celui-ci qui ne put s'empêcher d'admirer le galbe parfait du postérieur de la splendide inconnue qui se déplaçait tel un félin méprisant sa proie. Une fois tous deux à l'intérieur, à l'opposé l'un de l'autre, le plus éloigné possible, elle l'interrogea en baragouinant un langage insensé dans le seul

but de se faire comprendre par le beau latino, qui regardait dans le vide, l'air concentré :
- Quanto étagio ?

Elle ne parlait pas l'espagnol et faisait de son mieux pour ne pas exploser, déjà au bord de la crise de nerfs. Rico étouffa un rire silencieux en lui montrant le chiffre sept à l'aide de ses doigts.
- Inutile de te moquer de moi parce que je ne parle pas espagnol. Tu devrais déjà être content que je fasse l'effort d'essayer de me faire comprendre, lui cracha-t-elle.

Elle croisa les bras en fixant du regard les numéros des étages défiler sur l'écran digital tout en ajoutant :
- Et j'en profite pour préciser que je ne suis cliente d'aucun sex-shop et que tu ne ferais ni un bon gigolo ni un bon prêtre.

Rico la contempla, ahuri. Etudiant son visage et ses réactions bestiales, il remarqua qu'un éclat sauvage illuminait ses iris. Désarçonnée par le regard intense du latino, Marie continua :
- Tu ne comprends absolument rien à ce que je suis en train de te raconter…

Elle souffla avant de terminer en lui confiant :
- Oh, crois-moi, c'est mieux que tu ne me comprennes pas.

Le silence s'installa et le jeune homme la fixa jusqu'à ce qu'elle accepte de rencontrer son regard. Marie sembla troublée, une fois de plus, lorsqu'elle plongea à nouveau dans les iris sombres et mystérieuses du latino. Le temps semblait s'être arrêté tant l'ascenseur franchissait les différents étages avec une lenteur exagérée. Une seconde plus tard, Rico prit la parole, l'air ravi :
- Tu me suis ?

Sortant de sa rêverie, elle leva les yeux, furax.

- Oh non, mon petit père, je ne te suis pas ! C'est toi qui es étonnamment toujours sur mon chemin !

Soudain, l'étonnement se dessina sur ses traits et elle s'exclama :

- Tu… parles… français. Tu parles français !

Elle avait balbutié, ce qui l'embarrassa fortement, même si elle essaya de ne pas trop lui dévoiler son désappointement.

- Je n'ai jamais dit le contraire, s'exclama-t-il, hilare.
- Visiblement, tu as réussi ta journée en me faisant passer pour une imbécile. Bravo !

Marie ressentit une vague de douleur, faite de regrets et d'humiliation puis fut envahie par un puissant élan de colère et de furie. Elle était irritée au plus haut point et quand les portes s'ouvrirent au septième étage, elle lui lança un regard qui signifiait clairement « Tu veux mourir ? Dis-moi où et quand et je t'arrange ça. ». Sans lui laisser l'opportunité de continuer la discussion, Marie se dirigea d'une démarche animale en direction de la chambre de ses amies, les nerfs à vif, tandis que le jeune homme regardait la superbe brune s'éloigner avant de disparaître.

***

A son entrée dans la chambre, Séverine adressa un sourire de bienvenue à la brune qu'elle attendait visiblement avec une grande impatience. Marie resta figée, terrifiée de distinguer d'inquiétantes ombres violacées sur le visage chaleureux de la blonde qui, d'ordinaire, arborait une mine superbe. Séverine, percevant son angoisse, la rassura sur-le-champ :

- Ca va... Arrête de faire cette tête-là, tu m'énerves. Je suis toujours vivante et en un seul morceau.
- Et Jess ? l'interrogea le membre indemne du trio.

A cet instant, Jessica sortit des toilettes de la chambre double en lui répondant avec son sarcasme habituel :

- Elle a la chiasse, mais elle va survivre. Tu en as mis du temps.

Soulagée, Marie leur offrit un sourire ravi avant de s'empresser d'aller les enlacer chacune à leur tour.

- Tu es en retard, comme d'hab', la taquina Jessica. Si j'avais été sur mon lit de mort, tu aurais raté mes dernières volontés.
- Tu es toujours en vie. Je te signale, au passage, que j'ai fait au plus vite, râleuse, lui rétorqua-t-elle en riant.

Après de longues embrassades fraternelles, Marie s'assit à la table, les épaules affaissées, la tête dans les poings en fixant, perplexe, l'écran de télévision accolé au plafond et soupira.

- Séverine, tu regardes encore la série de Tony ? Dans quel camp es-tu ?
- Dans le tien, sans aucun doute. Team Marie en force ! se défendit l'intéressée.
- Je change de chaîne, traîtresse, décréta la visiteuse, excédée de voir son ex-compagnon à l'écran.
- N'y pense même pas ! Je ne regarde pas ce feuilleton pour Tony, mais pour Jean Bernard qui joue le personnage d'Edward, le jumeau d'Edmund.

Marie grinça des dents avant de l'interroger :

- Rassure-moi, tu plaisantes ?
- Pas du tout. Cet homme est ma seule raison de me lever le matin.
- Tu as dû recevoir un sacré coup à la tête, ma vieille, c'est plus grave qu'on le pensait. Je te rappelle que de vrais mecs existent sur cette planète, des mecs qu'il t'est possible de rencontrer.
- Je sais, mais c'est différent. Eux, ce sont des prix de consolation. Jean Bernard est bien plus beau et sexy. Il a un regard pénétrant et un accent très sexy.
- Si tu dis encore une seule fois le mot sexy, je t'assomme, la menaça Jessica.

La vie de Marie n'avait ni queue ni tête. Tout d'abord, elle était suivie par un bellâtre pour une raison qui lui était encore inconnue et ensuite, elle venait d'apprendre que sa meilleure amie et amie d'enfance était devenue accro au feuilleton débile dans lequel jouait son ancien compagnon.

Elle se tut quelques instants et observa le jeu d'acteur pitoyable de Tony avant de questionner Séverine :

- C'est une tactique pour m'énerver ou t'es complètement à côté de tes pompes en ce moment ?
- Tu dis ça parce que tu n'es pas objective, mais la série est chouette, se défendit la blonde sans quitter des yeux le petit écran.
- Ne me dis pas que Jean Bernard joue le frère de Tony ?
- Edward et Edmund sont jumeaux et il se trouve que Tony joue le rôle d'Edwardo qui est le frère adoptif des jumeaux.

Séverine lui avait répondu avec tant de passion que Marie éclata de rire avant de lancer, effarée :

- C'est ridicule. C'est juste une série pour attardés mentaux où tout le monde baise avec tout le monde. Une série dans laquelle les descendants mâles de familles pseudo-vertueuses passent leur temps à se faire surprendre le pantalon baissé et où les femmes sont soit des bourgeoises frivoles, soit des échappées d'asile maigres à souhait et suivies par des psychiatres hyper-sexy avec qui elles couchent.
- Oh, c'est bon. Fous-lui la paix, lui conseilla sèchement Jessica. Si elle veut se bousiller le cerveau, tant pis pour elle. C'est à cause de ce genre de séries caca-prout que madame va foncer dans le cul d'un semi-remorque en manquant de tuer sa meilleure amie.
- Oh, ça va, je ne l'avais pas vu, se justifia la blonde.
- C'était un semi-remorque rose ! lui répondit Jess.

Marie écarquilla les yeux en demandant confirmation :

- Rose ?

31

- Oui, rose comme le thon, confirma Jessica. C'était un énorme camion rose avec un énorme poisson dessiné sur tout le flan.

Séverine souffla avant de la contredire :

- Je précise qu'il s'agissait de rose pâle et pas de rose fuchsia.
- Tu te fous de ma gueule, je n'ai jamais vu un thon géant d'aussi près !

L'amie en visite hurla de rire avant de demander à son amie, Jess :

- Ca va, toi ? Je peux savoir ce qui te met en colère ?
- Elle est affamée, voilà ce qui la met en colère, lui répondit la blonde en devançant Jessica qui s'expliqua :
- C'est l'enfer, ici ! J'ai l'impression d'être dans un centre d'amaigrissement vu les portions repas et le goût de merde des aliments.
- Si tu veux, je peux aller te chercher quelque chose à manger. J'ai vu qu'il y avait une cafétéria au rez-de-chaussée.
- Oh, tu serais la meilleure des meilleures.
- Que veux-tu que je te prenne ?
- N'importe quoi. Je serais prête à avaler tout ce que tu trouveras, mais prends en quantité.
- Ok, fut la réponse laconique de Marie qui se mit en route vers la cantine de l'hôpital.

**

Une fois devant le buffet en question, Marie sélectionna divers plats préparés déjà emballés dont le contenu n'était révélé que par une photo en début de rangée. Après une bonne dizaine de minutes de réflexion, elle avait porté son choix sur du saumon pour Séverine et des pâtes à la sauce bolognaise et des raviolis au bœuf pour Jessica ainsi que quelques sodas et deux barres de chocolat en cas de petit creux. Passer à la caisse ne fut pas sans difficulté vu la quantité impressionnante d'articles qu'elle tenait dans ses mains. Elle parvint cependant à payer sa note sans laisser les articles s'éparpiller sur le sol. Le trajet jusqu'aux ascenseurs fut lent et risqué car, bien entendu, la caissière était, comme par hasard, à court de sacs plastiques. Après plus d'une minute passée à essayer d'appuyer sur le bouton d'ouverture des portes, une main étrangère s'en chargea et Marie remercia cette personne en la gratifiant d'un sourire :

- C'est très gentil.

Mais, une fois de plus, elle se tenait face au latino qu'elle ne cessait décidément pas de croiser et s'emporta violemment, laissant tomber les deux barres de chocolat sur le sol marmoréen dans un bruit sourd :

- Bon sang ! Encore toi !

Le jeune homme les ramassa délicatement avant de constater, séducteur :

- Je te fais un sacré effet, on dirait.
- Que fais-tu là ?
- Je t'ai vue descendre et je t'ai suivie.
- Harceleur par-dessus le marché ?

Il sourit amusé et elle l'interrogea, exaspérée :

- Tu vas me les rendre ou tu comptes me voler ces chocolats ?

Les portes s'ouvrirent et il entra dans l'habitacle métallique. Marie le suivit à contrecœur. Une fois tous deux à l'intérieur, Rico mit en route l'ascenseur vers leur destination commune et lui proposa, toujours avec ce même air amusé qui semblait ne plus le quitter :

- Je suppose que nous nous rendons à nouveau au même étage alors je vais t'aider à les porter si tu n'y vois pas d'inconvénient, bien entendu ?
- Bon, ça va, convint la brune en l'inspectant sans gêne aucune et remarquant seulement l'énorme bouquet de fleurs qu'il tenait dans une de ses grandes mains.

Le latino plissa les yeux sous l'examen que Marie était en train de lui infliger.

- Tu es toujours comme ça ? l'asticota-t-il, visiblement friand de leurs échanges badins.
- Seulement quand je suis de bonne humeur, ironisa Marie en faisant la grimace.

Il hésita.

- Ce n'est pas trop grave, j'espère.
- Quoi ?
- Je suppose que tu ne vas pas manger tout ça seule alors j'espère que ton mari n'a rien de trop grave.

Marie ne put réfréner un rire sincère sous les yeux ahuris du jeune homme.

- Ce sont deux amies que je viens voir. Elles sont seulement gardées en observation jusqu'à demain.

Elle rit derechef avant d'ajouter :

- Je ne suis pas mariée. Ta femme va aimer le bouquet… Il est très… beau.
- Ah, enfin, quelque chose de gentil, s'amusa-t-il.
- Un peu trop coloré peut-être, ajouta-t-elle.
- Evidemment, souffla-t-il. Je vais voir un ami.
- Un ami qui aime les fleurs ? lui rétorqua-t-elle, piquante.
- Sa petite fille va venir le voir et on ne veut pas qu'elle ait trop peur. Elle a de graves problèmes de santé et son père veut éviter qu'elle ait peur des hôpitaux. Je me charge donc des fleurs et un autre ami prend les ballons.
- Oh…, répondit-t-elle confuse. Il n'a rien de trop grave, j'espère ?
- Il va s'en tirer, conclut le jeune homme, ne désirant simplement pas s'étendre sur le sujet.

Les portes automatiques s'ouvrirent et ils avancèrent lentement vers la chambre des deux amies d'enfance de la jeune femme. Marie remarqua qu'une des infirmières contemplait le jeune homme, pleine d'espoir. Mais celui-ci ne lui prêta aucune attention ce qui, étrangement, ravit la bruxelloise qui s'arrêta à quelques pas de la chambre. Rico déposa les barres chocolatées ainsi qu'une des roses du bouquet sur le haut de la pyramide de plats que la jeune femme faisait tenir en équilibre.

- Merci. Cette rencontre était… vivifiante, déclara-t-il avec un sourire.
- D'ordinaire, je n'adresse pas la parole aux inconnus, mais là je suis obligée de te dire que tu aurais, au moins, pu m'offrir le bouquet tout entier et aller en chercher un autre pour ton ami, lui fit remarquer la brunette, taquine.
- Dis-moi, ça t'arrive de respirer entre deux reproches ? l'interrogea-t-il sur le même ton espiègle.
- Seulement quand je prends une apparence humaine, lui lança-t-elle, piquante.

Rico rit aux éclats, séduit par cette autre rencontre avec la superbe brune tandis que Marie pénétrait dans la chambre de ses amies, disparaissant de sa vue sans se retourner.

Marie rangea les plats dans le frigo tandis que Jessica engloutissait avec une joie non dissimulée les deux barres chocolatées et s'installa ensuite sur le rebord du lit de Séverine en tripotant sa fleur, laissant un sourire béat apparaître sur sa bouche. La blonde ne laissa pas ce détail lui échapper et l'interrogea d'un air suspicieux :

- Tu es plus que bizarre… Marie, je soupçonne que tu nous caches quelque chose.
- Pas du tout, lui répondit la brune dans une précipitation mal calculée qui conforta Séverine dans son idée qu'il y avait anguille sous roche ou plutôt un cachalot sous le caillou.
- C'est quoi cette fleur ? Tu as un admirateur secret ? investigua-t-elle, bien décidée à en savoir plus.
- Quoi ? Un homme ? Un vrai ? s'étonna Jessica, occupée à essuyer, avec le couvre-lit blanc, le chocolat qui peignait sa bouche.
- Quel homme ? demanda Marie, feignant d'ignorer à qui ou à quoi elles faisaient allusion.

35

Séverine plissa les yeux, concentrée, avant d'insister en lui demandant :
- On le connaît ?
- Allez, s'il te plaît, implora Jess qui ouvrait à présent un des sodas.
- S'il te plaît, quoi ? se moqua Marie.

Les patientes poussèrent simultanément un profond soupir de découragement. Il était inutile de leur mentir car Marie savait qu'elle finirait par tout leur dire à un moment ou un autre, mais elle ne leur dirait rien aujourd'hui. Elle prenait un malin plaisir à les persécuter et à les faire mariner, surtout lorsqu'elle le faisait avec autant de talent.

***

Il fallut plus d'une heure et beaucoup de virtuosité pour que les deux amies parviennent à convaincre Marie de rentrer chez elle avant que l'obscurité n'ait entièrement envahi la ville. Après des au revoir particulièrement longs, la jolie brune tourna les talons et sortit de la pièce en leur lançant des baisers qu'elles lui renvoyèrent aussitôt, ravies de sa visite.

Mais alors qu'elle se dirigeait vers l'ascenseur, Marie eut une folle envie d'admirer une dernière fois le beau latino qui lui avait offert la rose qu'elle tenait fermement dans sa petite main. Elle était tout à fait consciente que ce désir était absurde, cependant il était très puissant.

Remarquant que le bureau des infirmières était vide, la jeune femme s'y introduisit discrètement et chercha du regard un nom à consonance hispanique sur le tableau de répartition des chambres. Quelques secondes lui suffirent pour remarquer que la chambre sept cents trente était occupée par un certain Romero. « Quelle écriture de pattes de mouche ! » grommela-t-elle pour elle-même.

Marie ne perdit pas plus de temps et se mit en route en direction de la chambre en question. Elle s'appliqua à faire de grands pas lents et silencieux jusqu'à la destination souhaitée.

Maintenant qu'elle se trouvait à l'endroit désiré, Marie n'était plus certaine que ce soit une excellente idée. Si elle était assez discrète, personne ne remarquerait son coup d'œil furtif et elle pourrait rentrer chez elle. Dans le cas contraire, si le jeune homme s'apercevait de sa présence, elle se verrait dans l'obligation de se noyer dans la première cuvette qu'elle trouverait à sa disposition tant l'humiliation serait totale. Renoncer n'était pas son genre. Elle faisait partie de ces femmes à relever les défis alors elle se décida à jeter un petit coup d'œil léger par le hublot de la porte en se hissant sur la pointe des pieds.

Le regard de la jeune femme se posa immédiatement sur une personne qui se trouvait dans son champ de vision. Il ne s'agissait pas du beau latino qu'elle ne cessait de croiser depuis plusieurs jours, mais d'un autre hispanique bien moins beau, de petite taille, très large d'épaules, la cinquantaine passée, les cheveux coiffés en une longue tresse posée sur son épaule gauche. Soudain, l'homme la fixa méchamment, la faisant tressaillir de peur. Il arborait un œil crevé, un épais voile opaque de couleur blanche recouvrant celui-ci. Elle sursauta, surprise, et quitta son poste d'observation sur-le-champ tandis que le terrifiant latino se tournait vers Rico, l'informant placidement :
- Une nana m'observe du couloir.
- Une brune ? s'empressa de lui demander le jeune homme.
- Oui, confirma l'estropié.
Rico se leva d'un bond et déclara qu'il s'en chargeait, se précipitant avec un entrain très mal dissimulé vers l'extérieur de la chambre.

Marie, en fuite, ressentit soudain une présence dans son dos. Elle se retourna et son regard se posa sur lui. Jamais aucun homme ne l'avait regardée avec autant d'intensité ce qui la déstabilisa terriblement et la réduisit à une immobilité totale. Il

fallut une bonne minute de réflexion à la jeune femme avant
d'entamer la conversation :
- Que veux-tu ? lui décocha-t-elle finalement, tentant de
  reprendre le contrôle de cette situation embarrassante.
  Rico écarquilla les yeux.
- C'est toi qui es venue jusqu'à la chambre où je me
  trouvais, pas vrai ? se défendit-il.
Elle ne parvenait plus très bien à parler et sa contestation
fut tellement embrouillée qu'il éclata de rire.
- Ton pote a une tête à faire peur aux gens, ajouta-t-elle
  pour éviter de parler des raisons qui l'avaient poussée à
  vouloir l'admirer une dernière fois.
- C'est normal. Il fait peur aux gens, plaisanta le latino.
Brusquement, une infirmière déboula dans le couloir
poussant un énorme chariot, leur ordonnant de dégager le
passage. Rico se colla à la jeune femme, la plaquant avec
douceur contre le mur. La jeune femme aurait dû protester
devant cette soudaine proximité, mais au lieu de cela, elle était
hypnotisée par ses prunelles flamboyantes et son parfum
enivrant.
- Ca va ? lança-t-il, intimidé.
Elle ne trouva aucune réplique piquante à lui lancer au
visage et se contenta de hocher la tête en acquiesçant. Quant à
lui, il sentit son sang bouillonner, incendiant ses lèvres. Il
éprouvait de grandes difficultés à retrouver ses esprits suite à ce
rapprochement et eut le plus grand mal à articuler une phrase
compréhensible :
- Tu rentres… tu retournes… chez toi… à pied…
Il se tut un instant, retrouva ses esprits et lui proposa sur
un ton bienveillant, à présent maître de lui-même :
- Je peux te ramener si tu veux.
- C'est gentil, mais je vais prendre un taxi.
Elle avait été gentille, sans aucun doute, parce qu'elle
était intimidée et ça ne lui convenait pas, absolument pas. Elle
reprit alors son ton agressif pour lui demander :

- Tu pourrais te pousser afin de me laisser respirer si ce n'est pas trop demander.

Il s'exécuta en se confondant en excuses :
- Je suis désolé. Pardon. Ca va ?
- Oui, je suis juste contente que la torture prenne fin.
- Visiblement, tu vas bien…, murmura-t-il en souriant.
- Bon, ciao.
- On se voit demain ? l'interrogea-t-il en riant.
- Oui, c'est ça, lança-t-elle, ironique. Dans tes rêves.
- Bonne soirée, finit par articuler le jeune homme avec difficulté, toujours sous le charme.

A chaque pas qui l'éloignait du latino, la peine de la belle brune s'accroissait. Elle se sentait sur le point d'éclater en sanglots sans pour autant en comprendre les raisons, mais elle savait que, de toute manière, elle devait refouler ses larmes jusqu'à ce qu'elle ait trouvé refuge dans son appartement. Elle se retourna une dernière fois vers le jeune homme qui, toujours immobile, continuait de l'admirer, convaincue qu'elle ne le verrait jamais plus.

***

De retour auprès de son ami blessé, Rico fixait la couverture qui recouvrait celui-ci. Il n'avait jamais auparavant ressenti un tel trouble, un trouble délicieux, un trouble envahissant, un trouble qu'il dissimulait très mal. Alors que le borgne semblait se moquer éperdument de l'état de Rico, le malade interrogea son ami en le dévisageant, l'air moqueur :
- Ca va ? Tu as l'air… troublé. Oui, je crois que c'est le mot qui convient.
- Absolument pas. Tout va bien, lui rétorqua-t-il peu convaincant.
- Reprends-toi, mon pote. Après tout, c'est moi qui me suis fait planter, plaisanta le blessé. Sincèrement, on dirait qu'un tank vient de te passer dessus.

Ricardo ouvrit sa paume et libéra un ticket de caisse chiffonné. Il s'en était emparé, dans la poche droite de la jeune femme, lorsqu'il s'était penché sur elle. Dessus, se trouvaient les coordonnées d'un supermarché. A la vue de l'adresse, il se permit un petit sourire et répondit à son ami en détournant les yeux :

- Aujourd'hui, j'ai fait la connaissance de la femme la plus compliquée de l'univers.

Ensuite, il se remémora, avec intérêt, le magnétisme des yeux verts émeraude de la jeune femme dont il ne connaissait toujours pas le prénom. Elle l'avait bouleversé malgré le fait qu'il ne comprenait pas pourquoi elle avait été aussi agressive envers lui. Il avait rarement vu tant de mépris dans le regard d'une personne. Cependant, cela ne l'effrayait pas le moins du monde. Au contraire, les réactions de la superbe brune avaient attisé sa curiosité.

Chapitre numéro trois :

J'ai oublié la tequila.

Cela faisait plusieurs heures que Rico était éveillé, pourtant il n'était encore que six heures du matin. Depuis ces dernières années, il n'arrivait jamais à dormir plus de cinq heures d'affilée. Qu'en avait dit le médecin ? Pardon ? Quel médecin ? Les vrais hommes n'allaient pas chez le docteur et encore moins pour des broutilles telles que des insomnies récurrentes. Rico ne tenait pas particulièrement à sa réputation de dur, même si celle-ci n'était plus à faire depuis longtemps, mais selon lui, un homme devait pouvoir encaisser certaines choses sans l'aide de personne et les insomnies en faisaient partie. Les mêmes cauchemars qui le hantaient chaque nuit, il estimait les mériter et avait appris à vivre avec.

Etre un homme, ce n'était pas seulement avoir une queue. Il fallait en être digne.

Selon lui, cela comprenait différents buts à atteindre et un certain nombre de responsabilités à assumer. Il fallait posséder ou acquérir plusieurs qualités dont celle de savoir encaisser. Pour être un homme, il fallait être fort, être quelqu'un qui en avait dans le ventre et dans le pantalon. Pour être un homme, il fallait pouvoir recevoir les coups sans broncher, sans baisser la tête, puis il fallait être capable de les rendre, deux fois plus nombreux, deux fois plus vite et deux fois plus forts.

Avec le temps, toute sa famille s'était habituée à ce qu'il soit levé le premier. Chaque matin, il préparait du café, dressait la table et disposait la dose exacte de médicaments de sa sœur, Gina, tout contre sa tasse attitrée. Il ne s'agissait ni d'antibiotiques ou d'antidouleurs, mais de gélules promettant une repousse plus rapide du cheveu ou le rajeunissement de l'épiderme.

Vouant un culte absolu à la beauté, à l'apparence physique et à la séduction, sa sœur était une femme comme il en existe peu. Treize ans de plus que Rico, elle ne paraissait absolument pas ses trente-neuf ans. Plantureuse, voluptueuse, incroyablement séduisante, elle était une sirène somptueuse, un félin indomptable. Sa chevelure noir ébène aux boucles soyeuses, ses yeux sombres et intrigants, ses lèvres pulpeuses et parfaitement dessinées, son petit nez en trompette et son corps épicurien en faisaient une des femmes les plus belles et les plus désirées.

Gina était une femme intouchable à laquelle aucun homme ne pouvait résister. Elle connaissait toutes les astuces. Tout, dans sa manière de s'exprimer, de s'habiller, de marcher… Tout, dans sa façon d'être, était calculé et parfaitement maîtrisé dans l'unique but de séduire. Extrêmement féminine, séductrice et intelligente, elle était connue pour être une femme qui obtenait toujours ce qu'elle désirait. Cette beauté rare, elle la partageait avec son frère, mais aussi avec sa fille, Estella, jeune fille de tout juste vingt ans. Rico et Gina avaient également un frère plus âgé nommé Gaspar, l'aîné et chef de cette famille. Toutefois, celui-ci n'avait pas la chance de partager cette élégance et cette perfection des traits avec ses frères. Petit, trapu, il arborait de longs cheveux fins noués en une queue de cheval d'un noir intense ainsi que de petits yeux éteints. Tous les quatre vivaient en compagnie de Vargas, le borgne cinquantenaire qui veillait sur eux depuis toujours.

Rico et sa famille vivaient dans une de ces maisons où il y a toujours du monde. Après avoir réquisitionné la salle de bain sans gêner personne, Ricardo s'installait à la table de la cuisine et commençait à déjeuner avant d'être rejoint par Romero, le fils du borgne et Vera.

Romero était un roc, indestructible. Un mètre septante de muscles, de courts cheveux noirs, un teint hâlé plus sombre que celui des autres membres de la famille, de grandes dents de carnassier se chevauchant ainsi que de profondes brûlures sur tout le torse et le cou accentuant son physique de guerrier. Ses bras et son dos étaient entièrement recouverts de tatouages divers. Séducteur et bagarreur, Rico gardait toujours un œil attentif sur son ami. Ils avaient le même âge, contrairement à Vera de trois ans leur aîné. Ils se connaissaient depuis toujours et se considéraient comme des frères.

De taille moyenne et de corpulence standard, Vera arborait fièrement un crâne chauve, des bras puissants recouverts de tatouages représentant des femmes nues et un diamant à l'oreille gauche ainsi qu'un regard sombre et foudroyant.

Tous les membres de la famille, y compris les femmes, avaient en commun un tatouage, celui d'un imposant et terrifiant diable qui leur recouvrait la quasi-totalité du dos.

Tous imposaient le respect et inspiraient une certaine angoisse.

Confortablement installés dans la cuisine, les trois amis discutaient :
-   Alors, tu as encore joué les conquistadors, Casanova ? demanda Rico à Romero qui, la veille au soir, avait célébré dignement sa sortie de l'hôpital.
-   Bien entendu. Je ne peux pas faire autrement, c'est dans ma nature, se vanta-t-il en se servant une tasse de café, affichant un sourire conquérant sur son visage fatigué.

Gaspar, qui écoutait la conversation de loin, se rapprocha et lui lança, ironique :

- Oui, c'est ça ! Vantard !

Vera, entre deux bouchées de pain beurré, l'interrogea de sa voix rauque et grave :

- Alors comment elle s'appelait celle-là ?

Rico ne put retenir un rire moqueur.

- Laetitia, vraiment… délicieuse, lui répondit-il, fier de lui tandis que Gina entrait dans la cuisine, les embrassant tour à tour avant de s'installer à la table.

Ils rirent en cœur avant que Romero n'aborde le sujet de Marie.

- Je ne suis pas le seul à faire de l'effet aux femmes. Rico avait une admiratrice à l'hôpital.

La sœur de l'intéressé avait prêté une attention toute particulière à ce qui venait d'être dit sans pour autant prendre position. Son cadet était jeune et avait pour habitude de profiter de la vie et y compris des femmes. Rico, quant à lui, fronça les sourcils et lui rétorqua :

- C'est juste une fille que je croise parfois et pour laquelle je ne peux pas m'empêcher d'avoir de la sympathie. Elle a un côté totalement cinglé.

Vera le coupa, froid et visiblement de mauvaise humeur :

- Nous n'avons pas besoin de quelqu'un de ce genre.
- Oh, lâche-le. Il s'amuse. Tu es toujours trop sérieux, Vera, lui reprocha Romero en riant à tue-tête.
- Alors que tu ne penses qu'à t'amuser, se crispa Gaspar.
- C'est monsieur « je n'arrête pas de pleurer sur mon sort » qui me parle ou je rêve ? fit mine de s'étonner l'intéressé pour le provoquer.

Les relations entre Romero et Gaspar étaient toujours très tendues et ils ne rataient jamais une occasion de se provoquer même si Rico continuait d'espérer qu'un jour une cohabitation pacifique soit réalisable.

- Fais gaffe, il y a des limites à ce que je peux endurer, le mit en garde Gaspar d'un ton à la fois menaçant et provocateur.

-   Seraient-ce des menaces ? s'étonna Romero, amusé.
    C'est toi qui décides de m'emmerder dès le matin !
    Rico souffla, excédé de ces enfantillages et leur demanda
de se calmer :
-   Il est trop tôt pour une scène de ménage. Je vous signale
    qu'il y en a qui voudraient déjeuner en paix.
-   Au lieu de se taper des nanas, qu'il aille plutôt s'occuper
    de sa fille, marmonna l'aîné dans ses dents en réponse à
    son frère.
-   Je vais te faire la peau ! hurla Romero en se dressant sur
    ses jambes d'un bond véloce, fit violemment basculer la
    table, projetant tout ce qui s'y trouvait au sol et fondit
    sur lui tel un chien enragé.
    Vera enserra sur-le-champ son ami par la taille tandis
que Rico s'efforçait de les séparer avec virulence. Soudain, Gina
se dressa sur ses pieds et leur ordonna de cesser de se battre. Ils
obtempérèrent promptement. Gaspar, toujours déconcerté par
cette foudroyante attaque, s'éclipsa mollement tandis que Vera
parvenait à calmer son ami.
    Entendant le tapage, Estella, la nièce de Rico, les
rejoignit, lançant un regard noir à Romero devinant qu'il était
responsable du désordre qui régnait dans la pièce, et aida sa
mère à ramasser la vaisselle brisée alors que les autres
s'occupaient du mobilier. Voyant un sourire s'afficher sur le
visage de Vera, Rico l'interrogea :
-   Pourquoi es-tu soudain de si bonne humeur ?
    Le chauve lui répondit en mâchant un morceau de pain
beurré qui avait survécu à l'assaut :
-   Tu sais bien qu'un peu de violence le matin, ça me
    donne toujours la banane. N'oublie pas d'aller acheter de
    la téquila, chez Ramos, on est en rupture de stock.
    Ils rirent aux éclats tandis que Rico enfilait déjà sa veste
pour aller chercher la marchandise.

***

45

Au même moment, à l'autre bout de la ville.

« Aïeeeeeeeeeeeeeeeeeeeeeeeeeeeeeeeeee ! Dégage, espèce de taré! » brailla Marie en sortant de son profond sommeil.

Gustave venait de porter une attaque foudroyante à son ennemi juré, le gros orteil gauche de la jolie brune. Qui est Gustave ? Le chat, Gus pour les intimes. L'animal venait d'éventrer le gros orteil de mademoiselle Chevalier, sa maîtresse et, même si la jeune femme avait le sommeil profond, ce genre de chose, ça vous réveillerait un mort. Marie avait, en effet, un matou, tout roux qui plus est. Séverine et Jessica l'avaient trouvé près de chez elles et avaient pratiquement forcé Marie à l'adopter. Au départ, il s'appelait Prophète si on se basait sur le nom inscrit sur la médaille qu'il portait fièrement autour du cou. Marie s'était soudain sentie investie d'une mission, retrouver ses maîtres pour ne pas devoir le garder chez elle. Ce fut sans succès. Une autre option fut alors envisagée, le refuge pour animaux, mais une fois sur place, impossible de l'abandonner là comme un misérable. Marie voulait pouvoir continuer à se regarder dans le miroir. Elle avait fini par se convaincre que c'était son karma d'adopter Prophète en se disant que si c'était bien le cas, s'il en était réellement un, il allait finir comme tous les autres avant lui, mort. Grossière erreur car c'est bien connu que le karma, c'est de la grosse connerie. Le coup du prophète, pseudo-envoyé de Dieu, c'était de la chique. Que dalle ! Niente ! Nada ! Après six mois de vie commune, il avait pris 3 kilos de bonne grosse graisse ainsi que la fâcheuse habitude de chier sur le balcon et ne perdait jamais une occasion de s'en prendre, toutes griffes dehors, à sa propriétaire qui, en guise de vengeance, l'avait rebaptisé Gustave dit Gus. Séverine était la seule à avoir la chance d'obtenir des câlins de la part de l'animal au bord de l'obésité alors que Jessica, au contraire, avait risqué la défiguration plus d'une fois. Contre toute attente, avec le temps, Marie avait appris à aimer Gus, le vil félin profiteur aux multiples troubles comportementaux.

Cependant, ce matin, elle ne l'aimait pas et jurait en pressant son orteil éventré sur lequel perlaient de petites gouttes sanguinolentes. Une chose était certaine : aujourd'hui, si quelqu'un venait provoquer de près ou de loin la jeune femme, il allait au-devant d'atroces souffrances.

Après plus d'un quart d'heure passé à soigner son pied blessé et à lancer des jurons aussi interminables les uns que les autres, Marie retrouva le sourire en réalisant qu'elle ne travaillait pas de toute la journée. Son patron lui avait donné congé pour une raison qui échappait à la jeune femme. Il y avait deux possibilités ; soit celui-ci s'était aperçu qu'elle méritait un bonus pour n'avoir attaqué aucun client, armée de son agrafeuse, de toute la semaine, alors qu'elle en avait eu, à plusieurs reprises, l'occasion ; soit il ne souhaitait pas voir sa tête suite à l'épisode du sale gosse.

Un petit garçon, en apparence tout ce qu'il y a de plus normal, avait pissé dans le magasin, en plein milieu et devant tout le monde car sa génitrice ne daignait pas lui acheter un jouet ! Après que celui-ci ait fait ses besoins, sa mère avait jeté un coup d'œil à Marie d'une façon qui signifiait clairement : « Alors qu'est-ce que tu attends ? Nettoie ! ». La pétasse ne savait pas à qui elle avait à faire. Mademoiselle Chevalier n'était pas du genre à nettoyer les pipis des autres ! Ça allait barder, ça allait éclabousser ou même mieux gicler ! Ça allait être jaune et chaud ! Deux options se présentaient à elle. La première, se forcer à vite pisser dans une bouteille pour, par la suite, la lui balancer sur sa veste Prada contrefaite qui lui donnait des airs de psychorigide, mais c'était se donner beaucoup de mal pour rien vu que du pipi, elle en avait déjà à disposition. Ou la seconde, l'option number two. Ce fut celle-là et splatch ! Le coup était donné. La raclette poussée trop énergiquement vers les talons ouverts de la cliente accompagné d'un « Désolée, madame. Je ne vous avais pas vue » pas franc pour un sou lui avait éclaboussé les chaussures, les jambes et la jupe. Trois pour le prix d'un et la boucle était bouclée. Après pareille humiliation, la cliente ne reviendrait plus jamais au magasin et peut-être était-ce la raison pour laquelle son boss ne voulait pas la voir ? Quoi qu'il en soit, Marie était en congé et heureuse de l'être.

La jeune femme, après s'être lavée et habillée, se rendit jusqu'à son réfrigérateur où se trouvaient de petits aide-mémoire dont celui qui concernait cette journée en particulier. Il disait : « Soirée pasta avec Séverine et Jess. Acheter pâtes + alcool en suffisance pour fêter leur sortie de l'hôpital. ». Marie s'installa dans son divan, armée d'un stylo à bille et d'une feuille de papier pour y inscrire sa liste de courses en détail. Il fallut plus de vingt minutes à la jeune femme pour venir à bout de cette mission.
- *3 paquets de Fusilli.*
- ~~*Haché, concentré de tomates, ail, jus de tomates*~~ *3 bocaux de sauce bolognaise prête à l'emploi.*
- *Amaretto.*
- *Batida de coco.*
- *Pisang -> 2 bouteilles.*
- ~~*Jus d'orange.*~~ *Beaucoup de jus d'orange.*
- *Petits parasols à mettre dans les verres. (Prendre des multicolores.).*

La liste étant à présent faite, Marie se mit, sur-le-champ, en route vers le supermarché, impatiente d'aller acheter la marchandise pour cette petite fiesta entre filles.

***

Trois quarts d'heure plus tard, alors que la jeune femme arpentait avec attention les différentes allées du magasin, remplissant au fur et à mesure son petit panier, elle remarqua qu'une personne la fixait avec insistance. Son regard étonné scruta le bout de l'allée sans reconnaître l'individu qui semblait s'approcher d'elle. Quand la silhouette fut suffisamment proche pour qu'elle soit en mesure de distinguer son visage, elle s'écria, à la fois stupéfiée et exaspérée :
-   Toi !

C'était lui, encore et toujours lui. Lui, le latino qu'elle ne cessait de croiser partout où elle se rendait. Il était, une fois encore, sur sa route, toujours aussi ténébreux, aussi sexy et aussi parfait que les fois précédentes. La jeune femme prit une profonde inspiration comme pour se mettre en condition avant cet affrontement imminent, tandis qu'il s'approchait jusqu'à venir se placer juste en face d'elle. Instantanément, partagée entre la joie de le revoir et son sale caractère tenace, Marie le mit en garde :

- Ne me parle pas ou je te fais la tête au carré.
- Toujours d'aussi bonne humeur à ce que je vois, la taquina-t-il en la gratifiant de son sourire charmeur et définitivement charmant.

Vexée de voir le plaisir que semblait prendre le jeune homme à la narguer, elle fut envahie d'une violente colère et ses yeux verts lancèrent des éclairs à son adversaire avant de lui rétorquer en serrant les dents :

- Je suis vraiment d'excellente humeur. Si je ne suis pas ravie de te revoir, c'est uniquement parce que je ne peux pas te sentir. J'en suis sincèrement désolée mais ce n'est pas de ma faute… Il semblerait qu'il s'agisse d'une allergie, je n'y peux rien.

Rico se contenta de lui sourire en guise de réponse avant de faire un pas de plus vers la jeune femme pour analyser le contenu de son petit panier vert.

- Tu viens faire tes courses, ici ? C'est étonnant.
- Oui, c'est étrange… Pourquoi donc irais-je faire mes achats dans un endroit qui se trouve justement être… attends voir… un supermarché… Bizarre.

Il sourit en remarquant tout le mal que la jeune femme se donnait pour être mordante et décida d'entrer, une fois de plus, dans son jeu en la provoquant.

- De l'alcool et des pâtes, des pâtes et encore des pâtes… Madre mia ! Tu es italienne ?

Marie s'étonna :

- Pardon ? Non, je ne suis pas italienne et j'ignorais qu'ils étaient les seuls à pouvoir manger des pâtes. Vive le stéréotype, souffla-t-elle. Et puis, qu'est-ce que ça peut bien te faire de savoir ce que je cuisine ?
- C'est une découverte d'importance capitale. Je viens d'éclaircir un grand mystère.
- Lequel ? le questionna-t-elle, toujours sur le même ton taquin.
- Contrairement à ce que j'imaginais, tu ne te nourris pas uniquement de chair humaine.

Marie fronça les sourcils, mécontente.

- Je te rassure, je ne mange des pâtes que lorsque je tombe à court de cerveaux de petits latinos enquiquineurs tels que toi.

Sur ce, la jeune femme continua à faire ses courses comme si il n'existait pas et l'abandonna sur place, préférant se rendre dans le rayon suivant.

Pensant avoir semé le jeune homme, Marie esquissa un sourire entre les bocaux de sauces tomate et les condiments. Il s'agissait là d'un sourire béat qui trahissait le fait qu'elle commençait, réellement à apprécier sa présence. Soudain, alors qu'elle se croyait seule, Rico apparut à sa gauche et lui demanda :

- C'est moi ou ça devient vraiment très bizarre de se croiser constamment ?

La brune souffla, excédée.

- Ce n'est ni bizarre ni étrange car… ce n'est tout simplement pas un hasard ! Tu me suis donc c'est bien normal qu'on finisse par se croiser !

Rico avoua ses crimes sans se départir de son sourire amusé :

- C'est vrai. Il me fallait de la téquila alors autant en profiter pour passer un peu de temps en ta compagnie.

- Attends… Comment savais-tu que je fréquentais ce supermarché et comment pouvais-tu savoir que je viendrais aujourd'hui, à cette heure précise ?
- Tu avais laissé tomber un ticket de caisse à l'hôpital lors de notre collision, mentit-il.

La jeune femme ne sembla pas le croire et il enchaîna :
- J'avais un peu de temps alors j'ai attendu dans ma voiture au cas où tu passerais.

Marie sourit malgré elle avant de se reprendre, s'étonnant :
- Tu es un vrai malade, tu le sais au moins ?
- Moi aussi, ça me fait très plaisir de te revoir, plaisanta le latino.
- Je n'arrive pas à exprimer à quel point je suis ravie de te croiser sur ma route… encore et encore, lança la brune en lui offrant un sourire éclatant.

Marie changea à nouveau d'allée, croyant avoir mis un terme à leur conversation, et poussa un cri de surprise lorsqu'elle s'aperçut qu'il se trouvait en réalité juste derrière elle.
- Bon, tu me laisses faire mes courses ou tu comptes me suivre encore longtemps ?

Il s'étonna.
- Tu veux que je te laisse tranquille ?

Elle pinça les lèvres en réalisant qu'elle le connaissait à peine et lui lança :
- Oui, ce serait gentil.
- Tant mieux car je n'ai aucune envie de rester, la provoqua Rico.
- Tu veux partir, alors pars ! s'emporta Marie, déçue par les dires du jeune homme.
- Tu as l'air de m'en vouloir…
- Arrête de m'adresser la parole, lui ordonna-t-elle, refusant de lui montrer sa déception.

Mais Rico ne laissa pas tomber et continua à lui parler :

- Dis-moi au moins comment me faire pardonner.
- Laisse-moi tranquille, c'est tout ce que je te demande.
- Je me disais que si tu devais aller voir tes amies à l'hôpital, je pourrais te déposer ? J'ai de la place dans ma voiture pour tes courses. Disons que ce serait ma façon de m'excuser.

Marie grogna en déposant son panier plein au sol avant de s'en prendre à lui en le pointant du doigt.

- De un, il n'y a pas de « on » qui tienne. De deux, je ne te connais pas et je n'ai pas pour habitude de monter dans la voiture d'un inconnu. De trois, mes amies quittent l'hôpital aujourd'hui, je n'ai donc plus aucune raison de vouloir m'y rendre. Et pour finir, il n'y a pas de « on » qui tienne, insista-t-elle. Alors, non merci!
- S'il suffit de faire les présentations, je m'appelle…
- Chut ! l'interrompit-elle. Je ne veux pas savoir ton nom parce que je ne veux pas qu'on se connaisse. C'est clair ? Tu comprends ce que je dis ou pas ?

Le jeune homme réfléchit une seconde avant de la questionner, perdu :

- Tu ne veux pas qu'on te voie parler avec moi ou qu'on me voie t'accompagner quelque part ?
- Je ne veux pas qu'on me voie avec toi tout court ! s'énerva-t-elle en saisissant son panier, tout en se dirigeant vers la caisse.

Quelques secondes s'écoulèrent. Quelques courtes secondes de tranquillité et de paix, quand Marie, appliquée à mettre ses achats sur le tapis roulant, s'aperçut que deux mains plongeaient dans son panier pour l'aider. Elle leva les yeux et souffla bruyamment. Rico était en train d'installer les derniers articles sur le tapis et saisit l'opportunité de l'interroger derechef :

- Puis-je savoir pour quelle raison tu ne veux pas qu'on te voie traîner avec moi ?

- Je ne veux pas que les gens croient que je magouille avec des trafiquants de drogue.
- Ah, parce que je ressemble à un trafiquant selon toi ?

Marie ne put retenir un rire amusé avant de lui affirmer :

- Tout à fait ! Tu as l'air d'être soit un criminel, soit un gigolo, et dans les deux cas, je ne veux pas avoir ce genre de réputation.
- C'est dingue. Il n'y a aucun moyen d'avoir une innocente conversation avec toi.
- Non, nous venons d'avoir une discussion. Tu as parlé et j'ai écouté. J'ai parlé et tu as écouté. Nous venons d'avoir une conversation et maintenant, elle est close.
- Tu as dit « nous ».
- Grrr… J'en ai marre ! J'arrête de te parler ! dit-elle en riant.
- Je vais te faire changer d'avis, lui murmura-t-il à l'oreille.

La brune avait senti son souffle dans son cou et frissonna violemment. Ce tressaillement l'avait rendue muette. Consciente de cette soudaine infirmité, elle le dévisagea intensément. Elle était troublée et cela se voyait. Quelques secondes plus tard, Marie retrouva la capacité de parler et lui répondit enfin :

- Même pas en rêve.

Il étouffa un rire et lui rétorqua, toujours aussi amusé et sûr de lui :

- Tu me parles encore, là.

« Qu'on me donne une hache et je te mets en pièces » pensa la jeune femme. Il l'exaspérait au plus haut point et malgré le fait qu'il était beau comme un dieu, elle ne le supportait pas. Elle le fixa longuement, mettant toute sa haine dans son regard.

- Je suppose que tu voudrais me casser la gueule, supposa-t-il avec humour.
- Ce serait difficile, ici... Trop de témoins. Pourtant, crois-moi, ce n'est pas l'envie qui manque. Et puis, merde !

J'avais dit que je ne te parlerais pas. C'est ton accent débile, ton air de latino arrogant et tout simplement…toi tout entier. Ca me déconcentre !

La jeune femme remarqua alors que les personnes qui se trouvaient derrière eux dans la file d'attente, ainsi que la caissière, la dévisageaient, déconfites. Pendant ce temps, Rico emplissait deux sacs en plastique des victuailles de la jolie brune. Marie était à deux doigts de lui arracher la jugulaire avec les dents. Elle devait impérativement se calmer. Elle prit alors une profonde inspiration en fermant les yeux, ce qui eut un court effet apaisant. Mais lorsqu'elle les rouvrit quelques secondes plus tard, la brune réalisa que le latino se trouvait déjà à l'extérieur du magasin avec ses sacs.

Telle une furie, la jeune femme sortit du supermarché et lui arracha ceux-ci des mains avec violence avant de les poser à ses pieds, hurlant :

-   Mais ça va pas la tête ?! Dis-moi combien je te dois ! Tout de suite !
-   Tu es vraiment le genre de nana à cran. Il suffit d'un mot pour que tu montes au plafond, lui fit-il remarquer.
-   Je refuse qu'on paie mes courses ! J'ai de l'argent ! Je suis indépendante, je te ferais remarquer ! Je n'ai besoin de personne. Alors tu vas arrêter de m'emmerder sinon je te jure que je vais prendre un malin plaisir à te botter ton petit cul bronzé !

La voix de la jeune femme avait beau avoir la froideur de la glace pilée, Rico lui répondit, toujours sur un ton charmeur et quelque peu amusé :

-   Tu as remarqué, on dirait…
-   J'ai des yeux pour voir, monsieur.
-   On dirait que je te fais de l'effet, s'exclama-t-il, hilare, en faisant un pas vers elle. Ne t'inquiète pas. Je ne vais pas te sauter dessus, la rassura-t-il. Je constate seulement que je te plais davantage que tu ne le prétends.

- Pas du tout ! se défendit-elle en y mettant autant de conviction que possible.

Il fit un autre pas vers elle et replaça une mèche de ses cheveux derrière son oreille avant de continuer :

- Bon, je reprends du début. Bonjour, je suis heureux de te revoir.
- Parce que tu es un cinglé qui me harcèle en me suivant partout où je vais, l'interrompit-elle, amusée.

Mais il resta stoïque et continua comme si elle n'avait rien dit :

- Accepterais-tu que je t'invite au restaurant ou que je t'emmène boire un verre en tout bien tout honneur évidemment ?
- Quoi ? Ce soir ? s'étonna la jeune femme.
- Demain par exemple, lui proposa-t-il.
- Pourquoi pas ce soir ? le questionna-t-elle d'un air inquisiteur.
- Ce soir, je dois voir un ami au Ruby et ce n'est pas le genre d'endroit que tu devrais fréquenter.

La brune resta silencieuse. Elle avait déjà entendu parler du bar en question qui, d'après les rumeurs, était loin d'être un endroit correct. Sa réputation de lieu de résidence des marginaux parfait pour tous les petits trafics en tous genres le précédait.

- Ca te va ? Un resto demain soir ? l'interrogea-t-il en s'avançant davantage vers elle, impatient.

Marie aurait dû reculer devant cette soudaine proximité, mais au contraire, elle s'approcha de lui jusqu'à n'être plus qu'à quelques centimètres de sa bouche. Leurs souffles chauds s'entremêlèrent, déstabilisant le jeune homme, troublé à son tour. Elle lui rétorqua alors dans un chuchotement sensuel :

- Jamais de la vie.

Il fit brusquement un pas en arrière et s'énerva :

- C'est dingue d'être aussi têtue ! Ce n'est pas une demande en mariage. J'essaie juste d'être sympathique avec quelqu'un qui ne l'est absolument pas.

- Je suis sympathique !
- Aussi sympathique qu'une pierre tombale.
- C'est faux !
- C'est vrai !
- Bon, alors, j'accepte que tu m'accompagnes chez moi afin de ne pas devoir prendre le bus avec toutes mes courses. C'est pas sympa, ça ? Mais avant, tu devrais peut-être aller acheter ce que tu étais venu chercher au magasin, non ?
- Oh, merde ! J'ai oublié la tequila et il m'en faut absolument ou Vera va me tuer.
- Vas-y dans ce cas.
- Ne bouge pas. J'arrive.
- Je t'attends, ici. Parole de scout !
- A tout de suite, lança-t-il en se précipitant dans le supermarché.

Marie réalisa ce qu'elle était en train de faire. Elle attendait un homme. Ca commençait toujours comme ça dans les relations hommes-femmes. Puis, le mec vous pose un lapin au premier vrai rendez-vous, ce que tous les hommes finissent par se faire pardonner à coups de bouquets de fleurs et de boîtes de chocolat. Ensuite, il y aurait le sexe, puis rapidement les présentations aux familles respectives. Pour enfin avoir le mariage et les mioches, peu avant qu'ils finissent par se trouver une ou deux jolies petites minettes comme maîtresses.

Il fallut moins d'une minute à mademoiselle Marie Chevalier pour prendre la poudre d'escampette. Ce que la jeune femme ignorait cependant, c'est que Rico avait assisté à toute la scène, coincé dans une file à rallonge menant aux caisses. Il l'avait vue faire les cents pas, se gratter le front, se ronger les ongles avant de, finalement, partir.

Elle avait hésité et il en était très heureux.

Chapitre numéro quatre :

Marie tout court rencontre Ricardo Velázquez.

Rico était finalement rentré chez lui avec assez de tequila pour renouveler le stock du bar de la cuisine. Vera s'était étonné que Ramos ait commandé une autre marque que d'ordinaire, mais n'y avait pas accordé plus d'attention sachant qu'il ne s'agissait que d'un dépannage, ce qui arrangeait parfaitement Rico. D'habitude, c'était Julio, un de ses amis proches, qui s'en chargeait. Celui-ci possédait un bar à tapas vénézuélien qu'ils fréquentaient tous avec assiduité. Julio et son frère cadet, nommé Hector, faisaient partie des rares personnes envers qui Rico avait aveuglément confiance. Ils se connaissaient depuis un grand nombre d'années, des années qui les avaient tous marqués et rapprochés à jamais.

Ce soir, comme souvent, ses deux meilleurs amis, Vera et Romero, étaient venus souper chez lui. Malgré l'incident du matin, Gina avait insisté pour que Romero reste quelques jours avec eux, notamment pour surveiller ses blessures. Les médecins avaient préconisé du repos et du calme, loin de l'agitation de la vie familiale, mais ils ne la connaissaient pas. Le convalescent était donc resté. Estella se chargeait de la préparation du repas cependant que Vera mettait la table. Gaspar discutait avec Vargas dans le salon adjacent et Rico débouchait une bouteille de vin.

Le succulent repas englouti, Estella débarrassa la table et entreprit de faire la vaisselle tandis que Gina amorçait leurs mises au point quotidiennes d'une voix empreinte de douleur et de compassion :
- Je vais aller voir Loretta demain matin. L'enterrement de son père est prévu dans l'après-midi. Je veux m'assurer qu'elle ne fera pas de bêtises. C'est une fille fragile.
- C'est compréhensible, non ? Elle se retrouve complètement seule à présent, constata Romero d'une voix dépourvue d'émotion.
- C'est faux, le contredit Vera. Nous sommes là pour elle.
- Je suis certain que ça lui fera plaisir de te voir et de se sentir soutenue, la conforta Vargas.
- Profite-en pour demander à Mendoza et à sa femme s'ils ne peuvent pas l'accueillir quelques semaines. Donne-lui également un petit quelque chose en tant que participation pour l'enterrement, lui conseilla Rico.
- Oui, c'est exactement ce à quoi je pensais. Fais-le, confirma Gaspar qui semblait regretter de ne pas avoir émis cette idée en premier.
Sur ce, Gina se leva, déposa un baiser aimant et protecteur sur le front de son cadet, fit signe à sa fille de la suivre et elles s'éclipsèrent, les laissant entre hommes.
Vera termina son verre d'une traite avant de prendre la parole :
- Je suis passé voir les Borracha, hier soir. Ils m'ont payé ce qu'ils nous devaient, mais…
- Mais quoi ? le coupa Gaspar, anxieux.
- Je ne sais pas. J'ai eu un mauvais feeling. Je ne les sens pas.
- Ah parce qu'on doit se fier à tes instincts, maintenant ? le questionna Gaspar, agressif.

- Ils ne sont pas nets, c'est tout. A un moment ou un autre, ils vont essayer de nous enculer et je n'ai pas envie de rester là à attendre, le pantalon baissé.
- Quelqu'un a acheté de la téquila ? les coupa le borgne.
- Oui, elle est dans le bar. Sers-toi de l'œil qu'il te reste pour aller en prendre une, plaisanta Romero.

Vargas se redressa au niveau de son fils, l'attrapa à la nuque et lui souffla au creux de l'oreille :

- Ne me prends pas pour un guignol, fils. Si tu me cherches, tu vas me trouver.

Bouillonnant de rage, la mâchoire serrée, Romero se força néanmoins à garder la tête baissée jusqu'à ce que le borgne prenne une bouteille de téquila et quitte la pièce suivi par Gaspar qui commanda au chauve :

- Ne t'occupe pas des Borracha, ils me sont fidèles et je leur fais confiance.

N'étant plus qu'à trois, Vera se leva, saisit la bouteille, resservit tout le monde en vin, but plusieurs gorgées directement au goulot avant de la poser à nouveau au centre de la table et de se renseigner en se réinstallant à sa place :

- Dis-moi, Rico. Qu'est-ce qu'il fout ton con de frère ? Il me cherche ? Je voulais seulement qu'il sache pour les frères Borracha.
- Je sais et je suis d'accord avec toi. On va garder un œil sur eux.
- Si ce n'était pas ton frère, je te jure que je l'ouvrirais bien en deux.
- Moi, premier ! intervint le souffreteux.
- Alors, qui vas-tu aller voir ce soir, Casanova ? demanda Rico à son ami qui examinait son bandage dans le but de changer de sujet.
- Je ne sais pas encore. Tu me connais, tant que je trouve une fille majeure et consentante, ça fera l'affaire, lui répondit l'intéressé en riant à tue-tête. Et toi ?

- Je dois voir notre contact à l'immigration au Ruby puis j'irai sûrement faire un tour.
- Au Ruby ?
- Oui, il ne veut pas qu'on soient vus. Il se croit dans un film de gangsters, se moqua Rico.
- Et après ? enquêta Vera.
- Comme je l'ai dit, j'irai faire un tour.

  Romero gloussa avant de s'abreuver à nouveau de vin.
- Pourquoi tu te bidonnes comme ça, espèce d'idiot ? l'interrogea Rico, surpris.
- C'est cette fille, n'est-ce-pas ? devina son ami.
- La blanche ? le questionna le chauve.

  Ricardo sourit.
- Quoi ? C'est sérieux cette histoire ? continua-t-il d'insister.

Le visage de Rico ne traduisait rien et il tenta de brouiller les pistes :
- Arrête de te faire des films. Est-ce que j'ai dit quoi que ce soit sur elle ?
- Non, justement. D'habitude, on se marre des nanas qu'on s'envoie et là, rien. Etrange…

  Rico rit aux éclats.
- Pour ton information, de un, je ne me la suis pas envoyée et de deux, tu devrais arrêter cinq minutes de craindre qu'on se relâche et qu'on baisse notre garde. Arrête de t'en faire pour tout, ça te fera du bien. Je comprends pourquoi tu es aigri et chauve.
- Mais…

Rico interrompit la discussion d'un geste de la main avant de le remercier :
- C'est gentil, mais je préfère aller faire un tour. Je vous laisse entre filles.

Pour seule réponse, il reçut un doigt d'honneur de la part de Romero.

***

Après sa rencontre fortuite avec son bel inconnu au supermarché et son évasion réussie, abandonnant le jeune homme en question à un désarroi total, la journée de Marie ne s'était pas tout à fait déroulée comme prévue. Séverine et Jessica s'étaient finalement décommandées. Leurs familles respectives avaient tenues à fêter dignement leur sortie d'hôpital. Marie, qui avait parfois tendance à oublier que d'autres personnes avaient une famille. Subitement, la jolie brune se sentit seule au monde, abandonnée de tous. Ce sentiment d'isolement la saisit à la gorge, l'étouffant. Elle devait se lever, bouger de son appartement, sortir respirer l'air frais, courir, hurler, enfin… faire quelque chose sinon elle allait mourir là, allongée sur son divan. Elle avait envie de hurler à la mort, de dire des insanités à la première personne qu'elle croiserait dans le seul but de faire disparaître ce sentiment de solitude qui la rongeait soudainement. Elle devait se défouler, évacuer cette chose. La rage l'envahit. Elle avait envie de tabasser quelqu'un, pas un trop grand ni trop fort. Inutile de prendre des risques trop conséquents. Mais elle en avait l'envie, celle de frapper encore et encore dans quelque chose, dans quelqu'un. Rien de trop fragile ou trop dur. Un trop grand nombre de paramètres à prendre en compte, ça devenait déjà chiatique et lui passait, de ce fait, l'envie.

Maintenant, ce qu'elle voulait, c'était boire, boire et boire encore jusqu'à rouler par terre, jusqu'à ne plus savoir son nom, jusqu'à ne plus penser à sa vie foireuse d'abandonnée du monde. Il fallait boire pour ne plus penser et ne plus réfléchir. Boire jusqu'à ne plus être capable de parler ou d'articuler. Chouette programme. Super programme ! De l'alcool en quantité ! Vite ! Viiiite ! De l'alcool, oui mais lequel ? Hummm… Une envie de tequila dans le fond de la gorge. La tequila, ce n'était pas ce que préférait Marie, mais ce soir elle en avait envie, une envie folle. Rien ne passerait hormis de la tequila ! Viva la tequila ! Euh… La playa ! Direction : le premier bar sur sa route. Oh non, pas n'importe quel bar ! Le

Ruby ! Son latino lui avait dit qu'il y serait. En se rendant là-bas, elle faisait d'une pierre deux coups : le latino et la tequila ! Vamos !

Marie se mit donc en route, en marchant, en mettant tout simplement un pied devant l'autre, à l'ancienne, avant l'invasion de ces petites cages métalliques que l'on nommait automobiles, avant les cars et les bus, même avant les taxis. Elle marchait. De toute façon, elle avait besoin de penser à autre chose ou de ne plus penser du tout. Elle avait besoin de se vider la tête.

Elle avait lu quelques jours plus tôt dans un de ces trop nombreux magazines féminins que la marche était un excellent moyen d'extérioriser ses problèmes et que cette activité était, de plus en plus, considérée comme un antidote miracle contre le stress et la dépression. Elle marchait donc. Un pas devant l'autre. Et hop, un kilomètre à pied, ça use, ça use. Un kilomètre à pied, ça use les souliers… Ah, non ! Hors de question d'user ses talons fraîchement acquis ! Et merde ! Ils auraient dû le dire, dans ce maudit magazine, à moins qu'elle l'ait raté, inscrit en minuscules en fin de page : « Laissez vos talons dans l'armoire à chaussures et mettez des baskets ! ». Elle était bonne pour changer les talonnettes à la fin de son marathon. Quelle connerie la marche ! Quelle connerie les talons ! Et surtout, quelle connerie les pavés ! Des routes pavées, c'est l'idéal pour griffer les chaussures, niquer les talonnettes et se payer une entorse par-dessus le marché ! Quelle route de merde ! L'asphalte, ils ne connaissaient pas ? Mais non, le pavé, ça fait authentique. Conclusion : on emmerde l'authentique ! On emmerde le monde et on veut de la tequila ! Vite ! Viiiite !

Un autre point que la jeune femme n'avait pas envisagé… Il y avait probablement mieux qu'une marche nocturne, seule, en plein Bruxelles. Ce n'était vraisemblablement pas le plus conseillé. Ca non plus, ce n'était pas dans l'article ! Satané article ! Satané journaliste ! Satané magazine ! Toutefois, la jeune femme ne comptait pas faire demi-tour. Elle allait tenir le coup pour la tequila, pour sa future beuverie salutaire. Pour sa survie, elle allait marcher. Elle allait avancer encore et encore sans flancher, quitte à niquer ses godasses !

Lorsqu'elle arriva devant l'entrée du Ruby, bar à la clientèle peu recommandée de la capitale, elle hésita derechef. Prendrait-elle le risque de noyer ses tribulations dans cet endroit lugubre ?

L'envie de revoir le bellâtre hispanique et la soif de tequila prirent le dessus alors oui, elle prendrait le risque ! Son latino serait peut-être là et à tous les coups, ils avaient de la tequila alors oui, elle prendrait le risque ! Oh que OUI !

Ce bar démodé, presque laissé à l'abandon, se situait dans une petite ruelle sombre perpendiculaire à la route principale qui menait à son domicile. La façade en piteux état arborait une enseigne fluorescente de couleur rose où l'on pouvait difficilement lire « Bienvenue au Ruby ». Marie sourit intérieurement car la couleur de cette enseigne lui faisait penser à une maison close. Elle connaissait la mauvaise réputation du lieu car ses amies l'avaient déjà mise en garde en lui citant une liste sans fin d'actes répréhensibles qui, selon les rumeurs, auraient eu lieu dans ses murs. Sans y prêter attention, elle entra dans la bâtisse avec la ferme intention de revoir le latino et de se saouler par la même occasion.

A l'intérieur, la première chose qu'elle remarqua fut la couleur bordeaux délavée des horribles sièges en velours usés par les années. Un épais nuage de fumée planait dans l'établissement tandis qu'une serveuse au corps de rêve prenait la commande d'une table située près de l'entrée. Cette jeune femme était magnifique, une hispanique aux cheveux teints en blond et au regard félin, une panthère parmi les cafards. En un regard, Marie avait pu remarquer que tous les clients la dévisageaient. Rien de très original, quelques solitaires qui cherchaient à lire l'avenir au fond de leur verre, quelques groupes discutant et riant aux éclats en réponse à d'obscures plaisanteries, un homme et une femme se regardant droit dans les yeux. Certains d'entre eux lui adressaient plusieurs gestes à connotation sexuelle, mais elle ne se détourna pas de son objectif et se dirigea d'un pas rapide et décidé vers le comptoir où elle s'installa sur un des hauts tabourets en bois. La jeune femme commanda une tequila XXL après avoir jeté un rapide coup d'œil à la carte qui devait avoir été tripotée par tous les malfamés et pervers de Bruxelles et qu'elle s'abstint de toucher, préférant éviter de choper une quelconque hépatite.

Quelques instants plus tard, la serveuse lui tendit un cendrier en disant : « Tiens, ma belle. T'as vraiment dû passer une journée de merde si tu as atterri, ici. ». La cliente hocha la tête, en signe à la fois de confirmation et de remerciement. Marie tenta d'attraper du bout des doigts le briquet enfoui au plus profond de son sac placé à sa droite sur le bar. Elle ne devait pas être le genre de client qu'on avait l'habitude de servir ici. Elle sortit lentement son paquet de cigarettes encore plein et en porta une à sa bouche. Ses lèvres pulpeuses pincèrent légèrement celle-ci. Elle tenta d'allumer le briquet à plusieurs reprises, mais ce ne fut pas sans peine qu'elle y parvint car il ne restait que très peu de gaz. Cela était dû au fait qu'elle fumait beaucoup trop et elle ne l'ignorait pas. Pour elle, la première et la dernière bouffée étaient de vrais moments de bonheur. Dès l'instant où elle avalait la première émanation de fumée toxique, cela ne représentait qu'un long moment de détente et un désir intense que cette cigarette n'arrive jamais à son terme. La jeune femme regardait attentivement sa cigarette se consumer trop rapidement à son goût. Chaque fois qu'elle la portait à sa bouche et tirait une longue bouffée, c'était un moment de vrai soulagement. L'endroit ne possédait aucun miroir, mais elle se plut à croire qu'elle ressemblait à une de ces icones américaines telles que Marylin Monroe ou Audrey Hepburn. Régulièrement, elle tapotait la cigarette contre le bord du cendrier pour y faire tomber les cendres déjà froides avant de tirer longuement sur la clope qui s'approchait toujours davantage de la fin de sa vie courte et vaine. La cigarette était à présent consumée et, sachant qu'il ne lui restait qu'une taffe, elle aspira une dernière fois jusqu'à atteindre le filtre qui chauffa légèrement ses lèvres puis écrasa ce qu'il en restait dans le cendrier en verre.

C'est alors qu'un client défraîchi, à vue d'œil une bonne quarantaine d'années au compteur et sous l'effet d'une grande quantité d'alcool, vint l'aborder :
-   Salut, poupée. Qu'est-ce qu'une jolie petite chose comme toi vient faire dans un coin pareil ?
-   On a tous le droit d'avoir eu une journée merdique et de vouloir se saouler la gueule, lui répondit-elle sèchement.
-   Tu veux qu'on aille faire un tour tous les deux ? lui proposa-t-il, habité d'une confiance en lui qui ne pouvait qu'être le fruit de l'ivresse dont il était victime.
-   Je ne suis pas désespérée à ce point. Je tiens à garder une certaine dignité. Je ne suis pas encore prête à tomber dans la dépravation la plus totale alors lâche-moi, lui ordonna sèchement Marie pour mettre un terme à la conversation déjà trop longue à son goût.
-   C'est quoi ton problème ? s'énerva le client en frappant violemment du poing sur le comptoir.
-   Au cas où je n'aurais pas été assez claire, ma tequila, mon cul et moi, on aimerait terminer cette soirée en paix !
Le quadragénaire s'apprêtait à lui attraper le bras quand elle recula juste à temps pour ne pas qu'il la touche et le mit en garde, froide comme la mort :
-   Si tu me touches, tu le regretteras !
-   Je vais te…

A cet instant, une voix masculine suave avec un accent espagnol à la fois douce et imposante s'éleva :

- Laisse tomber. Elle t'a dit que tu ne l'intéressais pas alors casse-toi.
- T'as de la chance, grosse pute ! l'insulta le quadragénaire, fou de rage.
- Sois poli ou je te coupe la langue !

Alors que le client mécontent s'éloignait en marmonnant des insanités, la jeune femme s'écria, hors d'elle : « Je n'avais besoin d'aucune aide ! » avant de se retourner pour faire face à son sauveur et regarda celui-ci dans les yeux. Il s'agissait bien du latino à qui elle avait posé un lapin quelques heures plus tôt.

Le jeune homme lui sourit, heureux de s'apercevoir que la brune désirait visiblement le revoir. Marie se trouvait dans une position particulièrement délicate. En effet, sa seule présence dans cet endroit trahissait le fait qu'elle ne lui était pas indifférente, mais également qu'elle cherchait, elle aussi, à le rencontrer.

Gênée par la situation, abandonnée par ses amies et sa soif de téquila se mêlant, la mauvaise humeur de Marie et surtout sa mauvaise foi prirent le pas dans le but de la protéger. Son visage se ferma sous les yeux du latino incrédule.

Elle voulait le voir, l'avait vu et désirait désormais être seule.

- Encore toi, fit-elle mine de s'étonner.
- Tu pourrais commencer par me remercier, tu sais.
  Immédiatement, Marie monta sur ses grands chevaux.
- Et quoi encore ?! protesta-t-elle vivement. Et qu'est-ce que t'attends comme ça ? Une récompense pour cette action pseudo-héroïque ? Si tu veux une connaissance approfondie de l'anatomie féminine, tu t'es trompé de porte, mon vieux !
- Du calme. Je ne veux rien, s'indigna-t-il. Si je suis intervenu, c'était uniquement pour te rendre service.
- Donc t'es juste venu jouer les héros, cowboy ?
- Cowboy ? s'amusa le jeune homme en affichant un sourire radieux.

- Oui, genre sauveur de femmes en détresse, le preux chevalier au secours de sa belle ; enfin, tu vois ce que je veux dire ou tu veux un dessin ?
- Non, ce sera inutile, pouffa-t-il. Je suis sûr que tu n'as pas besoin de moi pour te sortir de ce genre d'affaire. En fait, je cherchais seulement un prétexte pour venir t'aborder après le râteau que tu m'as mis. Tu te souviens ? Parole de scout, c'est ça ?
- Je vais te faire une confidence… Je n'ai jamais été scout. Les chants en pleine forêt, la marche à pied, la construction de trucs en bois et les toilettes communes, très peu pour moi.
- J'avais compris, merci. Quoi qu'il en soit, tu es là maintenant, disons que c'est un début. Je peux m'asseoir et te tenir compagnie ?

Après un long moment d'hésitation sur sa réponse, un « Non » loin d'être convaincant sortit de sa bouche.
- Pourquoi ?
- J'attends quelqu'un, prétexta-t-elle.
- Qui ? Je n'ai pas l'impression qu'il y ait foule. Allez, avoue-le. Tu as l'esprit trop petit et trop mesquin pour que quelqu'un vienne dans ce bar miteux te tenir compagnie à cette heure-ci. Tu dois faire fuir tout le monde avec ton caractère de chien.
- Apparemment, ça ne fonctionne pas avec toi.
  Il s'installa à côté d'elle, attisant sa mauvaise humeur.
- Ose me dire que tu ne commences pas à me trouver sympathique.
- Je ne te supporte pas, mentit-elle.
- Je pense que c'est faux et je crois même que tu commences petit à petit à m'apprécier.
- Ah, parce que tout ça fait partie d'un plan ? C'est une stratégie ? lui demanda-t-elle, charmée.
- En effet, cela consiste à me montrer toujours aussi charmant et je suis certain que tu vas finir par tomber

sous mon charme déroutant et ne plus arriver à te passer de moi.

Elle rit bruyamment avant de rétorquer, piquante :

- Je ne veux pas briser tes rêves, mais ça ne marchera pas.
- Tu es pourtant venue jusqu'ici.
- Ce n'est pas pour toi que je suis là, mais pour la téquila.
- Menteuse…, l'astiqua-t-il toujours aussi souriant.
- Je te ferais remarquer que tu ignores tout de moi.
- Voilà une bonne raison de faire connaissance.
  Commence par me dire ton nom.
- Non.
- Allez, sois gentille. Juste une fois. Je te promets de ne dire à personne que tu as été quelqu'un de normal l'espace d'un instant.
- Je m'appelle… Marie.
- Voilà ! Ce n'était pas si dur. En plus, Maria, c'est un très joli prénom.
- Non ! Je m'appelle Marie, pas Maria ! s'emporta-t-elle sans qu'il ne prenne la peine de relever.
- Maria comment ?
- Marie tout court, lui répondit-elle mystérieuse. Et toi ?
- Ricardo Velázquez, mais tout le monde m'appelle Rico, se présenta-t-il en lui tendant la main.

Après une longue hésitation, elle serra celle-ci d'une façon très masculine, lui arrachant un petit sourire moqueur au passage.

Rico ne perdit cependant pas son objectif, la connaître plus, et l'interrogea :

- Une jeune femme dans ton genre qui vient traîner ici… Il y a forcément quelque chose qui ne va pas…
- Et toi ? Toi aussi, tu es ici…
- Moi, je suis une exception.
- Oh, monsieur est une exception et bien, je te signale que je sais parfaitement ce que je fais, assise ici, dans ce bar

68

à pouilleux… Je cherchais de la tequila, voilà tout ! s'exclama Marie en levant son verre à moitié vide.

- Encore cette histoire de téquila… Tu sais, si tu as besoin de parler à quelqu'un, je peux arriver à bricoler quelque chose de cohérent à te raconter ou je peux tout simplement t'écouter.
- Arrête de me parler et de voler mon oxygène, pleurnicha-t-elle. Passe-moi plutôt le pot de cacahuètes sur ta gauche.
- Pourquoi ? Tu comptes me les lancer au visage ?
- Tu n'as pas plutôt des pierres pour ça ? le taquina la Bruxelloise.

Ce bout de femme était un sacré numéro. Il l'observait se morfondre silencieusement, la tête entre les mains, les coudes appuyés sur le comptoir. Elle bougeait exclusivement le temps de picorer et de lui lancer une grimace. Il le savait, ces arachides étaient infectes pourtant elle s'obstinait à en manger à intervalles réguliers comme pour montrer à tout le monde ou à elle-même qu'elle était au-dessus de ça. Elle, Maria… euh Marie tout court, était capable de bouffer les cacahuètes dégueulasses du Ruby. S'il ne l'arrêtait pas, dans quelques heures, elle vomirait ses tripes.

- Arrête de manger ces saloperies, tu vas être malade. Dis-moi plutôt ce qui ne va pas.

Il esquissa un sourire charmeur, arborant fièrement une rangée de dents blanches parfaitement alignées. Elle s'esclaffa.

- Et tu crois vraiment que je vais raconter à un parfait inconnu ce que je ne dirais même pas à un psy ? l'interrogea-t-elle, dubitative.
- Et bien justement, tu ne me reverras probablement jamais…
- Que dieu t'entende, si ça pouvait être vrai…, le coupa-t-elle en ricanant.

Elle le regarda un long moment d'un air malicieux ce qui le fit littéralement fondre. Etrangement, il ne se sentait pas gêné avec elle. Il était vraiment à l'aise. Entre eux, c'était comme s'ils se connaissaient depuis toujours.

L'atmosphère tendue s'était soudain transformée en conversation amicale, sans pour autant que Marie cesse de le taquiner. Il commençait peu à peu à percer sa carapace. Il apercevait petit à petit la vraie Marie, une jeune femme fragile. Il comprenait à présent son besoin de donner l'image d'une femme forte et agressive, qui tourne tout en dérision. C'était, pour elle, un moyen de se protéger des évènements de la vie et surtout des hommes. Elle le repoussait bec et ongles depuis le départ. Elle préférait attaquer plutôt que montrer la moindre faiblesse.

Après un long silence pesant, le beau jeune homme osa lui demander :
-   Comment se fait-il que tu sois célibataire ? Tu es drôle et vraiment… magnifique.
Sa voix avait flanché en lui faisant ce compliment. Il était troublé par son incroyable beauté. Il avait la gorge sèche et les mains moites. Cela ne lui arrivait jamais, même lorsqu'il… Enfin, ça ne lui arrivait jamais. Cependant, cette soirée passée à ses côtés le faisait se sentir différent et il trouvait ça excessivement agréable. Il déglutit bruyamment le peu de salive qui humidifiait encore sa bouche. Il était terriblement attiré par elle, même s'il la connaissait à peine. Il y avait quelque chose entre eux. Quelque chose d'étrange contre lequel il était incapable de lutter. Il n'y avait aucun doute possible. Marie tout court était tout ce dont il pouvait rêver. Elle était faite pour lui, il le sentait. Il le savait.
Marie répondit enfin, après plusieurs gorgées alcoolisées :
-   Je suis une femme qui sait ce qu'elle veut et ce qu'elle cherche. Les histoires sans lendemain, très peu pour moi.

C'est peut-être cliché, mais je cherche l'homme de ma vie et je suis exigeante donc en attendant, je me débrouille très bien toute seule.

- C'est à dire ?
- J'ai un concierge pour réparer mes chiottes, des restaurants qui livrent à domicile, la télévision digitale avec une bonne centaine de films à la demande et une armée de godemichés dans mes tiroirs, alors j'ai bien le temps. Je suis une femme comblée.

Cloué sur son tabouret, Ricardo ne sut quoi répondre et la regarda avec un air constipé. La jeune femme éclata de rire en lui affirmant qu'elle plaisantait. Ils se bidonnèrent avant de commander à la charmante serveuse une autre tournée de tequila.

Encore le sourire aux lèvres, le latino porta son verre à sa bouche et but une longue gorgée du savoureux breuvage qu'il appréciait tant, sous le regard avide de la brune. Marie ne le quittait pas des yeux. Elle n'y parvenait pas. Elle avait beau essayer de toutes ses forces de détourner le regard, c'était plus fort qu'elle. Elle l'admirait. Pire, elle avait été sympathique… Enfin, plus sympathique qu'elle ne l'aurait voulu. Etait-ce dû à son beau visage ou à son corps athlétique ? Elle l'ignorait et n'en était pas moins hypnotisée. Elle contempla ses lèvres qu'elle imagina douces, chaudes et légèrement engourdies par la tequila. Elle en avait envie. Elle voulait les caresser, les embrasser, les mordre. Elle les voulait. Elle le voulait lui.

Marie se força à reprendre ses esprits. Que lui arrivait-il ? Etait-ce l'effet de l'alcool ou de cette attraction presque palpable qui les attiraient, de plus en plus au fil de la soirée, l'un vers l'autre. L'alcool était le seul responsable, elle en était certaine. Il n'y avait aucune autre raison plausible. Tomber amoureuse d'un mec qu'elle ne connaissait pour ainsi dire pas, ce n'était pas du tout son genre. La tequila, quelle merde ce truc-là !

71

Soudain, elle décida de profiter du moment pour entamer une nouvelle discussion au sujet du bel inconnu :

- Parle-moi de toi, cowboy.

Il se raidit. Il n'aimait pas parler de lui. Il ne parlait jamais de lui à des étrangers. Il décida alors, malgré tous ses principes, de baisser la garde et aborda le sujet en restant cependant le plus évasif possible :

- Moi, je n'ai rien de spécial à dire. Pose-moi des questions et je répondrai.

Morte d'impatience, Marie commença à l'interroger :

- Bon, commençons. Tu es espagnol ?
- Je suis sud-américain, vénézuélien pour être précis.

Il la fixa et elle lui rendit son regard, hypnotisée.

- Quel âge as-tu, cowboy ?
- J'ai vingt-six ans. Et toi ?
- Sacrilège ! fit mine de se vexer Marie en haussant la voix. Ne sais-tu pas qu'il ne faut jamais demander l'âge d'une femme… Et puis, on ne parle pas de moi. Donne-moi quelques adjectifs qui te qualifieraient…

Il se mit à rire, d'un rire heureux et satisfait.

- Je suis quelqu'un de charmant, très gentil avec les personnes qui le sont avec moi, plutôt intelligent, enfin je crois, et je pense avoir assez bien d'humour.
- Tu travailles ? continua la jolie brune imperturbable, en se rapprochant de lui.
- Bien évidemment. Ce n'est pas parce que je suis un latino que je chôme toute la journée.
- Que fais-tu ? Tu vends de la drogue ?

Il rit.

- Je travaille sur des chantiers. Je suis… ouvrier dans le bâtiment.
- Tu as hésité.
- Absolument pas.

Il avait hésité. Elle savait qu'il lui mentait. Il n'avait ni les mains d'un maçon ou le look d'un peintre en bâtiment. Elle décida néanmoins de se taire car même s'il n'était pas ce qu'il prétendait, elle l'appréciait énormément et ne voulait écourter, de quelque façon que ce soit, le moment qu'il partageait.

- Tu as des frères et sœurs ? continua-t-elle.
- J'ai un frère et une sœur, tous les deux plus âgés. J'ai également une nièce, la fille de ma sœur dont je suis très proche.

Elle se mordit les lèvres à la recherche de questions supplémentaires.

- Tu vis dans le coin ? Seul ? se risqua-t-elle à lui demander.
- Je vis avec ma famille. Nous sommes très proches. J'avoue avoir beaucoup de mal à être loin d'eux. J'ai toujours peur qu'ils aient besoin de moi alors en vivant là-bas, je reste disponible en cas de soucis.

Aussitôt la tension quitta ses épaules et Marie reprit une respiration normale. Néanmoins, un doute persistait.

- Es-tu célibataire ? l'interrogea-t-elle, tendue.
- Oui, répondit-il avec une détermination qui la troubla avant de poursuivre. Tu crois honnêtement que si j'étais en couple, je serais ici en train de parler avec toi ?
- Je n'en sais rien. Et niveau M.S.T ?

Elle s'aperçut que sa voix avait légèrement tremblé lorsqu'il haussa les sourcils, étonné.

- Pardon ? Ta question est est-ce que j'ai des maladies sexuellement transmissibles ? s'amusa-t-il, tout de même un peu perdu. Si c'est ça, je suis clean.
- Tu en es sûr…, insista Marie.
- Ah, t'inquiète, je suis clean. Parlons de tes amis.

Le silence s'installa car la jeune femme était en train de s'allumer une cigarette et Rico en profita pour l'observer. Ses longs doigts fins saisissaient avec habileté une cigarette dans le paquet avant de la porter à sa bouche. Elle était d'une beauté à couper le souffle. Il était charmé et la dévisageait sans réaliser qu'il était tout sauf discret. Marie remarqua qu'il l'examinait et détourna le regard, gênée. Cependant, un sentiment surpassait la gêne : la jubilation. La jeune femme était heureuse de s'apercevoir que le latino soit sous la même emprise mystérieuse qu'elle.

La discussion reprit et s'étendit sur plusieurs heures durant lesquelles ils abordèrent des sujets aussi variés que personnels, passant de leurs origines à leurs buts dans la vie. L'alcool aidant...

- En fin de compte, tu es plutôt sympa comme mec, décréta Marie, sincère.
- Elle est où, l'arnaque ? Tu as été gentille alors je m'attends au pire.
- Oh, mets-ça sur le compte de l'alcool.

Elle l'avait complimenté. Pendant un instant, il se tut, pensif. Il saisit son téléphone et l'examina. Vingt-deux appels en absence et huit messages textes reçus.

Envoyé par Vera à 00h24.
Suis seul à la maison et j'arrive pas à dormir. Je passe chez toi goûter la tequila. Suis là dans 15 min max.

Envoyé par Vera à 00h45.
T'es où ? Suis chez toi. T'es pas là. T'es sorti ? Rom ne sait pas où tu es. Réponds-moi et je te rejoins.

Envoyé par Vera à 01h03.
Personne sait où tu es. Réponds.

Envoyé par Vera à 01h26.
Passé au Chicas. T'es pas là. Julio et Hector savent pas non plus où tu te trouves. Où es-tu ?

Envoyé par Vera à 01h49.
Tout le monde te cherche. Réponds !

Envoyé par Vera à 01h55.

Si tu veux être un peu seul, tu sais pas juste envoyer un sms pour me le dire ?!

Envoyé par Vera à 02h14.
Suis de retour chez toi. Je bois dans ton salon.

Envoyé par Vera à 03h26.
Rentre maintenant. Il y a du nouveau et on a besoin de toi.

Ricardo jeta un coup d'œil aux aiguilles de l'horloge qui surplombait le bar et grignotaient inexorablement le temps, bien trop vite à son goût. Il était 03h31. Il devait aller rejoindre Vera avant qu'il ne lui fasse une crise et découvre qu'il avait passé la soirée et une partie de la nuit aux côtés de la jeune Bruxelloise. Il proposa alors à la piquante demoiselle dont l'alcool avait depuis longtemps eu raison, de la raccompagner.

- Allez, je te ramène. Je te promets que c'est uniquement pour que tu ne prennes aucun risque.

Il lui caressa doucement la joue et la gentillesse de son geste la bouleversa étrangement. Il poursuivit, très sérieux :

- Les rues sont dangereuses et à tous les coups, si tu rentres seule, tu vas avoir des ennuis.
- Si tu crois ça, on peut aussi bien retourner au temps des romains lire l'avenir dans le foie des volailles. Alors merci du tuyau, Nostradamus, mais je vais prendre un taxi.
- Tu ne sais même plus ce que tu racontes.
- Si tu crois que je suis assez saoule pour que tu profites de mon corps, tu te fous le doigt dans l'œil jusqu'au cerveau ! Je ne suis pas encore assez bourrée pour te laisser abuser de moi sans réagir, mon vieux.
- Marie tout court, vous n'êtes définitivement pas mon genre de femme.
- C'est à dire ?
- Les femmes cruelles ne m'attirent pas du tout.

75

- Oh, zut alors, moi qui avais décidé de te sauter dessus. Je vais devoir me raviser.

Il sourit, une lueur d'amusement dans les yeux. Elle était totalement saoule.

Plus tard, au volant de son monospace couleur vert sapin à propos duquel Marie ne put s'empêcher de le taquiner, il la déposa devant son bel appartement. Marie trouva la force de s'extirper du véhicule sans s'écrouler sur le haut trottoir. Il lui souhaita une excellente soirée et lui demanda :
- Je peux te voir demain ? Je t'invite au restaurant… ou au cinéma ou ailleurs…

N'obtenant aucune réponse, il insista :
- Allez, dis oui. Je sais que tu en as envie autant que moi.
- Alors là, pas du tout.
- Tu es saoule, je ne dois donc pas t'écouter. Tu n'as plus les idées claires.

Elle esquissa un sourire complice mais ne lui répondit rien. Il ne cessait de réitérer sa proposition tandis qu'elle continuait à avancer en titubant vers la porte d'entrée de son immeuble. Elle marchait doucement en se déhanchant, mouvements dus à la grande quantité d'alcool qui se trouvait dans son organisme. Elle ne ralentissait cependant pas. Mais, au moment où elle allait refermer la porte, elle lui cria :
- 18 heures ! Ne sois pas en retard !

Il jeta un regard bovin vers la porte qui claqua brutalement.

C'était la première fois qu'il avait passé une soirée si agréable et si étrange à la fois. Pouvait-on appeler ça un rendez-vous ? D'habitude, ceux-ci se passaient totalement différemment. Après tout, peu importait. Il alla ensuite rejoindre son ami, pensif et rêveur, se remémorant la beauté assassine de la jeune femme aux courbes parfaites.

De son côté, Marie, une fois dans son appartement, laissa glisser ses vêtements le long de ses longues jambes sculptées, formant une petite flaque de tissus à ses pieds. La jeune femme s'en débarrassa en les poussant du bout du pied dans un coin de sa chambre, enfila un peignoir en satin, brossa machinalement sa chevelure avec ses longs doigts fins, déjà à moitié endormie, la releva et la noua avec soin et application. Puis se fourra sous les draps. Elle aurait voulu se remémorer l'agréable soirée qu'elle avait passé, aux côtés de Ricardo, surnommé Rico, mais c'était au-dessus de ses forces. Son énergie l'abandonnait, elle avait besoin de se reposer, de dormir. Cette longue et dure journée riche en émotion l'avait épuisée.

***

Sur le chemin du retour, Rico n'avait cessé de se remémorer ses nombreuses rencontres avec la fascinante Bruxelloise. Il devait admettre avoir été séduit par la jeune femme, mais pas uniquement, il aimait le sentiment d'indépendance et de liberté qu'elle dégageait.

L'indépendance, la liberté, ce n'était pas le genre des Velázquez.

D'ailleurs, il n'y avait jamais eu droit. Toutefois, en contrepartie, il pouvait compter sur la famille dans son entièreté, une famille qui pouvait vous dévorer autant que vous chérir.

Une fois de retour chez lui, Rico pénétra dans le salon où il se doutait que Vera l'attendait. Néanmoins, celui-ci n'était pas seul, sa sœur lui tenait compagnie.

- Ca va ? Tout va bien ? demanda Ricardo quelque peu paniqué par l'ambiance morose qui régnait dans la pièce.
- Un de nos contacts a trouvé l'adresse du gars qui a planté Rom, l'informa le chauve en allant à sa rencontre, lui serrant la main en guise de salutations.
- Où est Romero ? s'inquiéta soudain Rico, terrifié à l'idée que cette tête-brulée ait refusé de l'attendre.

- Il va nous rejoindre. Il était chez Loretta en compagnie d'Estella. Il ne devrait plus tarder.
- Vargas et Gaspar sont déjà sur place et gardent discrètement un œil sur le gars en attendant votre arrivée, lui précisa Gina.
- C'est prématuré, lui rétorqua Rico sans réfléchir. On devrait peut-être attendre, laisser les choses se calmer, proposa le cadet laissant le chauve et son ainée sans voix avant de continuer, on ignore s'il a payé une famille pour le protéger. Nous fonçons peut-être dans un piège tête-baissée.
- Peu importe ! s'énerva Vera. Il s'agit de Rom, bordel ! Je te rappelle qu'il a failli y rester !
- Je sais très bien qu'il s'agit de lui ! Je te signale que je considère ce gars comme mon propre frère ! s'emporta à son tour Rico.
- Prouve-le dans ce cas ! le provoqua le chauve.

Brusquement, Gina éleva le ton et ils se murèrent simultanément dans un silence absolu. Elle s'approcha ensuite de son cadet et posa ses mains douces sur ses joues mal-rasées en lui expliquant d'une voix qui mêlait quiétude et dureté :

- Je comprends ce que tu veux dire et les raisons pour lesquelles tu as dit ces choses car tu as raison de vouloir éviter une guerre ouverte avec une autre famille. Aucun de nous ne désire que cela se produise, mais nous n'avons pas d'autre choix que de prendre le risque et pour cela, ils doivent nous craindre. Et le meilleur moyen d'être craint, c'est de frapper fort. Il savait sa valeur à nos yeux et connaissait sa valeur pour la famille.

Gina se tut un instant comme pour s'assurer que son frère l'écoutait toujours avec autant d'attention. Puis elle décréta sur le même ton dur :

- Je vais donc oublier ce que tu viens de suggérer et vais te demander de venger Romero, comme il le ferait pour toi, et ce, aux côtés de ta famille. Je veux que tu sois sans pitié pour ce lâche qui l'a attaqué par surprise, trop effrayé de lui faire face comme un homme.

Elle marqua une seconde pause et le sonda :

- Quelle est ta réponse ? Es-tu avec nous ?

Son cadet ne sembla pas prendre le temps d'y réfléchir davantage et lui rétorqua d'une voix décidée :

- Evidemment, je suis avec la famille, comme toujours.
- C'est bien, le félicita-t-elle en posant une main protectrice sur son épaule. Maintenant, va te préparer. Rom sera bientôt là.

Ricardo s'exécuta et monta se préparer tandis que sa sœur s'approchait lentement du chauve qui n'avait rien manqué de la conversation.

Après avoir attendu que le cadet eut pénétré dans sa chambre, considérant le claquement de la porte pour preuve, elle le sollicita, feignant avec talent une légère angoisse :

- J'ignore ce qui lui arrive en ce moment mais depuis quelques jours, il a l'air totalement perdu. J'ai besoin que tu gardes un œil sur lui. Je refuse qu'il se mette en danger ou fasse prendre des risques inutiles aux membres de cette famille avec ses idioties.
- Compte sur moi, intervint Vera à voix basse en percevant désormais un vrombissement de moteur venant de l'extérieur.
- Ne le laisse pas se déconcentrer avec des bêtises, lui ordonna la Vénézuélienne avec douceur en caressant délicatement la joue de l'ami dévoué. Et si tu découvres la cause de cette soudaine inattention, je veux que tu t'en débarrasses.

Vera secoua la tête en guise d'accord tandis que Romero se garait dans l'allée.

- Promets-le-moi, insista-t-elle, sa voix devenant plus pressante.

Le chauve la contempla quelque peu surpris de la soudaine dureté de ses traits avant de lui répondre alors qu'Estella suivie de Romero entraient dans la pièce.

\- Je te le promets.

Partie 2 :

Jouer avec le feu.

Chapitre numéro cinq :

Votre grille-pain a explosé !

Marie se leva de son lit douillet d'un bond, les cheveux en bataille. Elle prit une seconde pour réaliser où elle se trouvait et reconnut son petit appartement qu'elle se plaisait à qualifier de cosy. Elle fut intriguée de ne pas sentir, comme tous les matins, l'odeur de cigarettes froides, mais après quelques minutes d'intenses réflexions, elle se souvint de sa soirée et comprit d'où venait son horrible mal de crâne.

Elle ne perdit pas plus de temps en réflexions et traversa son salon-salle à manger pour entrer dans la salle de bain où elle ingurgita, sans plus attendre, deux comprimés très efficaces contre le mal de tête, qui ne lui servaient que les jours de gueules de bois. Une fois ceci fait, elle laissa glisser lentement son peignoir en satin, enfilé précipitamment la veille, avant de tomber morte sur le lit. Elle jeta ensuite un rapide coup d'œil dans le miroir pour voir l'état de dépravation dans lequel elle était puis monta machinalement sur la balance, rituel quotidien. Elle sourit intérieurement, elle avait perdu plus de deux kilos en moins d'un mois.

Elle fit ensuite couler l'eau de la douche tandis qu'elle allumait le petit poste de radio situé sur la cuvette du wc. Elle passa une main pour sentir si l'eau était à bonne température et après quelques réglages, elle entra dans la cabine en refermant doucement la porte coulissante. Elle commençait toujours par laver ses longs cheveux satinés, ensuite son visage, pour terminer par son corps élancé et musclé. Lorsqu'elle eut terminé de se décrasser, elle sortit et se plaça sur l'essuie de sol rose pâle. Elle passa sa main sur le miroir pour faire disparaître la buée qui en avait pris possession. Les gouttes d'eau perlaient sur sa peau et coulaient le long de son corps avant d'être absorbées par la serviette. Après s'être entièrement séchée, elle attacha ses cheveux avec une pince qui traînait sur l'évier et commença à se maquiller.

L'opération consistait à appliquer une légère couche de fond de teint, de l'anti-cernes pour cacher la folle soirée de la veille et surtout du blush pour arborer une mine splendide et rayonnante à l'opposé de son teint de déterrée.

Une fois propre et totalement réveillée, elle se rendit dans sa petite cuisine. Elle ne déjeunait jamais, non parce qu'elle n'en éprouvait pas le besoin, mais uniquement par esprit de contradiction envers toutes ces campagnes de sensibilisation qui prônaient, partout dans la ville, l'importance de prendre un copieux petit-déjeuner car c'était le repas le plus important de la journée. Cependant, elle n'avait pas renoncé à engloutir une énorme quantité de café noir serré, chaque matin, seul moyen pour elle d'être d'attaque pour la journée. Ensuite, elle attrapa son paquet de cigarettes et en sortit une qu'elle alluma. C'est donc une clope au bec qu'elle retourna dans la chambre, ouvrit la commode et enfila d'une main un ensemble de sous-vêtements avant de se battre avec sa belle robe noire mi-longue en tentant tant bien que mal de l'enfiler. Une fois sa mission terminée, elle plongea ses petits pieds dans les ballerines assorties. Enfin, elle regarda le réveil qui indiquait 11h03 ce qui signifiait, une fois de plus, qu'elle était en retard et de deux heures cette fois. Elle enfila hâtivement sa veste courte au cuir rougeâtre et courut vers la porte d'entrée en attrapant brusquement au vol son sac à main. Elle claqua, sans ménagement, la porte de son appartement qu'elle ferma à clef et descendit le plus vite possible les escaliers, puis partit en direction de son lieu de travail.

Elle était très en retard. Cela lui arrivait souvent, mais cette fois, c'était sans précédent. Deux heures de retard ! Elle avait été stupide de sortir la veille. Son patron l'avait déjà dans le collimateur depuis plusieurs semaines et cette fois, il n'allait pas la rater. Elle soupira en continuant à marcher d'un pas rapide. Travailler un dimanche matin, c'était vraiment n'importe quoi. La boutique minable dans laquelle elle bossait était ouverte du lundi au dimanche matin pour vendre d'horribles draps aux couleurs ringardes, des essuies-vaisselle qui n'essuyaient pas, des boîtes en plastique bon marché loin d'être hermétiques, des fringues de mauvaise qualité et une panoplie de bijoux en toc. Pathétique.

Il fut un temps où elle avait de l'ambition, mais ça lui était passé. Maintenant, elle était pragmatique. Avec ce salaire, elle avait son indépendance et grâce à son sens de l'économie, elle arrivait à mettre plusieurs centaines d'euros de côté par mois et ça, depuis des années. Il s'agissait là d'une raison suffisante pour vouloir garder cet emploi qu'elle détestait.

En entrant dans la boutique, Marie tenta de garder son retard secret en se cachant derrière une cliente. Tout aurait pu se passer à merveille si la grosse Suzie ne s'en était pas mêlée en allant furtivement la dénoncer. Ce gros tas de Suzie n'était qu'une sale petite cafeteuse. Et alors que la brune, assise derrière la caisse, s'occupait d'ores et déjà d'une cliente, celle-ci entendit son patron vociférer :
- Mademoiselle Chevalier, une fois de plus, vous êtes en retard ! Quand apprendrez-vous que le magasin ouvre à 9 heures ?!
- Euh, en fait..., désira-t-elle se défendre.

- Cela signifie que vous devez être présente à 9 heures dans mon magasin ! continua son employeur d'une voix stridente.
- Je suis désolée, mais j'ai eu un problème avec...
- Inutile de trouver une autre de vos excuses idiotes, mademoiselle Chevalier ! Je sais pertinemment que votre grille-pain a explosé, que des extraterrestres sont venus vous rendre visite pendant la nuit ou encore que vous avez failli vous faire écraser par un semi-remorque ! Je connais parfaitement toutes vos allégations farfelues, il est donc inutile de faire preuve, une fois de plus, d'une imagination débordante ! Vous habitez à 7 minutes montre en main du magasin alors, j'estime que vous vous devez d'arriver à l'heure ! Economisez donc votre salive !
- Ca va dans ce cas ? Tout va...
- Non ! Tout ne va pas bien ! Au cas où cela vous aurait échappé, vous êtes virée, mademoiselle Chevalier ! hurla son patron, habité d'une telle rage que la Bruxelloise craignit, un instant, que son visage rouge pivoine ne finisse par éclater comme une grosse pastèque qu'on aurait brutalement jeté au sol.

Chapitre numéro six :

Ce n'est pas réciproque.

De retour dans son appartement, l'ambiance se métamorphosa du tout au tout. A la robe élégante assortie aux jolies ballerines, Marie préféra le jogging extra-large accompagné des grosses pantoufles à tête de chien sorties spécialement pour l'occasion. Mais quelle occasion me direz-vous ? La journée déprime bien entendu. Une journée où, habillée comme un sac, mademoiselle Chevalier resterait à se morfondre sur sa petite vie, misérable devant son téléviseur en s'empiffrant de cochonneries sans omettre les indispensables cigarettes, le tout simultanément, préférant cumuler les plaisirs plutôt que de les alterner.

Lorsqu'elle alluma la télévision, le journal commençait. Instantanément, elle appuya sur le bouton « off ». Dans la seconde, la télévision s'éteignit laissant la jeune femme seule dans un silence seulement rompu par le ronronnement de Gus qui faisait ses griffes sur le buffet familial, hérité de mamy. « Tu as de la chance que j'ai la gueule de bois, vilain minou, sinon je me ferais un vrai plaisir de te balancer du balcon » marmonna-t-elle à l'attention du matou, qui comme pour lui répondre, ronronna derechef, plus fort encore qu'auparavant. S'avouant vaincue, elle saisit le magazine féminin qui traînait sur sa table basse et commença à le feuilleter. Le premier article n'attira nullement l'attention de la jeune femme car le titre était « Les hommes sont-ils capables d'évoluer ? ». Pour elle, il était clair et net que les hommes étaient définitivement incapables de changer ou de progresser. Pour les mecs, le summum du progrès était de pisser dans la lunette des toilettes sans en mettre partout et encore, trop nombreux d'entre eux étaient bien loin de ce stade de l'évolution. Donc, inutile de perdre son temps à lire des choses qu'elle savait déjà et de prendre le risque de tomber sur un avis contraire au sien car la règle d'or d'une journée déprime : NE PAS ETRE CONTRARIEE !

***

Ricardo enfila une veste, se regarda dans le miroir, râla, vociféra puis la jeta violemment au sol. Il se rendit dans la cuisine où sa nièce Estella ricanait, peu habituée à le voir dans des états pareils pour de telles bêtises.

- Qui a pris ma veste brune ?
- Je crois que c'est Gaspar, l'informa-t-elle, amusée.
- Et mon parfum ?
- Quoi ? chercha-t-elle à comprendre.
- Il est vide.
- Gaspar, l'informa-t-elle derechef, toujours aussi amusée.
- Et la voiture ?
- Gaspar, pouffa-t-elle désormais au bord de l'hilarité.
- Et comment suis-je censé me déplacer ?
- Prends sa moto.
- Un jour, je vais tuer ce con…, grogna-t-il, excédé.
- Tu as un rancard ? le questionna la jeune fille, curieuse.

Il ne répondit pas et alla chercher une veste noire pendue dans l'entrée avant de se saisir les clefs de la moto cachées sous l'oreiller de son aîné puis retourna dans la cuisine où il interrogea Estella :

- Alors comment tu me trouves ?

- Très bien. Ca fait un peu bad boy le côté blouson de cuir et moto, mais beau bad boy, le complimenta sa nièce.
- J'aurais préféré charmant, mais beau bad boy fera l'affaire. Je lui prends des fleurs ?
- Des fleurs ? Ce n'est pas vraiment ton genre, non ?
- Je suis un vrai gentleman malgré ce que tu sembles penser.
- Des fleurs, c'est bien. Des fleurs, c'est romantique.
- Romantique, vraiment ? Je ne crois pas que ce soit vraiment son genre…, hésita Ricardo.
- Alors n'en prends pas, mais ce n'est pas poli d'arriver les mains vides à un rendez-vous galant.
  Estella réfléchit à haute voix :
- Elle disait peut-être ça pour voir si tu en prendrais. Elle les aime peut-être en fin de compte.
- Alors je fais quoi ? J'en prends ou pas ? s'impatienta le jeune homme.
- Prends des roses, lui conseilla sa nièce.
- Rouges, roses, blanches ou jaunes ? demanda-t-il perdu.
- Rouges et va-t'en sinon tu vas être en retard. Je croise les doigts pour toi.
- Pas sûr que cela suffise. Tu as le temps de dire une prière ?

***

Toujours allongée dans son canapé, Marie sursauta lorsque la sonnette retentit. Qui pouvait bien venir lui rendre visite ? Elle n'attendait personne. Elle se leva difficilement, elle avait dû s'assoupir et en jetant un coup d'œil sur l'horloge du salon, elle s'aperçut avec horreur qu'il était 17h45. Il devait s'agir de Jessica et Séverine. Elle enclencha le parlophone et s'exclama : « J'espère que vous avez prévu de l'alcool, les filles ! Montez ! ». Elle alla déverrouiller la porte d'entrée et se rendit dans la cuisine pour se servir un café. Comment avait-elle fait pour dormir autant ? Marie alluma une cigarette et but une gorgée de son café qui avait un goût de pisse. Elle recracha le liquide dans l'évier avant de boire une gorgée d'eau du robinet pour se rincer la bouche et se dirigea vers la porte d'entrée pour accueillir ses meilleures amies. C'est alors qu'elle tomba nez-à-nez avec Ricardo qui était posté dans son salon.

Il fallut quelques instants à la jeune femme pour réaliser qu'elle ne rêvait pas et que le beau Vénézuélien se trouvait à côté de sa table basse, vêtu d'un blouson de cuir, un casque de moto et un bouquet de fleurs en mains. Il était à tomber à la renverse. Elle, en revanche, s'était faite virer quelques heures plus tôt et ressemblait à un chiffon mal repassé. Elle s'écria furax :

- Bon sang ! Mais qu'est-ce que tu fous là ?!
- Je suis venu te chercher, l'informa Rico. Hier, tu as accepté que je t'emmène dîner.
- Au cas où ça t'aurait échappé, hier, j'étais ivre-morte alors il ne fallait pas m'écouter. En plus, je t'assure que ce n'est pas le jour.
- Pourquoi ? l'interrogea l'invité surprise.
- Pourquoi ci ? Pourquoi ça ? T'es un sacré curieux ! Si tu veux tout savoir, je me suis fait virer de mon job ! s'emporta la brune.
- Et évidemment ça va être de ma faute…, devina le Vénézuélien.
- Tout à fait ! J'avais la gueule de bois et je n'ai pas entendu le réveil ! C'est entièrement de ta faute !
- Voyez-vous ça. Tu étais allée dans ce bar de ton plein gré et dans l'unique but de ME revoir, lui fit-il remarquer.
  Marie était coiffée au poteau.
- Et toc, ma jolie, l'acheva Ricardo, conquérant.
- Bon, tu es venu jusqu'ici pour m'agresser ou pour me donner ces fleurs ?

Il lui tendit le bouquet uniquement composé de tiges de roses parsemées d'épines sans les têtes. Elle se figea et l'interrogea, surprise :

- Qu'est-ce qu'il leur est arrivé ?
- Ma nièce m'a dit de ne pas venir les mains vides alors je suis passé chez le fleuriste, mais une fois sur place, il y avait tant de roses différentes avec toutes de très jolies couleurs. Je n'ai pas su choisir alors je me suis dit que les épines, ça te ressemblait plus et que tu préférerais sûrement. J'ai donc demandé à ce qu'elles soient décapitées.
- Et bien… Merci. C'est bien, on dirait que tu commences à me connaître. C'est une très gentille attention, le remercia la jeune femme qui, malgré son apparence décontractée, avait le sentiment de devenir rouge sang tant elle était gênée qu'il la voie dans cette tenue et ajouta, tu choisis vraiment mal ton moment. J'avais prévu de sauter du toit de l'immeuble.
- Si tu préfères, je peux t'emmener sur mon bolide et foncer à 180 dans un mur, lui proposa Rico provoquant leur hilarité.
- Ce serait sympa, mais je ne suis pas prête à mourir aux côtés d'un bel inconnu du nom de Ricardo Velázquez. Trop exotique.
- Tu as dit bel inconnu ?

Marie rougit, gênée, avant de protester vivement :

- Non ! J'ai juste dit un inconnu !
- Tu as dit bel inconnu, la contredit-il, sûr de lui.

Il sourit, amusé, tandis qu'elle tentait de se reconcentrer. Le coup des fleurs l'avait charmée. Elle se trouvait niaise et stupide d'avoir le temps d'un instant laissé sa carapace se fissurer pour si peu. Elle se promit alors de faire échouer toutes ses possibles tentatives de séduction, refusant de lui montrer l'attirance qu'elle éprouvait pour lui depuis leur première rencontre et pour ce faire, elle décida de prendre les devants en l'attaquant verbalement :

- Bon, tu prends racine ou tu t'en vas ?
- Si tu n'as rien d'autre de prévu, je peux peut-être rester avec toi. Moi aussi, j'ai eu une mauvaise journée, alors si tu veux, on peut toujours se faire un resto ?
- Qu'est-ce tu espères ? Tu crois que tu vas subitement devenir mon meilleur ami parce que tu as eu une journée de merde ?
- Tu as d'autres brillantes idées que celle de rester seule à te morfondre chez toi ? l'interrogea-t-il en souriant.
  Elle soupira, consciente de sa propre solitude.

Il semblait si déterminé à vouloir passer du temps avec elle et Dieu seul sait à quel point la détermination, ça peut être séduisant chez un homme.
- Pourquoi fais-tu ça ? lui demanda-t-elle en lui proposant de s'asseoir d'un geste de la main. Vouloir passer du temps avec moi ?
  Il enleva sa veste et s'installa sur le canapé, le haut du corps tourné dans sa direction.
- Parce que tu me plais, avoua-t-il, tout sourire.
  Elle fronça les sourcils, sur la défensive, et trancha :
- Ce n'est pas réciproque.
- Ce serait bien moins drôle si tu admettais le contraire.
  Elle éclata de rire.

La jeune femme alla mettre les tiges de roses dans un vase à moitié rempli d'eau qu'elle déposa au centre de la table basse en arborant un sourire radieux. Ensuite, elle vint près de lui dans le divan et lui suggéra :
- On peut se faire livrer quelque chose de comestible si tu as déjà faim ? Comme ça, je ne suis pas obligée de me changer. En plus, il y a une rediffusion d'un film d'Antonio Banderas. Il vient de chez toi, non ?
  Il esquissa une moue amusée, puis reprit soudain son sérieux.

- Mademoiselle Chevalier, Antonio Banderas est espagnol
  et je suis vénézuélien. Il s'agit de deux continents
  différents, s'esclaffa Rico en arborant un sourire
  dévastateur.

Ses dents étaient parfaitement alignées et le contraste
entre la blancheur de sa dentition sans défaut et sa peau
légèrement mate était magnifique et charma une fois de plus la
jeune femme.

- Oh, arrête, c'est la même chose, lui lança-t-elle sur un
  ton moqueur mais dénué de méchanceté. Et au fait, d'où
  tu connais mon nom de famille ?
- C'est inscrit sur ta sonnette. Pour ce qui est de manger,
  c'est comme tu veux car je n'ai pas encore très faim, la
  laissa choisir Ricardo.
- Moi non plus de toute façon. Tu veux un soda, une bière
  ou quelque chose de plus fort ?
- Ca dépend de ce que tu as de plus fort ?

Marie se leva d'un bond et alla jusqu'au buffet où elle
rangeait les alcools. Elle sortit une bouteille de scotch et deux
petits verres, vint se rasseoir et les servit. Ils trinquèrent et
burent cul-sec.

- Que comptes-tu faire maintenant vu que tu es
  officiellement sans emploi ? la questionna-t-il.
- Je pourrais faire la manche, plaisanta la brune.
- Tu n'es pas assez gentille pour qu'on te file une pièce, la
  taquina le jeune homme.
- Dis-moi que je rêve ! On dirait que je déteins sur toi. Tu
  deviens aussi méchant que moi.

Marie les resservit et ils trinquèrent à nouveau. Elle
s'était tournée davantage dans sa direction et avait replié ses
longues jambes sur le divan. Ses yeux plongèrent dans ceux de
son invité et son cœur se mit à battre plus rapidement encore.
Elle ouvrit plusieurs fois la bouche sans dire un mot avant de se
décider enfin à lui poser la question tant redoutée :

- Franchement, tu fais quoi dans la vie ?
- Je te l'ai dit, je suis ouvrier dans le bâtiment.

- Et je suis censée te croire sur parole ?
- Tu as d'autres choix ?
- A quoi bon te croire, tu es un homme. Il est normal que tu mentes. C'est dans ta nature.
- Tu es désespérante, souffla-t-il en saisissant la bouteille.
- Réaliste, trancha-t-elle.

Il but directement au goulot puis la lui tendit et Marie but à son tour tandis que Rico lui avouait de but en blanc :

- Si je te disais ce que je fais vraiment dans la vie, tu ne voudrais plus qu'on se revoie. C'est ce que tu veux ? Pas moi car tu me plais et je veux continuer à passer du temps avec toi.

Marie manqua de s'étrangler. Elle le fixa, incrédule, et finit par rire aux éclats avant de lui demander, troublée :

- Quoi ? Tu braques des banques ?
- Ne commence pas, s'il-te-plaît. Ca va tout gâcher.

Elle but plusieurs autres gorgées de scotch en silence avant de l'interroger :

- C'est si grave que ça ce que tu fais ?
- …
- Que suis-je censée faire dans ce cas ? Faire comme si tu étais peintre ou électricien ?
- Je ne sais pas. Tu ne me sembles pas être le genre de femme à ignorer ce type de problèmes, n'est-ce-pas ?

Elle se tut un moment, hésita à prendre la parole et finit par déclarer :

- Ecoute, nous ne sommes pas mariés, nous ne sortons pas ensemble et nous ne couchons pas ensemble. Je suppose que dans l'immédiat, je peux tenter de fermer ma grande bouche et ne pas te forcer à me dire la vérité, mais sache que dans un avenir plus que proche, je voudrai savoir et je peux vraiment devenir une emmerdeuse quand je veux.

Il hocha la tête. Ils avaient un accord. Puis elle enchaîna :

- Sinon, tu as bien dormi ?

- A merveille, c'est la première nuit depuis près de sept ans sans cauchemars.
- Genre araignées partout ou genre tout nu à attendre le bus ?
- Un genre différent, plus personnel.

Elle lui sourit, compatissante. Il ne voulait pas en parler et elle ne le poussa pas à le faire. « Chaque chose en son temps » se dit-elle.

Ils enchaînèrent les verres et quelques heures plus tard, après avoir discuté d'un tas de choses très différentes, l'alcool aidant, Rico plongea ses yeux brûlants dans les siens. Ils tressaillirent tous les deux. Rico l'attira à lui, prévenant, et posa sa main sur sa joue devenue soudain rosée. La douceur de ses doigts la fit vibrer.

- Tu es nerveuse ? s'inquiéta-t-il.

Elle ne répondit pas.

- Ne le sois pas. Je voulais juste que tu sois plus près de moi.

Elle retira sa main, s'approcha timidement de lui et vint coller sa joue tout contre la sienne.

De la chair et de la chaleur. Ca lui avait tant manqué.

De la chair…

De la chaleur…

Il piquait et elle aimait ça. Elle resta un long moment dans la même position avant de passer timidement ses bras autour de son cou. Il la serra contre lui. Il se sentait bien. Pour la première fois depuis… Pour la première fois de sa vie, il se sentait vraiment bien avec quelqu'un. Plus que bien. Il aurait tant voulu que le temps s'arrête.

Rico finit cependant par relâcher sa prise autour de la jeune femme dont la fatigue avait petit à petit raison et se leva. Sans lui demander une quelconque permission, il entra dans sa chambre et saisit la couette qui ornait le lit avant de revenir auprès d'elle.

- Allonge-toi, Babe.
- Hors de question ! Et ne m'appelle pas Babe !

Il hurla de rire avant de lui répondre :

- Je ne vais pas te sauter dessus. J'ai des manières, moi.

Elle obéit en lui lançant un regard empreint de méfiance tandis qu'il disposait la couverture sur elle avant d'ajuster les coussins sous sa nuque. Il s'assit ensuite au sol, à côté de son visage et, en lui caressant les cheveux, lui dit d'une voix douce :

- Endors-toi. Dès que ce sera fait, je m'en irai. Tu as un double des clefs de la porte d'entrée ?
- Oui, évidemment.
- Alors je prendrai celles qui sont sur la porte et fermerai derrière moi. Je te les laisserai dans ta boîte-aux-lettres.

Elle le dévisagea, dubitative, puis le questionna :

- Pourquoi devrais-je te faire confiance, mâle ?
- Tu as trop bu. Tu me sortiras ton baratin demain.
- Parce que tu comptes revenir m'emmerder demain également ?
- J'y compte bien, en effet.

Il ne fallut pas longtemps à Marie pour lui faire croire qu'elle s'était endormie. Ricardo replaça correctement la couverture sur la superbe brune, déposa un tendre baiser sur son front puis sur son nez, rangea la bouteille à son emplacement dans le buffet et lava les verres qu'il rangea dans l'armoire vitrée prévue à cet effet. Enfin, il enfila sa veste et saisit son casque. Il ferma la porte derrière lui comme promis et n'oublia pas de glisser les clefs dans la boîte-aux-lettres comme convenu avant de repartir en enfourchant sa bécane.

« Putain… de… merde… On dirait qu'on a pioché le bon numéro, mon Gusson» furent les paroles exactes que mademoiselle Chevalier dit à Gus, venu s'allonger, triomphant, sur ses jambes, lorsqu'elle entendit le rugissement de la cylindrée s'éloigner.

***

Une petite demi-heure plus tard, Ricardo rejoignit ses amis chez eux.

- Comment savais-tu qu'on serait là ? le questionna le chauve.
- Je vous connais comme si je vous avais fait, les taquina Rico en lustrant le crâne de Vera. Bon, vous avez combien sur vous ?
- Pourquoi ? Tu veux faire une descente chez les frères Borracha ?
- Hors de question que je mise mon fric sur toi si je ne suis pas certain que tu as la patate, lui annonça Romero en plaisantant.
- Prépare le cash parce que, ce soir, je suis remonté comme jamais, le rassura Ricardo.
- Ouh ouh ! Allez en route ! Le fric facile nous attend ! s'écrièrent ses amis, heureux du spectacle qui allait s'offrir à eux et des profits qu'ils allaient pouvoir en tirer.

Pour Ricardo et ses amis, la nuit allait être longue.

Chapitre numéro sept :

Une tendre et aimante épouse.

Rico sortit rapidement de son lit. Il s'agissait davantage d'un lit de camp que d'un lit digne de ce nom. Il utilisait pour seule couverture un duvet comme ceux des randonneurs ou des militaires. Sa chambre était une pièce exiguë et peu lumineuse, aux murs sombres et aux rideaux défraichis. Il n'y avait ni table de nuit, ni lampe de chevet, uniquement un lampadaire accroché au centre du plafond gris souris. La modeste maison des Velázquez possédait d'autres chambres, celle de Gaspar, celle occupée par Gina, une pour Vargas et une autre pour Estella ainsi que deux chambres d'amis. Rico ne perdit pas de temps et s'engouffra d'un bond félin dans la salle de bain, provoquant les hurlements féroces de sa nièce qui s'apprêtait à l'utiliser. Après une douche rapide, il se brossa les dents avec application et peignit sa chevelure rebelle. Il passa ensuite sa main sur sa barbe, hésitant, avant de décider qu'il n'avait pas encore besoin de la tailler. Il laissa ainsi la place à Estella en lui déposant un baiser sur le haut du crâne en guise d'excuses. Enfin, il enfila un jeans et passa un t-shirt blanc en lin avec un décolleté léger.

Ricardo entra dans la cuisine, se servit une tasse de café et s'installa sur une des chaises qui entouraient la table à manger, sous les yeux de sa sœur aînée qui s'avança vers lui, créature divine d'une beauté infinie et lui déposa un baiser aimable sur la joue avant de l'informer avec une pointe de fierté dans la voix :

- Vera et Romero sont passés, mais tu dormais. Ils m'ont dit que tu leur avais fait gagner un gros paquet de fric, hier chez les Borracha.
- A ce propos, Gustavo Borracha te salue. Ce con-là croit que je ne vois pas qu'il en pince pour toi.
- Ce n'est pas le premier et ce ne sera pas le dernier, se vanta-t-elle, consciente de l'effet qu'elle avait sur la gente masculine.
- Justement, je l'ai à l'œil. Je ne veux pas que tu ailles là-bas seule, ordonna-t-il à son aînée, protecteur.
- Tu sais que Vargas est là pour moi. Au fait, Gaspar a emprunté ta voiture.
- Qu'il aille au diable ! grommela-t-il, peu amène.
- As-tu prévu de faire quelque chose de spécial, aujourd'hui?
  Rico plissa les yeux.
- Dis-moi, tu me prends vraiment pour un idiot ? Pose-moi clairement les questions auxquelles tu veux que je réponde.
- Tu sors avec cette femme ? le questionna-t-elle froidement, le prenant au mot.
- Non, l'informa-t-il en allant déposer sa tasse vide dans l'évier avant de s'appuyer contre la cuisinière, dos à la fenêtre.

Ses cheveux châtains étaient lâchés et les rayons du soleil qui filtraient par la fenêtre laissaient apparaître de petites mèches légèrement plus claires dans sa tignasse brune. Il passa, comme à son habitude, sa main dans sa chevelure pour remettre les quelques mèches encore rebelles en place tandis que sa sœur continuait à mener ses investigations :

- Tu es amoureux d'elle ?
- Ne dis pas de bêtises, pouffa Rico.
- Elle n'est pas de notre communauté.

Ces mots lui écorchèrent la gorge.

- Je sais que tu veux mon bien, mais sache que tu n'as pas à t'en faire pour moi. Cette fille, c'est juste une connaissance… pour le moment, en tous cas.
- Pour le moment ? chercha-t-elle à en savoir plus.
- Si les choses évoluent comme je l'espère, je te la présenterai. Sois en sûre.
- Tu devrais penser à trouver quelqu'un comme nous, lui conseilla Gina, à la fois autoritaire et intraitable. Elle ne comprendrait pas qui tu es vraiment. C'est sans issue positive.

Elle avait employé un ton froid et distant, en posant un regard dévastateur sur son cadet qui préféra ne rien ajouter.

Ricardo n'avait pas connu ses parents. Deux mois à peine après sa naissance, ceux-ci avaient été assassinés. Ses aînés s'étaient occupés de lui, de le nourrir, de l'éduquer, mais surtout de le protéger. En vérité, Gina était réellement celle qui l'avait élevé. Malgré l'image de chef ultime que Gaspar tentait de donner, la superbe Vénézuélienne était le ciment qui maintenait cette famille forte et unie. Il leur devait tout, particulièrement à elle. Il savait que sa sœur avait pour habitude de se montrer exagérément protectrice envers sa famille et surtout envers lui. Il avait choisi de demeurer muet, sachant qu'il valait mieux ne pas discuter de Marie avec elle dans l'immédiat.

La sonnette de l'entrée retentit. Les cheveux encore humides, Estella alla accueillir les visiteurs qu'elle fit attendre dans le hall.

- Fidelia Gonzalez est là. Elle voudrait vous voir, vint les interrompre la jeune fille.
- Qu'elle vienne, décida Gina.

Sur ces paroles, une cinquantenaire à la longue chevelure noire parsemée de fils d'argent sur les tempes et aux yeux caressants, pénétra dans la cuisine en compagnie de la plus jeune et de la plus belle de ses filles, Luciana, à peine plus âgée qu'Estella. Fidelia tendit une main au séduisant Vénézuélien qui s'empressa de la serrer entre les siennes, la rassurant par cette prise ferme mais tendre. Il y eut un long moment de silence pendant lequel la fille de celle-ci n'osa pas le regarder en face. Les invitées embrassèrent ensuite avec admiration et prudence l'aînée. Celle-ci leur proposa de s'asseoir d'un geste de la main et elles lui obéirent instantanément telles des automates.

Luciana, entièrement vêtue de blanc, avait les cheveux attachés en chignon dans lequel se trouvaient de petits bouts de voilage rose pastel. Ses yeux d'un bleu océan la différenciaient des autres filles de son âge et sa chevelure aux reflets marrons chauds contrastait avec la beauté glaciale de son regard.
Elle était superbe. Elle l'avait toujours été. Depuis toute gamine, elle était une des plus belles filles de la communauté vénézuélienne de Belgique.

Une fois assises, un petit soupir échappa à la mère, comme un sanglot qui résonna dans le silence et Gina se força à sourire en lui chantonnant : « Ca va aller. Du calme, Fidelia. Dites-moi tout. Je suis sûre que ce n'est rien de grave. ». Elle laissa tomber sa tête entre ses mains, tentant désespérément de retenir ses larmes tandis que les Velázquez l'observaient sans bouger.
- Que se passe-t-il ? la questionna Ricardo. Quelque chose de grave est arrivé ?
La mère détourna son regard sans répondre et finit par prendre la parole peu après :
- J'aurais tant voulu ne pas venir te le demander de cette façon.
- Me demander quoi ? demanda Gina dans le but d'obtenir plus de précisions.
- Tu n'es pas sans savoir que ma fille attire beaucoup de regards. Pas toujours de personnes les plus respectées et les plus respectables. Beaucoup d'entre eux m'ont

demandé sa main et m'ont promis de m'aider financièrement en contrepartie. Seulement voilà, je refuse qu'elle épouse un de ces hommes alors je viens, aujourd'hui, pour savoir si Ricardo accepterait de l'épouser.

- Moi ? s'étonna le Vénézuélien, examinant Luciana qui gardait les yeux rivés sur la table.
- Elle sait cuisiner, entretenir une maison et s'occuper des enfants. Elle adore ses neveux et passe beaucoup de temps avec eux. Elle fera une tendre et aimante épouse ainsi qu'une mère dévouée.
- Je suis vraiment très… honoré que tu me donnes cette chance, mais…

Rico saisit les mains de la jeune fille et lui dit en la regardant droit dans les yeux :

- Tu sais que je suis là si tu as un quelconque problème.

Vera et Romero sont également présents.

Gina se dressa sur ses pieds dans un mouvement félin et le coupa :

- Je suis vraiment navrée que mon frère ne doive refuser, Fidelia, mais je pense que les raisons pour lesquelles ta fille et toi faites ce choix sont révélatrices du réel problème auquel tu dois faire face, seule avec tes filles.
- C'est vrai, concéda la mère, visiblement déçue.
- Combien te faut-il ? lui demanda Gina de but en blanc.
- Non, ce n'est pas du tout pour cela que je suis venue te voir, je t'assure.
- Je le sais pertinemment. Depuis que ton mari nous a quittés, paix à son âme, je me doute que ce n'est pas facile. Les temps sont durs pour tout le monde, mais ça va s'arranger. Ce n'est qu'une mauvaise passe. On en a vu d'autres. Je vais te dépanner.

Estella saisit une enveloppe dans le tiroir du meuble de la cuisine et la remit dans les mains de la mère de famille qui s'empressa de l'entrouvrir avant de s'écrier :

- Non, c'est trop ! Je ne peux pas accepter. Gina, non. Ricardo, vraiment, non. Ce n'était pas pour ça que…
- Je sais, la rassura la Vénézuélienne.
- Comment puis-je te remercier ?
- Tu passeras me déposer une de ces succulentes tortillas dont tu as le secret.
- Bien entendu. Un grand merci. Que Dieu te garde, tu es un ange. Et toi, dit-elle en faisant face à Rico, ta sœur a vraiment fait de toi quelqu'un de bien. J'aurais voulu avoir un fils, un fils tel que toi. Merci. Merci encore.

Elles les saluèrent et, avant de quitter la pièce, Luciana se blottit contre le jeune homme qui lui murmura :

- Rentre bien et n'oublie pas que ça ne change rien. Si tu as le moindre problème, quel qu'il soit, viens me voir.
- C'est d'accord, répondit-elle d'une petite voix tremblante.
- Passe une bonne journée, clôtura-t-il.

Gina les escorta jusqu'à la sortie, suivie de près par Estella, tandis que Rico s'exclamait : « Je dois y aller sinon je vais être en retard » et partit rejoindre ses amis.

***

Une dizaine de minutes plus tard, le jeune homme, qui avait rejoint Vera et Romero, écoutait le chauve décréter :

- Si Gaspar veut fermer les yeux au sujet des Borracha, tant pis pour lui, mais je ne veux plus en entendre parler. Hors de question d'être celui qui devra nettoyer cette merde une fois que les choses auront mal tourné.
- Tu le connais, intervint Rico. Il a toujours été comme ça. Il ne changera pas.
- Un jour, je vais le flinguer, marmonna Romero.

Le chauve l'interrompit :

- Ca fait des années que tu dis ça, mon vieux. Bute-le et qu'on n'en parle plus.

- Tu as raison. A l'heure qu'il est, si je l'avais tué comme je le voulais au départ, je serais déjà sorti de prison, concéda son ami qui vérifiait l'état de sa plaie en mâchouillant un cure-dent.
  Ricardo rit aux éclats.
- Tu viens avec nous au Chicas ? le questionna le chauve. Julio et Hector seront là.
- J'ai déjà prévu de passer la soirée avec quelqu'un, mais je vous rejoindrai plus tard.
- Ouh… C'est la nana de l'hosto ? le sonda le convalescent, plus intéressé que jamais par la discussion.
- Tu fous une gonzesse quelque part et direct, ça fout la merde, décréta Vera, le visage fermé.

Ricardo jeta un regard furieux à son ami en lui demandant le fond de sa pensée. Sur ce, le chauve commença à lui exposer son point de vue avec virulence.

- Tu te rappelles ce qu'on avait dit ? Ne pas faire de gaffes, rester discrets et se faire oublier.
- C'est exactement ce que je fais. Est-ce que j'utilise ou dépense quoi que ce soit pour moi ? Non. Lorsque vous avez voulu habiter dans une baraque à vous, qu'est-ce que je vous ai demandé ? Rien. Me suis-je déjà fait arrêter ? Non. Je n'ai même jamais eu une foutue amende !
- Je sais très bien tout ça, mais cette femme, c'est un risque inutile ! s'énerva Vera tandis que Romero tentait d'établir les probabilités grandissantes que la discussion finisse en combat.
- C'est pour ça que tu me prends la tête ? se tourmenta Ricardo. Tu te préoccupes de quoi ? Qu'elle nous balance ? Elle ne sait rien, c'est clair ?!
- Tu es inconscient !
- Inconscient ? Mais de quoi tu parles ? Moi, inconscient ?! J'ai toujours fait passer la famille avant tout le reste ! lui rétorqua Rico, glacial, en élevant le ton.
- Alors continue !

Ricardo saisit une des chaises à sa droite par le dossier et l'envoya se fracasser contre le mur. Vera prit une profonde inspiration, quelque peu surpris par la réaction excessive de son ami, tandis que Romero les interrogeait en souriant :

- Bon ça va ? Calmés ?
- Je le suis, répondit Rico.
- Moi aussi, mais sache que nous devrons en discuter à nouveau à un moment ou un autre, le prévint le chauve.
- Je le sais.
- Je te sers un verre ? lui proposa Romero.

Rico refusa sobrement en attrapant les clefs ainsi qu'un des deux casques posés sur la table puis sortit, silencieux.

***

La splendide Bruxelloise fumait à cadence régulière en lisant paisiblement dans son salon, allongée sur le canapé, lorsque quelqu'un frappa à la porte. Elle souffla exagérément, irritée, et rugit en direction de l'entrée :

- Dégagez ! Combien de fois devrai-je le répéter ?!

En guise de réponse, trois petits coups heurtèrent à nouveau la porte. Marie grogna bestialement en lançant son magazine sur la table basse et écrasa prestement sa cigarette dans l'imposant cendrier. Elle se précipita vers l'entrée de son appartement en serrant les poings. Elle ouvrit violemment la porte en mugissant, folle de rage :

- Foutez le camp !
- Je t'ai manqué ? lui répondit le Vénézuélien sur un ton moqueur.

Marie émit un petit grondement de gorge avant de s'expliquer :

- Des témoins de Jéhovah viennent de passer. J'ai cru qu'ils étaient revenus. Ils sont malins, ces gens-là. Ils envoient toujours deux petites mamys toutes mignonnes et toutes gentilles pour qu'on n'ose pas les foutre à la porte.

- Ca n'a pas l'air de te poser de problème, à toi, la taquina-t-il.
- Je ne rentre pas dans leur jeu, voilà tout.

Ricardo constata que leurs rapports avaient évolué. L'entente relativement bonne qu'ils avaient instaurée ne se voyait brisée que par leurs remarques aigües et espiègles. Tout cela s'était transformé en un jeu passionnant.

- Comme toujours, tu as l'air heureuse de me voir, s'exclama Rico.

Elle esquissa un petit geste de contrariété en l'examinant fixement. Il souriait.

Scandaleusement séduisant. Il soutenait son regard, impatient d'entendre une autre de ses vacheries dont elle avait le secret, mais rien ne vint. Au contraire, elle l'invita à entrer et alors qu'elle se hâtait d'aller remuer le contenu des casseroles dans la cuisine, le Vénézuélien déposa son casque sur le bahut et pendit sa veste au porte-manteau.

Une voix sortit de la cuisine en l'informant :
- Tu tombes en pleine urgence culinaire.

Il alla à sa rencontre et, très sérieux cette fois, lui proposa :
- Si ma présence te dérange, je peux partir...
- J'essaie de faire des scampis à l'ail alors si ça te dit...
- C'est tentant, l'interrompit le jeune homme.

Il s'approcha ensuite de la cuisinière et, par-dessus l'épaule de son hôte, jeta un rapide coup d'œil aux préparations en cours de finalisation qui dégageaient des odeurs plus que suspectes.

- L'extase gustative, ce sera pour un autre jour, décréta-t-il, embêté.
- Et pourquoi ça ? se vexa-t-elle.

Elle se tut un instant avant de reprendre, froidement :
- Je n'ai pas fini. Il y en encore d'autres ingrédients à ajouter.

- Je crois honnêtement que la sauce à l'ail n'est pas supposée être noire.
- Tu crois ? lui demanda-t-elle doucement. Il n'est marqué nulle part la couleur que l'on doit obtenir. Et puis, ça va peut-être encore changer si je la laisse encore un peu mijoter, non ?

Celui-ci la regarda avec émerveillement. Elle avait dit ces paroles sans une once de méchanceté ou d'arrogance. Elle était magnifique. Hypnotisé par son charme irrésistible, le jeune homme lui adressa un large sourire, bêtement. Marie observa son air niais et se sentit prise d'une violente envie de rire. Elle fut obligée de se mordre les lèvres pour garder son sérieux.

- On oublie les scampis à l'ail ? lui demanda-t-il en riant.

Elle acquiesça. Ricardo la saisit par les hanches et la posa délicatement sur le plan de travail. Prise par surprise, elle ne s'était pas débattue.

Le Vénézuélien ouvrit les armoires ainsi que le réfrigérateur qu'il scruta avec intérêt. Marie n'avait pas pour habitude de cuisiner et les possibilités de son invité étaient, de ce fait, plus que réduites. Il ne se découragea pas pour autant et saisit le tablier pendu à un petit crochet, l'enfila, puis consulta son hôte :

- Bonsoir, mademoiselle Chevalier, Ricardo Velázquez pour vous servir. Je serai votre cuisinier pour ce repas inoubliable !

Ebahie, elle gloussa et l'écouta consciencieusement.

- Les cuisines sont fermées depuis plusieurs heures, mais je vais vous concocter un excellent petit plat… Vous avez le choix entre des crêpes, des crêpes ou des crêpes.
- Le choix est particulièrement difficile, mais je pense… enfin je crois… non, je suis sûre de moi. Je choisis des crêpes.
- Excellent choix. Au sucre ou au Nutella ?
- Nutella, lui répondit-elle, amusée.
- Avec un bon chocolat chaud ?

- Ca va de soi, cowboy.

Le jeune homme passa près d'une heure à préparer les crêpes dans une succession continue de fous-rires avant d'enfin pouvoir retirer son tablier et s'écrier, fièrement :

- Mademoiselle, votre repas est servi !

Ils s'installèrent dans le fauteuil devant une émission de variétés sans le moindre intérêt et commencèrent à déguster leur repas.

- J'ai fait avec ce que j'avais, mais ça va ? Ca te semble bon ? s'inquièta-t-il.
- C'est très réussi. Finalement, qu'as-tu mis dans la tienne ? l'interrogea-t-elle, curieuse et gourmande.
- Sucre.
- Je peux goûter ?

Il s'approcha de la jeune femme et lui coupa un bout qu'elle mangea à même ses doigts. Une fois la bouchée engloutie par son hôte, le jeune homme plaisanta en se léchant sensuellement les doigts :

- J'ignorais que tu étais aussi sexy quand tu mangeais.
- Moqueur…
- Pas du tout. Je t'assure que je te refais à manger quand tu veux.
- Ce sera avec plaisir, lui avoua-t-elle en souriant. Moi, je ne connais aucun cuisinier aussi dévoué pour une demoiselle en détresse affamée et aussi sexy avec un tablier.
- Tu as de la chance que je portais des vêtements en dessous…, plaisanta-t-il.

Ricardo essuya avec tendresse les moustaches de cacao de la superbe jeune femme. Elle entrevit soudain la naissance d'un dessin sur son buste et se hâta de le questionner :

- Et c'est quoi ça ? Un tatouage ?

Ricardo réajusta aussitôt son débardeur correctement contre sa peau et lui répliqua, ennuyé :

- Oui… En effet.
- Laisse-moi le voir, le supplia illico la brune.

- Hors de question, trancha-t-il sur un ton sec. Si tu veux le voir, il faudra que tu me déshabilles de force et pour cela, il te manque encore des muscles.

Subitement, elle se pencha vers le Vénézuélien et le fit lentement basculer vers l'arrière, l'allongeant sur le canapé.

- Oh mon dieu ! Mais qu'est-ce que c'est que ça ? Tu es prêtre ou une espèce de moine ? l'interrogea-t-elle en soulevant son t-shirt d'une main experte.

Une imposante croix assez étrange était tatouée sur tout son buste. Elle commençait à la moitié de ses pectoraux et se terminait près du bas-ventre.

- C'est une croix vénézuélienne.

Il retira son vêtement et, torse-nu, lui tourna le dos pour lui montrer son second tatouage représentant un terrifiant diable recouvrant l'entièreté de son dos.

- C'est voyant et... effrayant, balbutia la jeune femme, surprise.

Il lui fit face de nouveau et elle laissa ses longs doigts fins parcourir son torse. Des cicatrices marquaient sa peau à divers endroits et après une longue hésitation, elle osa poser la question :

- Ce sont des impacts de balles ?

A cet instant, Marie remarqua le regard fuyant du jeune homme qui se tut un long moment avant de lui répondre :

- Uniquement ces deux-là au niveau de l'épaule, les deux autres dans les côtes sont des cicatrices dues à des coups de couteau.

- Tu devrais penser à frapper les autres au lieu d'encaisser tous les coups, s'exclama-t-elle en riant.

Il resta muet et elle comprit qu'il ne plaisantait pas. Marie laissa ses longs doigts fins parcourir à nouveau les terribles cicatrices. Embarrassé, le jeune homme renfila son t-shirt, lâcha une blague stupide pour détendre l'atmosphère et avant tout, changer de sujet.

L'émission de variétés touchait à son terme. Néanmoins ils laissèrent la même chaîne qui diffuserait ensuite un vieux western. Elle se nicha au creux de son torse et, savourant secrètement la chaleur qui émanait du Vénézuélien qui la subjuguait, elle ne tarda pas à s'endormir. Ricardo en était certain, il le ressentait. Oui, ça, ce truc anormal et pourtant tellement envoûtant. Ce truc qui lui donnait l'impression de ne plus pouvoir respirer lorsqu'il était loin d'elle. Cette chose qui faisait qu'il n'était plus capable de penser à autre chose qu'à elle. Pâlissant devant tant de magnificence, il comprit soudain le sens du mot « Aimer ».

Il attendit d'être certain qu'elle s'était bien assoupie pour se lever, la replacer correctement dans le fauteuil, disposer un coussin sous sa tête et une couverture sur elle. Lorsqu'il voulut quitter l'appartement et partir rejoindre ses amis, en laissant à nouveau les clefs dans la boîte aux lettres, il croisa un hideux chat roux obèse qui traversait le salon avec une lenteur alarmante. Il s'approcha de l'animal qu'il caressa sans peine. Il en profita pour nourrir le félin qui émit à plusieurs reprises un bruit de droïde satisfait. Puis, il s'éclipsa en pensant qu'il donnerait tout ce qu'il avait pour avoir cette vie-là avec mademoiselle Chevalier et son abominable matou roux.

Dans quoi s'était-il fourré ?
Vera avait entièrement raison. Les risques qu'allait engendrer une quelconque relation avec Marie étaient bien trop importants, aussi bien pour les Vénézuéliens que pour la merveilleuse et innocente Bruxelloise. Rico avait continuellement veillé à ne faire courir aucun risque à sa famille et à ses amis. En temps normal, il aurait passé son chemin et se serait intéressé à quelqu'un d'autre, une Vénézuélienne, une femme de chez lui, quelqu'un comme lui. Mais cette fois, c'était différent. Elle était différente. Il était amoureux pour la première fois. Il s'était épris d'une odieuse caractérielle sans emploi, aussi

inflammable et explosive que lui, et affectée d'un sérieux problème de communication. Cela promettait d'être folklorique.

Mais il se refusa d'extrapoler la façon dont tout ceci allait se terminer. Après tout, ça commençait seulement.

Chapitre numéro huit :

Le gène du conquérant.

C'était officiel aux yeux de l'Etat, mademoiselle Chevalier faisait partie des chômeurs, enfin, des demandeurs d'emploi comme l'administration préférait les nommer. Elle avait reçu une belle farde à rabats et tout un tas de papiers lui expliquant comment chercher un boulot.

Efficacité était le mot d'ordre. Efficacité, mademoiselle. Avec une recherche efficace, vous ne tarderez pas à retrouver de l'emploi. Ces conseils vous permettront d'effectuer vos recherches efficacement. La jeune femme était de retour à la case départ, sans diplôme et sans formation, sans notion de productivité et sans la moindre idée efficace pour se lancer dans le marché du travail. Cela promettait d'être tout sauf efficace.

La brune sautilla jusqu'à la table basse où était posé son paquet de cigarettes et en sortit une qu'elle alluma à une vitesse déroutante et avec une habilité impressionnante. Elle devait se concentrer pour tirer sur sa clope tant elle était obnubilée par le souvenir du séduisant Ricardo. Le tube diminuait à vue d'œil tant chaque cale de la fumeuse était forte et puissante. Elle se laissa, ensuite, délicatement tomber dans le divan, en continuant d'afficher un sourire puéril. Pourquoi ce beau brun ne quittait-il plus son esprit ? Allait-elle encore tomber amoureuse d'un minable ? Après tout, elle le connaissait à peine. Peut-être était-il recherché par la police. Avait-il fait de la prison ou, tout bêtement, était-il un autre de ces salauds atteints par le gène du conquérant ? Gène dont il n'avait peut-être pas, espérons-le, hérité. Combien de conquêtes avait-il à son actif ? Devait-elle lui faire confiance et le croire sur parole ? Etait-il habité de mauvaises intentions ? Voulait-il lui voler de l'argent ? Un visa ? Un bébé ? Cette fois, elle allait trop loin et sombrait dans la paranoïa la plus totale ! Elle devait soit être saoule, soit complètement folle ou encore, avoir touché le fond. Touché le fond au point de ne plus faire confiance à aucun homme ? Tony, l'acteur de seconde zone, le collectionneur de chattes, en réalité sûrement le plus grand collectionneur de chattes que la terre ait jamais connu, l'avait fait souffrir en la trompant, la faisant passer pour une moins que rien, mais surtout en lui faisant perdre toute estime d'elle-même et toute confiance en tout être humain possédant un pénis.

Elle décida de s'allumer une seconde cigarette avant même que la première ne soit réellement éteinte dans le cendrier. Elle se sentait mal. Marie se massa les tempes, la tête baissée et le regard vide. Elle repensait à lui, à ses traits. Elle se remémorait son sourire séducteur, ses lèvres charnues et gourmandes, ses grands yeux d'un brun noisette troublant. Ce type sortait de nulle part. Il était un être secret entouré d'un voile de mystère, au regard incisif et au corps sans défaut.

D'où venait-il vraiment ? D'où précisément ? Dans quelles circonstances avait-il atterri en Belgique ? A Bruxelles ? Car après tout, sur une carte d'Europe, Bruxelles était le trou de cul du monde. Peut-être même pas. Nous dirons plutôt une des narines de l'Europe. Quel était son passé ? Qu'avait-il connu d'atroce au Venezuela pour partir et tout quitter ? Ce mec avait voyagé, vécu, vu des choses. Mais lesquelles ? Une chose était certaine, il avait roulé sa bosse. Avait-il connu la guérilla? Les gangs ? Peut-être savait-il se battre ? Il était évident que ce mec était un guerrier.

La jolie brune soupira bruyamment et décida de rendre visite à Séverine et Jessica, histoire de se changer les idées avant que son cerveau n'explose, ruinant les murs récemment repeints de son salon.

Chapitre numéro neuf :

Ils ne vont pas me plaire.

Enfin de retour chez elle, après de longues heures de discussion avec ses deux amies au sujet du Vénézuélien, Marie reçut un appel du jeune homme en question lui proposant d'aller manger à l'extérieur, ce qu'elle accepta volontiers. Soudain, les yeux de la brune se posèrent sur l'imposante horloge du salon et un cri de terreur lui échappa. Il était déjà dix-neuf heures trente, ce qui signifiait qu'elle devait accélérer la cadence et aller promptement s'apprêter vu que Ricardo ne tarderait plus à arriver.

Mais qu'allait-elle porter ? Où allait-il l'emmener souper ? Devait-elle mettre une robe habillée, un jeans cool ou un ensemble classique ? Sortir le grand jeu ou être baba-cool ? Pourquoi les mecs ne pensaient-ils jamais à donner des indices à leurs cavalières pour leurs choix vestimentaires ? Genre « Ca va être cool ! » ou « Ce sera classe, tu verras ! ». Peut-être imaginaient-ils, bien entendu à tort, que les femmes étaient trop stupides pour décoder ces allusions ? Probablement. Les hommes, je vous jure…

Heureusement, la règle d'or de mademoiselle Chevalier en matière de fringues était qu'il valait mieux être trop bien habillée plutôt que de passer pour la miteuse du groupe. Une autre règle suivait cependant celle-ci car, si on ne voulait pas prendre le risque de rater son coup, il valait mieux choisir la botte secrète, plus redoutable et dévastatrice que celle de D'Artagnan, « le must have » de la jeune femme moderne, la robe noire mi-cuisses, sobre et terriblement sexy sans pour autant être provocante ou vulgaire. Juste ce qu'il faut, en toutes circonstances. Après avoir retrouvé l'objet de son désir dans le fin fond de son immense garde-robe, Marie accessoirisa sa botte secrète avec une paire de créoles dorées et un collier assorti. Elle ajouta à sa tenue un bracelet en or jaune qui mettait une touche d'élégance dans ce concentré de sensualité et noua ses cheveux en queue de cheval pour mettre en valeur son visage d'ange. Enfin, Marie enfila ses escarpins en satin noir et or. A présent, sa tenue était parfaite. Elle courut ensuite à la salle de bain pour se maquiller et, moins de cinq minutes plus tard, quelqu'un frappa à la porte.

- Je suis presque prête ! s'écria-t-elle à l'attention du beau latino.

A cet instant précis, Rico entra à son tour dans l'appartement en s'esclaffant, tout sourire :
- Madame Lino m'a ouvert la porte du bas, je crois que je lui ai fait peur.

Madame Lino était la concierge de l'immeuble, une très gentille dame, malheureusement veuve depuis quelques années, qui avait pour habitude d'observer ses voisins en sous-vêtements depuis son balcon, armée d'une paire de jumelles, dissimulée derrière son palmier, et de passer ses journées dans les différents étages dans le but de ne rater aucun détail croustillant de la vie des habitants de son immeuble. Visiblement, la présence du latino ne lui avait pas échappé.

Contrairement aux autres fois où ils s'étaient vus, il avait noué ses cheveux en un chignon brouillon laissant retomber quelques fines mèches sur sa nuque. Il portait une chemise noire dont les premiers boutons avaient été délibérément oubliés, faisant de nouveau apparaître le début de son tatouage, et un jeans sombre. De la simplicité, de l'allure et du chien sans artifice inutile.

Après quelques courts instants de silence absolu, Rico s'avança vers Marie et la salua en lui déposant un baiser sur la joue, l'enlaçant d'une main ferme avant de la complimenter :
-   Tu es incroyablement belle, ce soir.
-   Où m'emmènes-tu ?
    Il sourit en l'interrompant d'un geste.
-   Ca, c'est une surprise. Je t'ai déjà dit que tu étais éblouissante ? demanda le séduisant latino sur un ton très charmeur, ce qui eut pour effet de fendre le visage de la superbe brunette d'un superbe sourire éclatant.
    Les rougeurs de Marie s'accentuèrent tandis qu'elle effleurait la joue du Vénézuélien du dos de la main.

Durant tout le trajet, Rico eut droit à une autre vague de moqueries au sujet de son char d'assaut vert sapin, ce qui le fit beaucoup rire. Entre deux vacheries, Marie tentait de découvrir l'endroit où ils se rendaient en lui extorquant divers indices, en vain. Soudain, une crainte traversa son esprit en ébullition. Allait-il l'amener dans un de ces restos sélects que la jeune femme avait en horreur ? Allait-il l'inviter dans un restaurant chinois ? Non merci, se dit-elle. Depuis la dernière fois où elle avait vomi sur son beau tapis après avoir ingurgité, en compagnie de Séverine et Jessica, une quantité indécente de saké, la gastronomie chinoise, rien que d'y penser, ça lui donnait la nausée. Elle n'arrivait même plus à regarder l'extraordinaire trilogie « Le seigneur des anneaux » avec comme personnage principal Frodon Sak... (Impossible !). Rien que d'y penser, elle sentait la bile remonter dans sa gorge. Mais elle se rassura quelque peu en se confortant dans l'idée que, Ricardo étant un homme gracieux, amusant, charmant et plein d'imagination, il ne pouvait décemment pas tout gâcher en choisissant un restaurant pour coincés pétés de tunes ou un où le mot « Sak... »

(elle n'y arrivait décidément pas) serait prononcé une cinquantaine de fois durant le dîner. Inimaginable ! Ce serait un tel gâchis ! Le sort allait-il une fois de plus s'acharner sur elle et sa soirée ? Pas impossible. En réalité, très probable.

Soudain, la voiture s'immobilisa, surprenant la passagère perdue dans ses suppositions farfelues. Après avoir pris quelques longues secondes à sortir de ses réflexions existentielles, Marie se rua contre la vitre, posant son front sur le carreau froid, pour enfin arriver à voir dans quel genre d'endroit il avait décidé de l'emmener. Ses yeux de chat aperçurent une espèce de garage abandonné et sombre, illuminé uniquement par une enseigne rouge, et s'écria en riant : « Si tu voulais m'emmener au motel, on pouvait rester chez moi ! ». Rico rit aux éclats avant de lui demander de lire ce qu'indiquait l'enseigne. Marie se concentra et réussit à déchiffrer l'inscription en mauvais état. Elle indiquait « Bar à tapas vénézuélien ». Lorsque Marie prit pleinement conscience de la signification de ce qu'elle venait de lire, elle se jeta chaleureusement au cou de son hôte en signe de remerciement. Il n'y aurait ni gros bourges ni saké (c'était dit !). Rico s'étonna, sourire charmeur aux lèvres :
-   Je me doutais que ça te ferait plaisir mais si j'avais su que tu réagirais comme ça, je t'y aurais amené plus tôt ! J'espère que tu sais danser la salsa…
    A cet instant, Marie devint blanche comme un linge tandis que l'idée que cette soirée était peut-être un cadeau empoisonné lui traversa l'esprit. Après tout, elle serait très probablement la seule « blanche » de la soirée et, ce qui n'arrangerait rien, elle ne comprendrait sans doute pas un mot de tout ce qui se dirait car elle n'avait pas pris l'option espagnol au lycée. Jessica et Séverine l'avaient convaincue : « Prends l'allemand. Nous serons ensemble en cours et en plus, c'est une très belle langue. Un jour, tu verras, tu nous remercieras. ».
    Ce jour n'était pas arrivé et cela n'allait pas changer, ce soir. En plus, Rico devait être un habitué et connaître tout le

monde. L'abandonnerait-il à son propre sort une fois à l'intérieur ? Marie venait de passer du paradis en enfer. Une chute de plusieurs millions de kilomètres en atterrissant sur son cul, ça fait mal.

Ricardo perçut le regard égaré de Marie qui agonisait en pensant à l'horreur qu'allait être la soirée et la réconforta :
- Ne t'en fais pas, Maria. Tu ne seras pas obligée de danser, je plaisantais.
- Dieu merci, mais n'oublie pas que je ne comprends pas un seul mot de ta langue de barbare.
- Et alors ? Je suis avec toi pour jouer les traducteurs si besoin, mais tout le monde parle le français. Tu n'as rien à craindre, ce sont tous des amis.
- Ils ne vont pas me plaire.
- J'espère bien qu'ils ne vont pas te plaire, je ne voudrais pas que tu les préfères à moi.

Cette soirée ne serait peut-être pas l'enfer après tout… ou si. Au cas où, la tequila la sauverait.

Chapitre numéro dix :

J'ai cru que c'était un motel !

Ricardo sortit de la voiture et alla, tel un vrai gentleman, ouvrir la portière de la jeune femme qui cherchait un moyen d'échapper à cette exécution programmée. Devait-elle hurler à la mort avant de tenter de déguerpir en courant aussi vite que possible dans la direction opposée ? Avec des talons de dix centimètres, ce ne serait pas si simple. Vous allez me dire : « Et les femmes flics dans les experts alors ? ». Elles, elles ont des flingues, alors elles n'ont pas besoin de courir un cent mètres. Essayer de s'enfuir au volant du char d'assaut vert sapin n'était même pas envisageable car la Bruxelloise ne savait pas conduire. Sa dernière option était de mettre Rico au tapis en usant d'une prise de kung-fu foudroyante en poussant des cris bestiaux, mais cela s'avérait perdu d'avance.

Elle n'eut d'autre choix que de saisir la main de son cavalier, tendue devant elle, et de se diriger à contre-cœur vers le mini-entrepôt. Tandis qu'ils allaient entrer dans le bâtiment, Rico passa son bras autour de la taille de sa sublime cavalière qui ne protesta pas, hypnotisée par le tempo lourd et gras qui parvenait, à présent, à ses oreilles.
« Misère ! » se plaignit-elle à haute voix, sans même s'en apercevoir, ce qui fit sourire le jeune homme qui frappa du

poing avec un rythme particulier sur l'imposante porte métallique. Suite à ce qui s'avérait être un code, celle-ci s'ouvrit brusquement.

Le son assourdissant de la musique vint heurter les tympans de la jeune femme qui ferma les yeux sous l'effet du choc avant de les rouvrir et de découvrir, par la même occasion, une immense salle d'un rouge vif à l'atmosphère surchauffée. A vue d'œil , il devait y avoir une centaine de spécimens se frottant les uns aux autres sur un tempo pétulant. Marie avait toujours imaginé que cette catégorie de lieux submergés par une foule en sueur sentirait la tequila rance et les dessous de bras fétides, mais le seul effluve qui parvint à ses narines était une combinaison du parfum vanillé des danseuses et de l'arôme ambré de leurs partenaires. Par-dessus l'armada, la gracieuse brune distinguait moult fresques tapissant, par endroits, les murs. Celles-ci représentaient notamment la carte du Venezuela et ses villes principales ainsi que plusieurs splendides femmes en bikini ou en string. A l'accoutumée, Marie aurait trouvé ce type de portraits irrévérencieux et obscènes ; pour autant, dans ce cadre, ça n'était nullement offensant. Le bâtiment était agencé en une estrade sur laquelle deux artistes jodlaient et gouvernaient un escadron de musiciens, juxtaposée à une piste de danse de taille plus que respectable enclavée de tables et chaises pour permettre au public de s'asseoir, le temps de s'abreuver, de se ravitailler. A l'opposé de la scène se trouvait un bar en chêne massif, pris d'assaut par les spectateurs assoiffés. Les chanteurs interprétaient un morceau de musique latine électrifiant la foule en délire qui avait investi la piste tandis que des serveuses traversaient la masse mouvante avec une agilité, une facilité et une rapidité impressionnantes.

Ricardo posa sa main dans le dos de sa cavalière et l'encouragea délicatement à avancer tout en la guidant à travers les danseurs enfiévrés. La jeune femme se contentait de regarder le sol en progressant pas à pas, s'efforçant de ne pas écraser de

124

pieds. Une fois arrivés au pied du podium, le Vénézuélien saisit la main de la Bruxelloise et l'obligea à l'accompagner sur celui-ci. Marie se débattit discrètement, tentant de ne pas le suivre, sans succès. Les chanteurs stoppèrent en plein milieu de leur chanson et les saluèrent sous les applaudissements des spectateurs aussi curieux que ravis par la présence d'une petite blanche au bras du jeune homme. Celui-ci l'entraîna également saluer les musiciens. La brune se contentait de sourire bêtement, ne comprenant pas un mot de ce que ces gens lui disaient. Soudain, la foule se mit à scander le nom du jeune homme qui s'exclama :

-   Je viens d'arriver. Je peux quand même boire un verre avant de danser, non ? Vera n'aura qu'à venir nous montrer sa danse du ventre dès qu'il sera là.

Ce qui provoqua un rire qui sembla parcourir la foule avant que celui-ci n'ajoute :

-   Voici, Maria ! Pas question d'espérer danser avec elle, je vous connais, provoquant une nouvelle hilarité du public.

Marie ne savait plus où se mettre alors que tout le monde se mettait à prononcer son nom. Ricardo fit signe aux artistes de reprendre leur show et ils s'exécutèrent immédiatement tandis que le Vénézuélien entraînait sa cavalière dans un nouveau bain de foule. Rico se mit à errer dans la foule, répondant mécaniquement aux saluts et aux compliments. Quant à Marie, elle se força à paraître joyeuse et sereine au milieu du tintement des verres, du brouhaha des conversations, du parfum des femmes et de l'arôme de l'alcool tandis que des paroles incompréhensibles l'inondaient. Les gens semblaient la saluer, mais elle ne distinguait ni leurs visages ni leurs salutations, la tête plongée dans le torse de son cavalier.

Lorsqu'ils arrivèrent enfin à une table vide, Marie fut ravie de constater qu'il s'agissait de la plus proche du bar. Ils s'installèrent l'un à côté de l'autre tandis que Rico lui expliquait que les présentations venaient d'être faites et qu'ils allaient pouvoir avoir la paix. Marie ne put s'empêcher de pousser un long et profond soupir de soulagement avant que son séduisant cavalier continue :

- Il ne me reste plus, à présent, qu'à te présenter ma famille et mes amis.
- Pardon ? Ta famille ? s'étrangla-t-elle.
- Tu as de la chance. Gina et Gaspar ne viennent pas ce soir, tu te rappelles, je t'ai parlé d'eux, mon frère et ma sœur. Mais je compte bien te présenter ma nièce, Estella. Elle travaille au bar juste devant nous. Quant à Vera et Romero, deux très bons amis, ils ne vont pas tarder.
- Je vais te tuer, marmonna la jeune femme en remarquant que la nièce en question venait les rejoindre.

Le temps d'une seconde, Marie fusilla le latino du regard en grimaçant et retint son souffle comme si elle désirait disparaître ou tout bêtement éviter de le tuer. Elle asséna toutefois un vigoureux coup de poing dans les abdominaux du jeune homme qui lui sourit et l'informa sur un ton amusé et rassurant :

- Tu dois encore te muscler un peu si tu veux que tes petits poings me fassent mal… Tu vas voir, Estella est super. Tu vas l'adorer.

Marie se contenta de lui tirer la langue en grimaçant.

Estella était une jeune fille au visage de poupée. Ses lèvres d'un rouge vif faisaient ressortir ses grands yeux noisette et le noir ébène de ses cheveux longs naturellement bouclés. Elle était petite, un mètre soixante tout au plus. Marie la trouva un peu trop mince.

- Alors, mon oncle ne te mène pas la vie trop dure ? demanda la Vénézuélienne avec entrain.
- Oui, c'est l'enfer, plaisanta Marie, mais pour le moment, je suis toujours en un seul morceau.
- Tu aimes l'endroit ? continua-t-elle de l'interroger toujours avec le même entrain.
- Oui, c'est… étonnant, finit par articuler la jolie brune. De l'extérieur, on ne dirait jamais que…

- C'est clair ! s'esclaffa la nièce en l'interrompant, cachant difficilement l'enthousiasme débordant que provoquait chez elle cette rencontre.

La chanson toucha à sa fin et un long silence investit soudain la salle alors que Marie s'exclamait :
- Pour être honnête, j'ai cru que c'était un motel !

Ce qui provoqua un fou-rire général dans l'assemblée tandis que Marie enfouissait son visage dans l'épaule de son cavalier.

- Qu'est-ce que je vous sers ? les interrogea Estella, consciente que ses collègues commençaient à se laisser déborder au bar.
- Sers-nous deux aguardientes et une bouteille de tequila blanche, s'il te plaît. Au moins, on ne te fera pas venir trop souvent.
- Ca va, je vous dérangerai le moins possible, s'amusa la jeune fille, affichant un sourire ravi par la présence de la jolie brune aux côtés de son oncle qu'elle avait rarement vu aussi rayonnant.

Marie interrogea son cavalier sur l'Aguardiente. Il lui répondit aussi vite, avec un air savant qui le rendit particulièrement séduisant :
- Aguardiente, ça signifie littéralement « eau ardente ». Ca désigne les boissons alcoolisées en général. Au Mexique, c'est généralement un mélange de rhum et de mezcal. Chez nous ou en Colombie, c'est une liqueur anisée contenant un alcool de canne à sucre.
- Et c'est fort alcoolisé ? insista-t-elle, curieuse.
- Environ trente degrés d'alcool.
- Merci, professeur, le félicita Marie en applaudissant discrètement pour éviter d'attirer une fois encore l'attention de la foule qui se déhanchait à quelques mètres à peine d'eux.

Les deux artistes quittèrent la scène en direction du bar tandis qu'une chanteuse prenait leur place, interprétant une chanson plus douce. Marie pivota vers son hôte, des millions de questions dans les yeux, et lui demanda :

- Alors, muchacho, comme ça tes amis vont venir ?
- En effet, mais n'aie pas peur. Aucun n'est aussi méchant que toi.
- Quel comique ! se moqua-t-elle. Parle-moi de chez toi au lieu de jouer les malins. Comment sont les gens ?
- Chez moi, quarante pour cent de la population a moins de quinze ans. Les cigarettes nationales sont les « Belmont » qui sont quatre fois moins chères qu'ici. La majorité des familles ont entre cinq et neuf enfants. Tout le monde est très proche dans mon pays car la famille et les amis sont sacrés. La preuve, conclut le séduisant Vénézuélien en montrant la foule de la main. On se connaît tous. Je connais les parents, les frères et les sœurs ainsi que les grands-parents de, pratiquement, tous ceux qui sont présents ici ce soir.
- Continue.
- Chez nous, un litre d'eau a plus de valeur qu'un litre d'essence. A part ça, on est connus pour nos belles femmes. On a un nombre impressionnant de miss monde et de miss univers.
- Ca se comprend quand on voit ta nièce... Elle est magnifique.
  Il se mit à rire, joyeusement.
- On voit que tu ne connais pas sa mère, ma sœur. Demande à qui tu veux ici, ils te diront tous que Gina est la plus belle femme qu'ils connaissent.
- Et comment sont les mecs au Venezuela ? l'interrogea Marie, particulièrement attentive à sa réponse.
- Je vais te faire une confidence, déclara-t-il d'une voix intrigante. Ils sont très moches ! Non, je plaisante. Au Venezuela, presque tous les mecs sont des dragueurs. Au

pays, c'est tout à fait normal de mater une fille et de lui faire ouvertement des avances.

- J'avais remarqué. Je te rappelle que tu m'as presque harcelée pour qu'on passe du temps ensemble.

Estella vint interrompre leur discussion et servit leurs boissons avec des « parrilla criolla » (bœuf mariné puis grillé au barbecue) et des « pabellon criollo » (plat composé de viande hachée, bananes plantains frites, haricots noirs et riz.).

Marie goûta les plats, sceptique, mais fut sous le charme dès la seconde bouchée. Elle lui fit comprendre qu'elle adorait, avant de boire cul sec son aguardiente et d'accuser son cavalier, provoquant l'hilarité de celui-ci :

- Ah, quelle horreur ! Tu as voulu me tuer ou quoi ? Il y a des moyens moins pénibles, je t'assure.

Elle secoua la tête en se mordant les lèvres tant le goût était insupportable. Mais, alors qu'elle allait enchaîner en buvant d'une traite sa tequila, Ricardo l'en empêcha en la taquinant, incrédule :

- Mon dieu, sacrilège ! Il ne s'agit pas de n'importe quoi. C'est de la tequila blanche, tu dois la respecter et la déguster correctement.
- Et on peut savoir comment, monsieur l'expert ?
- C'est vrai que c'est normal que tu n'y connaisses rien à la tequila, t'es beaucoup trop pâle pour y connaître quelque chose, la taquina-t-il.

Le séduisant Vénézuélien prit la main gauche de la jeune femme sur le dessus de laquelle il saupoudra du sel avant de placer une rondelle de citron vert entre le pouce et l'index de sa cavalière. Il faisait preuve d'une délicatesse hors pair à chaque fois que leur peau était en contact. Il informa ensuite la jeune femme :

- Maintenant, lèche le sel et bois ton verre d'un seul trait. Une fois que c'est fait, mords dans la rondelle de citron. Ca s'appelle communément « Teq Paf ».

Marie s'exécuta et avoua qu'il s'agissait là d'une façon particulièrement agréable d'apprécier la tequila. Ses joues s'étaient empourprées et elle détourna son attention en lui demandant :

- En Amérique du Sud, ce n'est pas plutôt le rhum que les gens boivent ?
- En effet... Mon ami, Vera, dont tu feras la connaissance tout à l'heure, s'est mis à la tequila quand nous avons quitté le Venezuela et nous a tous initiés par la même occasion. En conclusion, j'aime beaucoup le rhum, mais je préfère la tequila.
- Il y a toujours autant de gens qui viennent ici, un mercredi soir ?
- Non, mais ce soir, il y a vraiment un grand nombre de personnes car des colombiens sont venus pour la représentation de « Joropo » qui avait lieu un peu avant notre arrivée.
- Joro quoi ?
- C'est une musique chorégraphiée traditionnelle, typique d'une région du Venezuela et de la Colombie. C'est très festif, j'adore.
- On aurait pu venir plus tôt si tu m'en avais parlé, au lieu de jouer les cachotiers.
- Oh non, je connais les danseurs depuis que je suis tout petit. Disons que ma sœur a le chic pour se faire des relations. Je me rappelle d'ailleurs qu'elle est sortie un temps avec un des danseurs.
- Elle ne vit plus avec le père d'Estella ?
- Il est mort. Assassiné.

Marie ne répondit pas. Elle ne savait pas quoi dire de toute façon.

Elle baissa les yeux un moment tandis que Ricardo la fixait, tentant de traduire ses expressions. Puis, il porta la main à son visage et lui effleura légèrement la joue dans un geste de possession évidente. Marie vibra au contact de sa paume chaude contre son visage. Elle ne s'était pas attendue à cette attention de

130

sa part et le regarda, méduseé. « On vous dérange à ce que je vois » s'exclama une voix grave et austère. Ricardo leva les yeux et reconnut Vera accompagné de Romero.

Le jeune Vénézuélien leur présenta sa cavalière qui les interrogea :
- Le monsieur que j'ai vu à l'hôpital n'est pas avec vous ? Celui avec… l'œil…
- Mon père ? Oh non, il est resté avec la sœur de Rico, l'informa Romero, aimable. Il joue les gardes du corps. Il ressemble à un pirate, pas vrai ?
- Il a pensé à la jambe de bois et au perroquet sur l'épaule ?
- Il aurait un sacré look, répondit le petit homme trapu en pouffant.

Rom avait été sympathique et avait fait en sorte de mettre immédiatement la jeune femme à l'aise. Ses brûlures, ses cheveux en bataille, ses scarifications et sa mâchoire proéminente lui donnaient des airs d'ours enragé. Il ressemblait à un taureau, invulnérable. Romero avait un sacré look, un de ceux qu'on n'oublie pas. D'ailleurs, Marie ne manqua pas de remarquer qu'un grand nombre de jeunes femmes avaient les yeux rivés sur lui depuis son arrivée.

Quant à Vera, il en était tout autrement. Le chauve lui jeta d'emblée un regard austère qui traduisait une hostilité apparente.
- Qu'est-ce qu'elle fait là ? questionna-t-il son ami, ignorant sa cavalière.
- Ne dramatise pas, soupira Ricardo.

Marie, désireuse d'adoucir l'atmosphère, lança au chauve :
- Ce n'était pas prévu.

Cela ne dérida pas Vera qui lui répondit hargneusement :
- Ce n'est pas à toi que je parle.
- La politesse, tu connais ? riposta la jeune femme sans se démonter.

- Dis-moi, tu te crois drôle ? la provoqua le chauve, cherchant manifestement le conflit.
- Vera, fais pas le con, intervint Romero, avec rudesse, tentant de le modérer avant que la situation ne dégénère.

Marie fulminait et explosa en pointant l'énorme crâne du doigt :

- Oh, tu vas me parler autrement ! Pour qui tu me prends ?! Nazi !
- Mets une laisse à ta gonzesse sinon je lui coupe le doigt ! tonna Vera à l'attention du cavalier de la brune.

Rico mit instantanément les choses au clair en lui rétorquant, offensif :

- Pose la main sur elle et je te brise le bras.
- Je rêve ou tu me menaces ? s'étonna son ami au crâne dégarni.
- Ca suffit, Vera ! lui ordonna Ricardo dans un puissant rugissement, faisant sursauter la Bruxelloise et attirant l'attention des danseurs les plus proches.

Le calme revint aussitôt suite à ce rappel à l'ordre et Romero s'éclipsa au bar, entraînant le chauve avec lui afin de le calmer.

- Je suis navré pour Vera, s'excusa le séduisant Vénézuélien auprès de sa cavalière.
- Oh, ne t'en fais pas. J'ai vu plus méchant.
- C'est vrai ? s'étonna Ricardo.
- Bon, peut-être pas, plaisanta-t-elle. Après tout, il ne m'aime pas et il en a le droit. Moi non plus, je ne l'aime pas.
- Là n'est pas le problème. Il pense seulement qu'on ne devrait pas se voir, autant dans mon intérêt que dans le tien.
- Il a sûrement raison…, avoua-t-elle pensive avant de plaisanter, mais comment pourrais-je fuir devant un homme aussi élégant ?
- Ah, enfin un compliment… C'est vrai que je me suis mis sur mon trente-et-un.

- J'aime aussi beaucoup quand tu t'habilles plus relax mais je trouve que tu devrais attacher tes cheveux plus souvent, c'est plus sexy. Ca fait gigolo.
- Bon, alors je les détache tout de suite…, la taquina Rico en faisant mine de détacher son chignon.
- Non ! Ce que je veux dire c'est que ça te va très bien. J'adore.

Ils rirent joyeusement, sous les yeux de Vera qui, du haut de son tabouret, adossé au bar, n'en manquait pas une miette.

Le chauve rageait. Son ami, son confident, celui qu'il considérait comme son frère, venait de lui tenir tête pour une femme. Bien entendu il ne s'agissait pas d'une histoire de code d'honneur ancestral entre amis en ce qui concernait les nanas car dans le passé, ils avaient tous eu des conquêtes. Il s'agissait de cette femme, cette Marie, cette étrangère qui chamboulait tout sur son passage. Elle était d'une beauté diabolique, piquante et drôle. Un cocktail détonnant auquel son ami ne parvenait pas à résister. Vera le savait, Marie allait tout foutre en l'air. Cette idiote allait détruire Rico ainsi que leur vie à tous. Pour la première fois, Vera voyait son meilleur ami amoureux. Vraiment ? Qui l'eût cru ? Pas le chauve en tout cas. Il n'avait rien vu venir et quoi qu'il veuille tenter à présent, il était déjà trop tard.

Sans le savoir, Marie et Rico venaient de lancer les dés qui les mèneraient à leur perte. Vera en était convaincu. Les choses ne faisaient que commencer…

Chapitre numéro onze :

Tu comptes me punir parce que j'ai un vagin ?

Après plus de deux heures, une vingtaine de cigarettes, quatre tequilas chacun et des dizaines de fou-rires, une voix éraillée se fit entendre : « Rico, mi amigo !» Ricardo se retourna brusquement vers l'origine de la voix sans pour autant bousculer la jeune femme et s'écria :
- Julio ! Ca va ? Qu'est-ce qu'il t'est arrivé ?
- Quoi ? A l'arcade ? Oh, rien. Seulement deux petits cons qui ont essayé de braquer la caisse, hier. Ces abrutis ne reviendront plus, ça, c'est moi qui te le dis.
- Passe voir ma sœur avant de rentrer chez toi, elle va te recoudre.
- Arrête tes conneries, je ne suis pas une chochotte. Ca finira bien par se refermer.
- Hector n'est pas avec toi ? le sonda Ricardo.
- Mon frère, venir m'aider ? Il a préféré perdre son temps et son pognon chez les Borracha.

Marie observait avec application Julio, un autre des amis apparemment proches de son cavalier. Massif, l'homme semblait très fier de sa large carrure de boxeur. Il ne s'agissait pourtant pas de muscles, mais de graisse. Cela se voyait particulièrement au niveau de ses bras et de son ventre qu'il ne

135

tentait pas de rentrer ou de cacher. Toutefois, il semblait être redoutable. Personne de sensé n'aurait voulu recevoir une correction de sa part. Ses cheveux noir corbeau étaient coupés très court. Leur texture laissait supposer qu'il était bouclé comme une brebis. Son visage rond, perlé de sueur, arborait une bouche fine et pincée qui, par moments, s'entrouvrait, laissant apercevoir une rangée de dents mi jaunies, mi noircies. Ses petits yeux ronds lui donnaient des airs de fouine. Son nez opulent, légèrement dévié sur la droite, affichait une bosse à sa base, probablement due à plusieurs fractures de l'os nasal. Il exhibait fièrement un bouc taillé avec talent et visiblement travaillé fréquemment. Son statut de patron de ce bar ne semblait pas le pousser à mettre une chemise, au contraire. Vêtu d'un t-shirt blanc très large et d'un jeans usé, il était à son aise. Son haut laissait apparaître ses avant-bras recouverts de tatouages. D'où elle se trouvait, la jeune femme ne pouvait pas en être certaine, mais avait l'impression qu'il s'agissait de silhouettes féminines et de diverses inscriptions en espagnol. Il portait un diamant à l'oreille gauche et un bracelet tressé main au poignet droit.

Le regard du patron se posa sur la splendide brune et, en souriant, il demanda à son ami :
- Alors, tu ne me présentes pas à ta cavalière ?
- Bien sûr, confirma Ricardo en enlaçant Marie par la taille, histoire de lui montrer immédiatement qu'elle lui appartenait. Julio, un excellent ami, je te présente la ravissante Maria.
- Je dirais plutôt l'irrésistible Maria, enchaîna le beau parleur en serrant la main de la Bruxelloise. Enchanté de faire ta connaissance. Tu te plais bien ? Comment trouves-tu mon bar ?
Marie réfléchit un court instant à la façon dont elle allait répondre avant de se lancer comme à chaque fois, la rage au ventre :
- Tu devrais faire plus attention à qui tu laisses entrer.

Julio ne comprit pas et Ricardo dut l'éclairer :
- Vera…

Ce nom à lui seul avait suffi.
- Ca ne m'étonne pas de lui, s'amusa Julio. Ce grand con a le sang chaud et la langue bien pendue, c'est plus fort que lui.

La jeune femme venait de comprendre que Julio l'appréciait. Aussi étrange que cela paraisse, dans cette communauté, son caractère exécrable et son franc-parler trouvaient preneur. Elle était appréciée par d'autres personnes que ses deux amies et devait avouer qu'elle se sentait bien en compagnie du séduisant Vénézuélien dont elle était tombée sous le charme.

Julio, qui s'était installé à leur table, était un homme bavard et, tandis que celui-ci faisait la conversation à son cavalier, la jeune femme préféra observer attentivement et décortiquer consciencieusement les mouvements des danseurs qui se déhanchaient non loin de leur tablée. Régulièrement, la foule s'écartait, laissant le centre de la piste libre où un danseur, ou plus souvent un couple de danseurs, attiraient l'attention grâce à une combinaison de mouvements, sous un tonnerre d'applaudissements. Présentement, une resplendissante sud-américaine exécutait une incroyable représentation de danse sur un rythme endiablé. Ses déplacements, à la fois félins et sensuels, décuplaient son indomptable beauté. Sa chorégraphie travaillée et exceptionnellement complexe était impressionnante et excessivement bien réalisée. La bruxelloise fut surprise de découvrir que certaines parties du corps humain pouvaient bouger avec autant de sensualité. Les Belges ne devaient pas être dotées des mêmes facultés, à son grand regret.

Ricardo, ayant fini par s'apercevoir de l'attention que Marie accordait à la danseuse, s'approcha d'elle et lui murmura à l'oreille :

- Juliana est loin d'être la meilleure danseuse présente ici, ce soir.
- Tu la connais ? le questionna la jeune femme, cachant mal sa soudaine jalousie.

Ricardo laissa échapper un rire charmeur et la rassura :

- Comme je te l'ai dit, ici, on se connaît tous.
- En tout cas, elle est vraiment... sexy. Tu as couché avec ?

Il pouffa de rire.

- Ne dis pas n'importe quoi, Maria. Et puis, elle ne danse pas si bien que ça, surtout si on la compare à ma sœur ou ma nièce.

Marie parcourut la salle du regard, s'attardant à nouveau sur les mouvements endiablés des danseurs exaltés avant que son attention ne soit attirée par un jeune homme, de deux ou trois ans plus âgés qui semblait justement faire la cour à la nièce de son cavalier, rapidement interrompu par Romero, visiblement tendu et très protecteur, ensuite Marie redirigea son attention sur les danseurs.

**

A l'autre bout de la salle, après avoir menacé, terrifié et éloigné le prétendant avec succès, Romero s'adossa au frigo qu'Estella s'efforçait de remplir. La Vénézuélienne, déjà très énervée par l'attitude de son ami et protecteur, s'empressa de protester :

- Tu ne veux pas te déplacer d'un mètre sur la droite afin que je puisse avancer dans mon boulot. J'ai un tas de choses à faire. On est débordé ce soir.

Romero sourit, amusé par l'application dont la jeune fille faisait preuve dans tout ce qu'elle entreprenait, sans pour autant obtempérer.

- Et il était inutile de menacer Felipe, ajouta la jeune fille. Il voulait seulement m'inviter au cinéma.

- Il n'avait pas à te proposer ce genre de choses, décréta-t-il, intransigeant.
- J'aurais pu décliner son offre poliment, de façon civilisée, insista Estella, n'en démordant pas.
- J'ai réglé le problème, conclut son ami, alors n'en parlons plus.
- Ce n'était pas à toi de le faire, protesta-t-elle derechef.
- Je veille sur toi alors oui, décida Romero en libérant enfin la porte du frigo, c'était à moi de le faire. Il y a un problème ?
- Non.
- Si tu as quelque chose à me dire, dis-le, lui ordonna-t-il en saisissant sa mâchoire avec, à la fois, délicatesse et fermeté.

Elle s'arracha à lui et baissa instinctivement les yeux, se concentrant sur ses chaussures afin de ne pas se décomposer. Après un moment, elle parvint à articuler un nom :

- Laetitia.
- Alors, c'est de ça qu'il s'agit..., souffla-t-il.
- Elle ne fait preuve de loyauté envers aucune famille et toi, tu traines avec elle, lui reprocha-t-elle.
- Ca ne te concerne en rien. Je te rappelle que je suis libre de faire ce que je veux.
- Tu es comme les chiens, Rom, tu te taperais n'importe qui !

Elle avait craché ses mots dans un moment de courage et de colère extrêmes. Ce n'était pas du tout son habitude de tenir ce genre de propos ; tellement qu'il fallut une seconde à Romero pour réaliser pleinement ce qu'elle lui avait reproché comme s'il avait été question d'une langue étrangère. Il finit enfin par réagir.

- Contrôle-toi, Stella ! la commanda-t-il d'une voix aussi étranglée qu'autoritaire en lui saisissant le bras et l'entraînant dans la réserve sans faire preuve de la moindre discrétion.

Une fois dans l'étroite pièce, il relâcha sa prise et elle s'immobilisa, les yeux rageurs, oscillant entre la déception et l'énervement.

« Les inséparables » était le surnom qu'ils s'étaient attribués enfants. Un peu moins de sept ans les séparait et pourtant, cela ne les avait jamais gênés. Jusqu'à ce qu'Estella ait dix ans, Ricardo ne se séparait jamais d'eux ; après, quand Vera était arrivé dans la famille, Romero et Estella s'étaient retrouvés seuls, Vera et Rico préférant traîner à deux.

Rom avait toujours pris soin de la jeune fille et réciproquement car le fils du borgne était le genre de gars sur lequel il fallait constamment avoir un œil.

- Mais qu'est-ce qu'il t'arrive, Stella ? la questionna-t-il, quelque peu perdu.
- Avant, on était inséparables. Maintenant, tout est tellement différent. Tu n'as plus une minute à me consacrer. Entre ce que tu fais pour la famille et toutes les nanas que tu t'envoies, tu…
- Stella, objecta-t-il.
- Ce n'est pas méchant. Il ne s'agit que d'une simple constatation. Tu as un tas de choses bien plus importantes à faire et c'est normal. Après tout, il n'y a aucune raison que nous passions plus de temps que nécessaire ensemble. Je ne suis ni ta femme, ni ta copine. Je ne suis qu'un membre de la famille parmi d'autres.
- Arrête ton cinéma et grandis un peu, s'énerva-t-il. Nous ne sommes plus des gamins. Et il est inutile de pleurer.

Elle n'avait pas réalisé que des larmes chaudes et salées parcouraient ses joues creuses et les sécha machinalement du revers de la main.

- Ne t'en fais pas, j'aurai bientôt un mari pour sécher mes larmes, lui rétorqua-t-elle, la mort dans l'âme.

140

- Je sais.
- C'est tout ce que tu trouves à dire, "je sais" ? s'étonna la Vénézuélienne.
- Tu fais ce que tu as à faire pour la famille, tout comme moi.
- J'ai toujours cru qu'on finirait par... Elle marqua une courte pause avant de continuer fébrilement, ... par se marier.
- Crois ce que tu veux, Stella. Contrairement à toi, je sais où est ma place et je sais aussi que tu n'es pas pour moi.
- Mais j'ai besoin de toi, lui confessa-t-elle. Tu es celui qui prend soin de moi, qui me protège, tu es celui à qui je dis tout.
- Et bien, il faut que ça change, lui rétorqua-t-il d'un ton froid et distant.
- J'ai peur, tu sais.
- Tu n'as rien à craindre, je ne laisserai personne te faire du mal.
- Bientôt, ma mère m'aura choisi un mari et peu de temps après, on célèbrera mon mariage avec cet homme dont j'ignorerai tout. Le soir de mes noces, je lui appartiendrai et tout ce que je peux espérer, c'est qu'elle choisisse quelqu'un de gentil. Les critères de beauté et de fidélité sont un luxe que je ne peux m'offrir. Mais peu importe comment il est, physiquement et moralement, je serai l'épouse d'un homme que je n'aimerai pas.

Un profond soupir lui échappa et durant un long moment, elle le fixa comme attendant qu'il dise quelque chose qui la sauverait. Mais il se mura dans le silence et elle continua, fébrile :

- Je voudrais seulement qu'il me respecte et si possible, qu'il ne soit pas trop saoul lorsque je serai obligée de passer ma nuit de noces à ses côtés. Alors dis-moi à nouveau que tu ne laisseras personne me faire du mal...

Il ne répondit pas et se contenta de baisser les yeux, la mâchoire et les poings serrés. Il aurait voulu lui éviter ça, mais il y avait des choses dans cette famille contre lesquelles il était impuissant.

- Les gens risquent de se poser des questions, tu ferais probablement mieux de retourner à la table de Rico.
- Qu'est-ce que tu attends de moi, Stella ? Tu me connais bien, tu sais mieux que quiconque qui je suis. Les seules choses que je sais faire, c'est me battre et baiser. Pour tout le reste, je suis nul. Alors dis-moi ce que je dois faire parce que moi, je l'ignore.
- Laisse tomber, Rom, lui répondit-elle en quittant la réserve, à nouveau les yeux pleins de larmes.

***

Pendant ce temps, Ricardo, qui continuait de discuter avec son ami, laissa, sans même s'en rendre compte, ses grandes mains caresser l'avant-bras de la superbe brunette qui rougit au contact de leurs peaux. Il était comblé avec elle à ses côtés. Il avait le sentiment qu'ils se connaissaient depuis toujours. Il devait se rendre à l'évidence, il éprouvait déjà plus de sentiments pour elle qu'il n'aurait pu l'imaginer. Ses mains continuèrent à parcourir le bras et la petite main de la Bruxelloise qui frémissait en tentant de garder son plaisir secret. Soudain ils échangèrent un regard et son cœur eut un raté.

Déchiré entre le désir et la terreur primitive que lui inspirait le pouvoir de cette femme sur lui, il resta figé, ébloui par cette créature divine qui aurait séduit le diable lui-même.

Les fins sourcils de la brune se levèrent et ses yeux se mirent à briller d'une lueur malicieuse.

- Tu me perturbes, lui avoua-t-elle en rougissant légèrement.
- Je n'aurais jamais cru que tu me confierais une telle chose, répliqua-t-il, une lueur dansant dans ses grands yeux.
- Je fais des efforts, mais ne me provoque pas sinon je me retransforme en prédateur sanguinaire sur-le-champ.

Il pouffa joyeusement en trinquant derechef avec sa cavalière tandis que Julio posait sur la table un jeu de cartes, bientôt rejoint par Romero et Vera.

- Je peux participer ? interrogea la jeune femme.

Rico s'esclaffa :

- Non, tu ne sais pas y jouer. Tu vas me faire perdre.
- Bien sûr que si ! Je sais jouer au poker ! Je suis même très douée !

Un rire tonitruant retentit.

- N'exagère pas, plaisanta-t-il.
- Sale misogyne ! Comment saurais-tu si je suis douée ou pas au poker ? Je suis sûrement meilleure que toi !

Ricardo ne put retenir un rire franc et la taquina :

- Ça, ça m'étonnerait ! De toute façon, Maria, c'est un poker entre mecs.

La superbe brune fit mine de se vexer et défendit son droit de participation avec conviction :

- Alors quoi ? Tu vas me punir parce que j'ai un vagin ? L'égalité des sexes, ça te dit quelque chose ?
- Non, c'est non, la taquina-t-il derechef en feignant un air inflexible.

Marie resta muette quelques courtes secondes, réfléchissant à un moyen de contrer ses arguments tout en se mordillant la lèvre.

- Alors je fais équipe avec toi.
- Hors de question.

Elle grinça des dents avant de décréter, très satisfaite d'elle-même :

- Inutile d'être aussi macho. Affaire conclue ! Je fais
équipe avec toi !

Marie se plaça sur les genoux de son partenaire qui
l'entoura de ses longs bras musclés pour qu'elle puisse, elle
aussi, voir son jeu. Tout au long de la partie, il eut de grandes
difficultés à se concentrer tant le parfum de la sublime brune
était enivrant. Il lui suffisait de frôler la peau de celle-ci ou que
leurs mains se touchent en voulant saisir la même carte pour que
son esprit se désintéresse tout à coup de la partie qu'ils étaient
bien évidemment en train de gagner grâce aux précieux conseils
de sa partenaire, ce qu'il eut beaucoup de mal à reconnaître.
Lorsqu'ils furent officiellement déclarés vainqueurs, la
jeune femme se tourna pour faire face à son cavalier qui s'écria,
fier comme un coq :
- Il me semble que nous avons gagné !
- Admets que c'est grâce à moi…, s'amusa-t-elle,
triomphante.
- J'admets que c'est, principalement, grâce à toi, reconnut
difficilement le beau latino. Je voudrais que la grande
gagnante du poker de ce soir m'accorde une danse.
- Oublie cette idée saugrenue sur-le-champ ! Danse avec
une autre femme, je te promets que je ne t'en voudrai
pas.
- C'est avec toi et personne d'autre que je veux danser, la
contredit le jeune homme en attrapant sa tête entre ses
mains.
La douceur de ses paumes sembla lui faire tourner la
tête.
- Non ! se borna-t-elle.
- Donc, je dois comprendre que tu… ne sais pas danser...
- Je danse très bien ! Si tu espérais me ridiculiser suite à la
leçon de poker que je viens de te donner, tu te fous le
doigt profond dans l'œil jusqu'au cerveau !

144

- Ca, c'est ce que tu prétends. Moi, je ne crois que ce que je vois, la provoqua-t-il, bien décidé à partager une danse avec sa belle. Tu as peur…
- T'es un idiot ! Pourquoi aurais-je peur ? Peur ? Peur de quoi ? Peur de qui ? De toi ?
- On dirait bien que oui.
- Et bien, je vais te prouver le contraire ! s'exclama la Bruxelloise.

Marie but son verre de tequila cul-sec pour s'armer de courage et Rico saisit délicatement sa main. Revigorée par l'alcool, la jeune femme se mordit la lèvre en ressentant des vertiges au seul regard de la piste de danse qui l'attendait. Elle perdit toute assurance comme un pneu dégonflé. Toutes ses cellules cérébrales encore en état de fonctionner lui signalèrent qu'il s'agissait d'une mauvaise idée, mais elle se laissa entraîner sur la piste sans lutter. Mademoiselle Chevalier dansant sur de la musique latine endiablée, il valait mieux mettre ça sur le compte de la tequila. Une chose était sûre, ça promettait de rester dans les annales. Un vrai carnage ! Un supplice inégalable !

Au centre de la piste, tenant à se fondre dans les couples pour éviter de gêner la brune qui, malgré son air arrogant et effronté, ne devait pas être vraiment à son aise et Rico murmura à sa cavalière :
- On n'est pas bien, là, tous les deux ? la sonda le séduisant Vénézuélien.
La brune le fusilla du regard en gémissant :
- Je te promets de me pendre à la fin de cette danse.

Le Vénézuélien posa ses mains sur ses hanches et l'attira vers lui. Soudain, Marie sentit parfaitement la chaleur de son corps contre le sien. Le cœur de la jeune femme traversa toute sa carcasse, de part en part, puis reprit sa place, angoissé et battant la chamade. Au moment où Rico la serra contre lui, un puissant frisson lui parcourut l'échine, mais elle ne se défila pas. Elle était

145

bien trop fière pour fuir le défi. Elle survivrait. Après tout, ce n'était qu'une danse. A cette pensée, elle se détendit enfin et le laissa devenir le maître du jeu, de son corps et de bien d'autres choses à sa guise.

La jeune femme s'était transformée en marionnette dans les mains expertes du danseur qui la fit d'abord lentement virevolter telle une feuille d'arbre piégée dans de puissantes rafales de vent. Marie n'émettait aucune résistance, elle s'offrait à lui sans retenue. La musique était entraînante et l'ambiance électrique. Il s'agissait du son typique des boîtes hispaniques à la mode, sorte de reggaeton qui s'était imposé comme LE mouvement musical des quartiers défavorisés latinos. Ricardo lui sourit avant de la faire virevolter derechef au rythme de la musique électrisante. Des flammes brillantes dansaient au fond des yeux noisette du jeune homme. Le corps de Marie se mouvant contre celui de son ami, elle sentit petit à petit son pouls s'accélérer malgré elle. Ricardo posa ses mains sur les hanches de la séduisante brunette, des mains qui, dérapant sur le tissus de sa robe courte, frôlèrent ses fesses rebondies avant de se placer dans le bas de son dos, la rapprochant dangereusement de lui qui inspirait longuement, essoufflé. Marie frémit de surprise quand il la serra contre lui, la bloquant de ses bras puissants. Elle sentait son ventre s'échauffer et son esprit s'emporter, étouffant presque, prise par les bouffées de chaleur émises par cette folle danse. Il sentait ses doigts glisser sur la sueur qui inondait le dos brûlant de son amie. Sa partenaire avait les lèvres entrouvertes, tentant en vain d'inspirer de l'air frais. Elle s'aperçut que son cavalier la regardait. Il s'agissait d'un regard empreint de désir. Remuant ses membres de haut en bas avec une sensualité palpable, Marie s'évadait. Elle n'avait jamais dansé de cette façon et son corps, avide et exalté, en redemandait. L'envie était bien trop puissante. La prudence n'était plus de rigueur depuis longtemps. Ses lèvres étaient craquelées par une sorte de fièvre. Leurs corps se frôlaient, se touchaient et se cognaient au rythme de la mélodie envoûtante.

Le Vénézuélien laissa glisser ses mains le long des hanches de la jeune femme et, sentant ses jambes s'entrouvrirent, et il la souleva légèrement et la plaqua contre lui. Une main sur sa nuque et une autre sur son épaule, la jeune femme se crispa au contact de ses doigts sur ses longues jambes, lui arrachant un peu de peau de ses ongles manucurés. Ricardo laissa échapper un soupir de satisfaction malgré lui, laissant Marie passive durant quelques secondes au cours desquelles la musique changea laissant la place à un rythme plus lent. Un slow. Marie hésita un instant à quitter la piste de danse, instant dont son partenaire profita pour resserrer sa prise autour de la Bruxelloise, la collant autant que possible contre son cœur palpitant, l'obligeant à lui accorder cette seconde danse.

Durant ces cinq fameuses minutes enflammées, les amis du Vénézuélien n'avaient rien manqué de la scène et comprirent la raison pour laquelle le chauve avait accueilli la Bruxelloise avec autant de mépris. A cet instant précis, tous réalisèrent que ça allait mal finir.

Chapitre numéro douze :

Frappe-moi.

Ricardo avait, petit à petit, réussi à vivre avec ses démons. Il se faisait assez discret pour ne pas s'attirer d'ennuis. Il avait fait le tri dans l'amas de personnes qu'il connaissait. Certains n'étaient pas des braves, mais ils restaient contrôlables. Vera et Romero avaient gagné en sagesse. Ils restaient impétueux et impulsifs, mais il pouvait difficilement leur en demander davantage. Tout dans sa vie aurait pu se dérouler parfaitement, sans jamais ne prendre aucun risque. Il aurait très probablement fini par marier une gentille Vénézuélienne, tendre et aimante, avec laquelle il aurait fondé une belle et grande famille pour le plus grand bonheur de Gina qui rêvait depuis des mois de marier son frère. Avec elle, il n'aurait pas eu à mentir. Elle connaitrait, d'ores et déjà, son histoire et l'accepterait tel qu'il était. Elle aurait également accepté le fait qu'il ne s'agissait pas d'amour mais de respect entre eux, un mariage arrangé et promis à un bel avenir comme au pays, rien de choquant là-dedans. Cette épouse serait une excellente mère pour ses enfants et une parfaite femme au foyer. Le seul fait de pouvoir se vanter d'avoir épousé Ricardo Velázquez l'aurait comblée et aurait fait d'elle une femme respectée. A présent, il n'en était plus question. L'arrivée de Marie dans sa vie avait tout changé. Elle avait chamboulé tous ses plans. Les quelques jours que Ricardo venait de passer aux côtés de la splendide brune étaient les meilleurs de sa misérable existence. Comment imaginer une vie sans elle, dorénavant ? C'était comme imaginer une vie sans oxygène, sans rayon de soleil, une vie en noir et blanc.

« Tu as passé la nuit chez elle ? » le questionna la voix douce et mélodieuse de son aînée. Ricardo, qui la suivit dans la cuisine, préféra mettre les choses au clair sans perdre un instant :
- Non, j'étais chez Vera et Rom.
- Qui l'a ramenée ?
- Elle a pris un taxi.
- Tu es sûr ? s'enquit-elle, peu amène.
- Crois-moi, avec tout l'alcool que j'avais dans le corps, je ne tenais même plus debout. Néanmoins, je veux te la présenter.

Une grimace étira le visage de la Vénézuélienne qui questionna son cadet :
- Pourquoi accepterais-je ?
- Pour moi. Parce que je suis ton frère. Parce que tu veux mon bonheur. Je dois continuer ? Ecoute, c'est simple. Marie me plaît et, avec ou sans ton approbation, je vais continuer à la voir.
- D'accord. Je n'aurai qu'à faire sa connaissance ce soir, à la Feria.
- Tu es sérieuse ? Honnêtement, je m'attendais à plus de résistance de ta part.
- Je sais très bien qu'avec tout ce qu'on a vécu, je suis parfois un peu trop protectrice à ton égard.
- Un peu ? la taquina-t-il.
- Toutefois, je m'améliore, continua-t-elle sans se perdre son sérieux. Il me faut juste un peu de temps pour réaliser que tu es un homme maintenant et que tu sais ce qu'il y a de mieux pour toi.
- Merci.
- Tu sais que je t'aime ?
- Je t'aime aussi, lui répondit le cadet, reconnaissant.

- Qu'est-ce qu'il t'a pris ? le sonda Gaspar qui venait de faire irruption dans la pièce, mécontent.

Ricardo réussit à feindre l'indifférence en haussant les épaules devinant que cette remarque lui était adressée.

- Il paraît que tu as amené une blanche au Chicas ? insista l'aîné.
- Oui et toi aussi, tu as un problème avec ça, je suppose, lui rétorqua le cadet, froid comme la mort.
- Bien évidemment ! Mais enfin, qu'est-ce qui t'est passé par la tête ?! Tu es dingue ?! s'énerva Gaspar.
- Fais gaffe à ce que tu dis, le menaça Ricardo, tendu comme une arbalète.
- Moi, faire attention à ce que je dis ? Tu débloques ? Fais plutôt gaffe à ce que tu fais avec cette gonzesse !
- Moins fort, tu vas réveiller tout le monde, lui ordonna Gina non désireuse de perturber le sommeil de Vargas et celui de sa fille.
- Toi, arrête un peu de me dire ce que je dois faire ! Tu n'as rien à dire concernant nos affaires ! Je suis celui qui décide ! Je suis celui qui donne les ordres ! Je suis le seul et unique chef de cette famille !!! s'emporta Gaspar en tentant de gifler sa sœur avec violence.

Ces paroles déclenchèrent la colère du plus jeune qui, ne se contrôlant plus, se jeta sur son aîné le plaquant violemment au sol, un poing devant son visage. Il le surplombait, le maintenant fermement sous lui.

- Ne la touche pas ou je te tue ! Tu m'entends ?! Je te tue ! le menaça froidement le cadet avant de se relever.

Gina aida Gaspar à se lever tandis que Rico saisissait ses clefs de voiture et sa veste, faisant basculer au sol la chaise sur laquelle celle-ci était posée, et sortait de la maison en claquant brutalement la porte.

Gaspar se jeta sur la fenêtre qui donnait sur la rue et aperçut son cadet démarrer en trombe, se retourna, faisant désormais face à sa sœur, avant de l'accuser, mauvais :

151

- Tu crois que j'ignore que tu rêves du jour où Rico prendra ma place, mais laisse-moi éclaircir la situation. Ce n'est pas près d'arriver.
- Tu imagines des choses, Gaspar, lui rétorqua Gina faisant preuve d'un calme étonnant.
- Après tout, il n'est ni mon frère ni le tien. Alors ne te mets pas en travers de mon chemin ou je lui dirai la vérité sur qui il est vraiment.
Elle s'était figée.
- Tu veux vraiment qu'on en arrive là ? le questionna-t-elle soudain glaciale et menaçante. Tu veux vraiment qu'on devienne ce genre de famille ? Tu as voulu me frapper quand Ricardo était là, mais maintenant qu'il est parti, il ne reste que toi et moi. Alors, vas-y. Frappe-moi. Allez, fais-le. Mets-y toute ta force. Frappe-moi encore et encore jusqu'à ce que je ne puisse plus bouger. Mais, un conseil, ne me rate pas. N'aie pas pitié de moi, agonisant, parce que si tu me laisses en vie, sache que, jamais plus, tu n'auras la paix. Je te massacrerai pendant ton sommeil, empoisonnerai ta nourriture, te poignarderai dans le dos. Oh oui, frappe-moi et frappe-moi bien car jamais plus tu ne dormiras sur tes deux oreilles !
Elle sembla retrouver son calme habituel et le mit en garde dans un murmure sinistre :
- C'est fou à quel point un accident est vite arrivé…
Gaspar déglutit bruyamment, cachant mal son malaise.
- Tu sais que j'ai dit ça dans l'énervement. Tu es ma sœur et jamais je ne trahirais ma promesse au sujet du secret de Ricardo.
- Je le sais.
- Dans ce cas, tu ne m'en veux pas, pas vrai ? Tout va bien entre nous, n'est-ce pas ?
- Bien sûr que tout va bien. Voyons, tu es mon frère et je t'aime. Nous allons simplement continuer comme

d'habitude, pas vrai ? s'assura-t-elle, les yeux doux et la voix chaleureuse.

-   Oui, comme d'habitude, confirma sur-le-champ son frère encore sous le choc.

***

Pour la jolie Bruxelloise, la journée sembla interminable et dénuée de sens. Perdue dans ses pensées, elle errait sans but dans son appartement, en compagnie de Gus. Marie sentait un trou béant se former dans sa poitrine. Ricardo lui manquait. Elle voulait le voir, le sentir, le toucher. Avec lui, elle était au summum du bien-être, mais dès l'instant où il disparaissait, elle se sentait vide, incomplète, comme si son cœur lui avait été arraché de la poitrine.

La jeune femme s'installa dans son grand divan clair en allumant la télévision. Sur la Une était proposée une émission sur les hommes et leurs relations conflictuelles avec le sexe opposé. Ah ces hommes, tout était toujours bon pour faire parler d'eux. Sur le plateau se trouvait une psycho-socio-ethnologue jouant la coach de vie sentimentale et amoureuse raplapla. Cependant, Marie ne fut guère impressionnée par la succession de reportages sur la vie personnelle des invités présents à cette émission. La présentatrice elle-même finissait par se perdre entre le type trash qui avait bouffé le chat de sa femme car elle refusait de lui cuire des pâtes à quatre heures du matin et le pleurnichard, qui au moindre film un peu niais ou au happy end le plus classique, terminait la soirée en pleurs dans les bras de sa compagne avant de la battre parce que, soi-disant, elle le poussait à se victimiser. Si même l'animatrice se perdait dans ses fiches, Marie devait renoncer, elle aussi, à comprendre quoique ce soit à cette émission. Elle changea de chaîne. Sur la Deux, reportage flashback sur la guerre en Irak. Du sang en quantité inconvenante, des cadavres en état de décomposition avancée et de la dynamite ou d'autres substances explosives.

153

Trop de tensions et trop de conflits insolvables en une fois. Sur la Trois, une émission nommée « Chronique d'une future star ». Marie zappa, trop soporifique de suivre la vie banale d'une blonde d'anthologie, clone de cette pouffiasse de Barbie qui rêvait de paillettes et de popularité. Pouvait-on cependant l'en blâmer ? Non, mais zapper oui. Dans les cas similaires de mélange de télé-réalité, émission musicale et séance de psy, la jolie brune sortait son joker. La chaîne numéro Quatre ne prenait aucun risque et rediffusait un classique. Chouette, mais déjà vu un million de fois au bas mot. Elle remit la Une et assista à un débat entre Dons Juans. Après quarante-cinq minutes aussi caricaturales les unes que les autres et sans crédibilité aucune, la jolie brune capitula. Le seul moyen pour elle de sauver sa journée télé de cette hécatombe de programmes merdiques pour attardés du ciboulot, shootés aux niaiseries commerciales, était son Dieu.

Notre Dieu à tous.

Ray Charles.

Les premières notes d'une de ses chansons, même la moins connue, étaient synonymes de bonheur absolu, de zenitude intégrale et de plénitude totale. Qu'il s'agisse d'une journée pourrie ou d'un de ces coups de blues qui ne préviennent pas, Ray Charles était l'ultime remède, testé et approuvé par mademoiselle Chevalier, fan devant l'éternel.

Marie saisit la télécommande de la chaîne hifi, rangée dans le meuble-télé, et mit le son à fond. Dès que la voix mélodieusement soul et jazzy du grand et regretté chanteur se fit entendre, Marie se mit à chanter pour ne pas dire hurler les paroles en cabriolant, sautant et gesticulant dans son salon, tantôt sur le sol, tantôt sur les fauteuils. La jolie brune avait sans nul doute une liste impressionnante de qualités, mais le chant n'en faisait irrémédiablement pas partie. Mais qu'importait ? Plaçant la télécommande tout contre sa bouche en guise de micro, Marie se mit à chantonner les paroles évidemment parfaitement maîtrisées et quand ce n'était pas le cas, inutile de se formaliser, elle psalmodiait un charabia incompréhensible comme le font ces grandes stars de l'industrie du disque qui, en plein milieu d'un concert en live, se loupent sur un couplet. Un truc de pro, allez comprendre… Mais, lorsque Marie, toujours en nuisette, effectua son grand final, glissant genoux au sol comme une rock star, elle tomba nez à nez avec son séduisant cavalier qui, plié en quatre, n'avait pas le courage d'en regarder davantage, déjà à deux doigts de s'étouffer.

Furieuse, la jeune femme éteignit la chaîne hifi avant de se jeter sur lui comme une lionne affamée en hurlant, outragée :
- On ne t'a jamais appris à frapper avant d'entrer chez les gens, dans ton pays d'incultes ?!
- C'est ce que j'ai dû faire une bonne vingtaine de fois, mais apparemment tu étais tellement appliquée à donner ton concert que tu ne m'as pas entendu et comme la porte n'était pas fermée à clef, lui fit-il remarquer en se mordant les lèvres pour se retenir de rire à nouveau, je suis entré.
Elle plissa les yeux.
- Vas-y, moque-toi. La bave du crapaud n'atteint pas la blanche colombe et na !
- Si tu préfères, je peux repasser plus tard, lui proposa galamment le séduisant Vénézuélien.
- Non, ça va. Je vais vite me préparer. En attendant, fais comme chez toi.

Tandis que Marie filait en sautillant prendre quelques affaires pour se changer, Rico enleva sa veste et la posa sur le dossier d'une des chaises de la salle à manger en bois avant de s'installer dans le fauteuil. La superbe brune retraversa le salon jusqu'à la salle de bain où elle s'enferma à double tour avant de sauter dans la cabine de douche où elle prit un malin plaisir à chanter à tue-tête, ce qui provoqua un second fou-rire du jeune homme.

A sa sortie de la salle de bain, la jeune femme était plus belle que jamais, plus belle encore que la veille. Elle portait un petit short moulant en jeans et une blouse en satin blanche, arborant aux pieds de petites spartiates dorées. Marie interrogea Rico :

- Quel est notre programme ?
- D'abord, on sort manger un morceau puis, je dois aller retrouver des amis à la grande Feria en plein centre de Bruxelles et tu es bien évidemment invitée.

  Marie écarquilla les yeux, s'étonnant :
- Je ne savais pas que tu avais des amis espagnols, cowboy.
- Je te ferais remarquer que j'ai un tas d'amis, moi, la taquina-t-il.

  Sur ce, ils quittèrent l'appartement.

Chapitre numéro treize :

Il va appuyer sur la détente, ce con.

Durant le trajet qu'ils avaient à parcourir jusqu'à la
Grand Place, Marie alluma la radio et mit une fréquence qu'elle
aimait tout particulièrement car celle-ci ne passait exclusivement
que de vieilles chansons, pour l'essentiel des classiques, une
station soi-disant destinée aux vieux croulants, trop « has been »
pour les petits jeunes de l'époque, d'après beaucoup. La jeune
femme se lança dans un solo magistralement faux sur un twist
des années soixante qui fit énormément rire son cavalier.
Fumant une de ses délicieuses cigarettes sans prendre la peine
de demander l'autorisation, elle réalisa qu'elle avait, bel et bien,
pris ses aises.
        Ils formaient un vieux « couple ». Elle riait à ses blagues,
anticipant son humour décalé, tandis que le Vénézuélien
enclenchait l'allume-cigare de son char d'assaut avant que la
jeune femme ait posé les yeux sur l'objet de son addiction.
Après quelques taffes, Marie écrasa énergiquement son mégot
de cigarette dans le cendrier du véhicule familial et posa sa tête
sur l'épaule du conducteur qui lui caressa délicatement le front,
avant de se focaliser à nouveau sur le chemin à suivre et la
circulation. Là, à cet instant précis, la jolie brune se sentait
parfaitement bien. Elle aurait voulu fixer ce moment dans le
temps pour qu'il ne s'arrête jamais.

Malheureusement, le monde ne s'arrêterait pas de tourner pour si peu.

L'endroit avait été aménagé pour accueillir une scène où se produisaient divers artistes, espagnols pour la majorité, dont des chanteurs, connus ou pas, des danseurs et de nombreux musiciens représentant une multitude de styles différents. La place était encerclée de petites échoppes illuminées par des guirlandes de couleurs diverses, les différenciant entre elles, comme celles des chalets en bois qu'on pouvait voir à la période des fêtes de fin d'année. Au centre de ce cercle, la place était envahie par les spectateurs qui tantôt, chantaient à tue-tête, tantôt dansaient de façon frénétique. Une fois sur les lieux proprement dits, Ricardo enlaça délicatement la jeune femme par la taille tandis qu'ils s'enfonçaient dans la foule en transe. Chaque pas effectué signifiait saluer de nouvelles têtes, toutes des connaissances de Ricardo ou de sa famille, qui lui indiquaient qu'il devait se rendre à tel ou tel stand et que tout ce qu'il voudrait lui serait offert. Marie eut l'impression d'accompagner le chef d'un gang ou un de ces barons de drogue que l'on voit dans les films d'action américains, le genre de mec que l'on craint autant que l'on respecte. Cependant les connaissances de son cavalier ne semblaient en aucun cas le craindre, mais uniquement le respecter, et elle devait avouer que toutes faisaient preuve d'une attention particulière et d'un respect évident envers elle. Rapidement rejoints par Romero et Vera, ils faisaient attention à accorder un temps suffisant à chacun d'eux et, même si la plupart des conversations étaient exclusivement tenues en espagnol, la jeune femme pouvait clairement distinguer des noms chaque fois différents, comme si les Vénézuéliens demandaient des nouvelles des familles de chacun en se souvenant des prénoms exacts s'intéressant au choix d'études des plus jeunes et aux soucis financiers des plus âgés, sans omettre les relations amoureuses, les mariages et les naissances qui concernaient chaque foyer.

Après avoir déjà salué cinq ou six petits groupes, Ricardo étreignit Marie et lui montra du doigt sa sœur Gina qui était impatiente de faire sa connaissance. La jolie brune était heureuse de pouvoir échapper à ces salutations barbantes et, après lui avoir rendu son étreinte et déposé un baiser charnel dans le cou, elle l'abandonna et s'éclipsa, sans demander son reste, en direction de la splendide Vénézuélienne.

Une fois à son niveau, Marie fut surprise par l'accueil plus que chaleureux, presque fraternel, de la divine créature, et put constater que Gina était dotée de la même beauté assassine que son cadet. Elle se perdit un instant dans le regard sombre et captivant de l'aînée qui, elle devait l'admettre, avait un certain aura émanant d'elle. La jeune femme voulut l'admirer encore un moment, mais avant même que celle-ci ait eu le temps d'en placer une, celle-ci l'entraîna vers un des stands en s'écriant : « Tequila, amigo ! ». Marie demanda à la sœur de son cavalier :
-    Que me vaut un tel accueil ?
D'un air autoritaire, Gina fit un petit signe de la main et les personnes se trouvant autour d'elles, s'éloignèrent.
-    Ricardo nous regardait et je lui ai promis que j'allais être agréable avec toi, lui rétorqua-t-elle d'une voix glaciale.
Marie ne sut quoi répondre et, hésitante, préféra garder le silence.
-    J'imagine qu'il ne t'a rien dit sur ce qu'il fait, supposa la voluptueuse Vénézuélienne.
-    Disons que j'ai ma petite idée.
-    Une maligne, j'aime ça. Mon frère est quelqu'un de bien, tu sais. Il est la personne la plus dévouée que je connaisse et crois-moi, je connais beaucoup de monde.
Gina affichait un sourire malsain et Marie n'arrivait plus à décrocher son regard des grandes dents de carnassier que celle-ci affichait effrontément.
-    Je sais que s'il ne me dit rien, finit par articuler la Bruxelloise, c'est pour me protéger.

- Je suppose que tu es au courant que je suis celle qui l'a élevé et lui a appris que la famille était ce qui importait le plus dans la vie.
- Je te rassure, je ne compte pas le séquestrer chez moi ou l'empêcher de faire ce qu'il veut.
- C'est tout à fait vrai vu que tu vas cesser de passer du temps avec lui.
- Pardon ? Et pourquoi le ferais-je ? se vexa-t-elle.
- Ecoute-moi bien parce que je ne te le dirai pas deux fois. Il n'a pas besoin de toi. Il a sa famille. Toi, tu n'es rien, rien du tout. Tu vas sortir de la vie de mon frère ou je te jure, sur ce que j'ai de plus cher au monde, que je te le ferai payer au centuple.
- Sinon quoi ? se vexa Marie.
- Tu m'as l'air d'être quelqu'un d'intelligent, je sais que tu feras ce qui est dans ton intérêt.
- Bon sang, mais qui es-tu ?
- Moi ? Je suis un roc, inébranlable. Je fais partie de ces femmes que personne n'arrête jamais et que rien n'effraie. Je suis une de ces femmes qui décident de qui se retrouvera exsangue dans une ruelle déserte.
- Tu crois que je n'oserai pas dire à Rico que tu m'as menacée ?
- Qui ? Moi ? Vraiment ? Souviens-toi que je t'adore et de toute façon, tu ne serais ni la première ni la dernière oie blanche à se faire dévorer par les bêtes qu'elle vient taquiner.

La brune ne répondit rien, abasourdie.

- Ca va ? demanda Vargas en les rejoignant.

Il ne s'adressait pas à la Belge mais à sa compatriote.

- Evidemment. Tout va bien. Je voulais seulement faire plus ample connaissance avec la charmante Marie. Je veux qu'elle se sente parfaitement à l'aise ; après tout, nous sommes un peu sa nouvelle famille, n'est-ce pas ?

Le borgne lui offrit un sourire ignoble en guise de réponse, montrant clairement que Gina avait des alliés et des alliés effrayants pour ne rien arranger.

La Bruxelloise resta muette. Cette femme était un génie ! Elle était parfaite dans son rôle de sœur autant que dans celui de monstre. Du grand art ! Un tyran déguisé en bombe sexuelle, brillante idée !

Incompréhensible. Démentiel. Marie hallucinait. Elle observa le borgne qui buvait toutes les paroles de sa compatriote et ne put réfréner un rire nerveux. Elle sentait son sang bouillonner, incendiant son corps tout entier. Elle explosa soudainement :
- Tu te trompes si tu crois que je vais trembler ! Je suis Marie Chevalier et je t'emmerde toi, tes menaces et tes petites exigences à la con ! Je vais continuer à voir ton frère et si tu me fais la moindre crasse, c'est moi qui te le ferai payer au centuple ! hurla-t-elle en tremblant de rage avant de disparaître telle une ombre happée par la foule.

De son côté, Ricardo, venant tout juste d'arriver au bout de ses salutations, se mit à la recherche de sa sœur et surtout de Marie. A plusieurs reprises, il examina la foule bercée par un slow envoûtant, en vain. Enfin, il repéra sa sœur au stand de tequila en compagnie de Vargas. Il alla immédiatement les rejoindre et les interrogea, une inquiétude naissante trahissant sa voix d'ordinaire si posée :
- Où est Maria ? Je lui avais dit de rester près de toi.
- Elle est partie subitement, j'ignore pourquoi, lui répondit son aînée en sirotant son verre.
Embêté, Rico laissa échapper un soupir avant de dire, en tentant de garder son calme :
- Il faut que je la retrouve.
- Laisse-la et bois avec nous, lui proposa le borgne.
- Arrête, il faut que je la retrouve.

161

- Dans cette foule ? Si ça tombe, elle est rentrée chez elle.
- Fais chier ! explosa Rico en frappant violemment du poing le mur en bois de l'échoppe.

Ricardo salua le serveur et lui commanda une double tequila qu'il but cul-sec. Il connaissait le danger de ce genre d'évènements. Beaucoup trop de monde était présent. Beaucoup trop de lieux isolés où le pire pouvait arriver. Elle n'aurait pas dû se séparer du groupe.

Les poings fermés, il serrait les dents.

Pendant ce temps, Marie, adossée à une échoppe, fouilla son sac à main à la recherche de son paquet de cigarettes. Après quelques courts instants, elle en sortit une ainsi que son briquet. Elle tenta à plusieurs reprises de l'allumer, en vain, avant que Ricardo n'apparaisse comme par magie, posant ses mains autour de la flamme pour éviter les coups de vent. Une fois l'opération réussie, Marie le gratifia d'un regard froid, une lueur méprisante dans les yeux, puis tourna la tête, préférant contempler les danseurs enfiévrés que le Vénézuélien. Il s'approcha lentement de la jeune femme et la dévisagea un moment. Il ne comprenait pas l'expression de son visage ; on aurait dit un mélange de colère, de tristesse et de déception.

Soudain, elle le fixa, le transperçant de son regard furieux. Furibonde, elle souffla un énorme nuage de fumée dans sa direction et lui demanda, extrêmement vexée :
- Alors, tu as fini ton tour de piste ou tu dois encore saluer l'autre moitié des gens présents ce soir ?

Ricardo, l'air triste et suppliant, cherchait les mots justes, mais il était tellement avide de chasser le mépris qu'il lisait dans les yeux de son amie que les mots se bousculèrent sur ses lèvres :
- Je suis désolé. Je pensais que tu étais avec ma…
- Ta sœur m'a menacée ! le coupa-t-elle d'un ton cinglant en le toisant froidement.
- …

162

Elle secoua la tête et vociféra en écrasant au sol sa cigarette à demi-consommée :
- Je veux que tu me ramènes chez moi, immédiatement !
Incrédule, il leva les sourcils.
- Attends, impossible qu'elle t'ait menacée. Tu as dû mal comprendre, tu sais avec ton caractère et…
- Salaud ! l'insulta la Bruxelloise en lui envoyant une claque retentissante.

Il fut tellement surpris qu'il recula légèrement et resta silencieux, stupéfait, tandis qu'une marque rouge s'agrandissait sur sa joue.

Le Vénézuélien tenta de s'excuser :
- Je suis…
- Ramène-moi, l'interrompit-elle froidement.

Les yeux de la jeune femme débordaient de larmes qu'elle essuya rageusement du revers de la main.
- D'accord, accepta-t-il en saisissant délicatement sa main.
- Ne me touche pas, lui ordonna-t-elle en lui faisant face, effrontément, le menton levé, les yeux fiers et les joues ruisselantes. Contente-toi de me ramener.
Il obéit et l'accompagna jusqu'au parking.

Les files de voitures s'étendaient à perte de vue devant eux et la jeune femme, qui ne parvenait plus à savoir où était garée celle de son cavalier, dut se contenter de le suivre en silence. Rico s'immobilisa une seconde et lui demanda :
- Tu as entendu ça ?
- Quoi ? lui riposta la jeune femme, agacée.
- Ca ! Je viens encore de l'entendre.
- Si tu crois que ça va te faire remonter dans mon estime, tu t'y prends mal.
- Tais-toi deux secondes, lui commanda-t-il en tentant de deviner d'où venaient les bruits qui s'approchaient d'eux à grande vitesse.

- C'est tout ce que tu as en stock pour te faire pardonner d'avoir de dangereux psychopathes pour famille et amis ?

Brusquement, un adolescent apparut, leur faisant face, pointant un pistolet sur eux.

Le braqueur avait voulu les prendre au dépourvu. Marie le fixait de ses grands yeux embrumés, écarquillés d'effroi. Son cœur se mit à battre à grands coups. Elle avait un mauvais pressentiment. « Un môme… Il va paniquer et appuyer sur la détente, ce con » se répétait-elle en boucle tandis qu'elle soutenait le regard dur et intransigeant de son agresseur. Celui-ci pointa son arme sur la jeune femme et ordonna, froidement, au Vénézuélien :

- Fais pas l'con et file-moi ton pognon ou je bute ta nana. Pas de mouvements brusques et tout se passera bien. Toi, donne-moi ton sac à main, lentement.

Les mains de la jeune femme se crispèrent sur son sac lorsqu'elle regarda son compagnon. Ses traits étaient durs et ses lèvres serrées. La fureur qu'elle lisait dans ses yeux et la contraction de sa bouche lui firent comprendre qu'il n'allait pas obtempérer. En effet, le Vénézuélien vint se placer devant sa bien-aimée tandis que le jeune garçon s'époumonait :

- T'veux que j'te tue ou quoi, connard ?!

Marie dissimulée derrière lui, Ricardo lui fit face et le somma :

- Tu as cinq secondes pour me filer ton flingue ou c'est moi qui te descends, petit.
- Espèce d'con, déconne pas !
- Un…
- Ta gueule ! L'fric, file-moi l'fric !
- Deux…

A cette seconde, Rico fit un pas en avant et lui saisit l'arme, la retournant contre lui.

- Alors, maintenant, mets-toi à genoux.

Le jeune garçon d'une quinzaine d'années s'exécuta.

- P'tain, mais t'es qui toi ?

- Si je te revois ici ou si je recroise ta sale gueule, je te bute. Suis-je assez clair ?
- Oui.
- Quoi ? lui demanda-t-il à nouveau en posant le canon du flingue sur son front.
- Oui, oui, oui, c'est clair, très clair ! lui affirma le gamin en pleurs.
- Allez, barre-toi, lui ordonna le Vénézuélien.

L'agresseur agressé se releva si vite qu'il trébucha avant de se lever à nouveau et de disparaître au milieu des files de voitures qui s'étendaient à perte de vue.

Ricardo se tourna vers Marie dont le sang n'avait fait qu'un tour, palpitant dans ses veines avec autant de force que sa furie.
- Bon sang ! Tu es fou ! Tu aurais pu te faire tuer ! rugit-elle.
- Calme-toi, Maria. Il avait laissé la sécurité. Même s'il avait appuyé sur la détente, le coup ne serait pas parti.
- Et s'il l'avait retirée au dernier moment ?! s'emporta-t-elle, tremblante.
- C'est pour ça que je me suis mis devant toi…
- Si tu crois que c'est impressionnant, tu te trompes.
C'était ridicule et stupide, il aurait pu te tuer !
Elle pleurait. Le choc était tel qu'elle dut s'appuyer contre une voiture comme un petit animal blessé pour ne pas s'effondrer au sol. Il l'attira contre lui, dans une chaude étreinte. Elle secoua violemment la tête et enfouit son visage ruisselant de larmes dans le torse du latino. Soudain, elle sentit les lèvres de Rico murmurer contre son front :
- Ca va aller, Maria. Je suis là. Du calme… Ca va aller.

Tous deux enlacés, ils étaient complets, entiers. Ils avaient le sentiment de ne former qu'une personne enfin absolue.

***

Au même moment, Romero, toujours à la Feria, pouvait désormais profiter de la soirée. En compagnie de son ami Hector, il dégustait quelques boissons alcoolisées, spécialités de certaines régions moins connues, en admirant un groupe de danseuses qui se déhanchaient férocement, à la recherche de celle avec qui il passerait la nuit.

Contrairement à Ricardo et sa sœur, il n'était pas beau, mais cela ne lui avait jamais posé de problèmes avec les femmes. Avec elles, il suffisait d'avoir l'attitude et ça, il n'en manquait pas. Il se battait avec ses armes. La dureté apparente de son visage et ses deux prunelles dorées étincelant dans la pénombre comme celles d'un prédateur assoiffé de sang lui avaient permis de ne jamais manquer de compagnie. Quant à ses horribles brûlures et son sourire défectueux, les femmes avec lesquelles il avait couché ne s'en étaient jamais plaintes. Cela devait accentuer le mythe.

Hector était également impressionnant, probablement plus terrifiant qu'impressionnant. Le crâne rasé, il arborait fièrement sur celui-ci un impressionnant tatouage représentant deux serpents s'entremêlant, l'un finissant par dévorer le second. Ses grands yeux sombres et sa mâchoire carrée donnaient un air froid et dur à son visage. Aussi large que haut, le cadet de Julio attira l'attention de son ami sur une jeune femme :

- Regarde la gonzesse à l'échoppe d'en face.
- De qui tu parles ? demanda Romero intrigué et amusé par l'intérêt de son frère d'armes.

Hector, visiblement sous le charme, la pointa du doigt en précisant :

- Celle en robe saumon avec de longs cheveux noirs.

Son ami tenta de se déplacer légèrement sur la gauche afin d'apercevoir celle qui plaisait tant au cadet de Julio, puis se pencha sur la droite, en vain, avant de s'exclamer, amusé :

- Je ne la vois pas. Il y a un groupe qui me cache la vue. On dirait que je vais rater quelque chose.
- Je te la laisse ou j'essaie de me la faire ? lui demanda Hector.
- Je ne sais même pas à quoi elle ressemble, s'amusa davantage Romero tandis que son ami scrutait à nouveau la jeune femme en tentant de la décrire :
- Elle ressemble à…

Brusquement, il reconnut le visage de la demoiselle qui venait de se placer dans sa direction et déglutit bruyamment avant d'informer son ami :

- Estella.
- Tu veux que je te démolisse ou quoi ? le menaça Romero, soudainement hostile.
- Non, c'est elle. Estella est la fille au bar en robe saumon qui parle avec un gars, insista Hector, hypnotisé par la superbe Vénézuélienne. Qu'est-ce qu'elle est bonne !
- Ferme-la ! lui ordonna le fils du borgne en se ruant sur son ami et lui plaquant violemment la tête contre le chalet à côté duquel ils se trouvaient, attirant sur lui tous les regards.

Mais quand Romero tourna la tête vers ladite jeune fille, il dut se rendre à l'évidence, que malgré le fait qu'elle n'était nullement supposée se trouver là, il s'agissait, en effet, de la nièce de Ricardo.

***

Il n'avait pas fallu longtemps à Vargas pour rentrer au domicile des Velázquez. Prétextant s'ennuyer, Gina avait demandé à ce qu'il la ramène. Vargas avait obéi, comme d'ordinaire lorsqu'il s'agissait de satisfaire l'extraordinaire Vénézuélienne. Ils se connaissaient depuis plus de trente ans et déjà à cette époque, il faisait son possible pour la contenter. Il n'y pouvait rien, elle avait quelque chose de spécial. Une chose que les leaders, les femmes d'exception et les personnes importantes ont, en général, en eux.

L'aimer ? Il ne l'aimait pas. Aimer était un terme trop faible pour exprimer ses sentiments pour cette déesse. Il l'adulait, l'idéalisait, la protégeait, la respectait et la désirait plus que tout au monde.

A cette heure, un soir comme celui-ci, ils étaient seuls. L'éborgné l'observait lui raconter sa dispute avec Gaspar. Ses yeux de chat étaient subtilement mis en valeur par une fine ligne d'eyeliner, sublimant son regard. Ses lèvres rouges sang, à elles seules, représentaient la perfection et la féminité. Elle le sortit soudain de sa rêverie :

- Sous-entendre qu'il compte lui dire la vérité ? Il a perdu la tête ou quoi ?! Il est prêt à mettre toute notre famille en danger pour s'assurer que Rico ne remettra pas en cause sa place de chef.
- Il l'a peut-être dit sur le coup de l'énervement. Je suis sûr que tu t'en fais pour rien. Gaspar a toujours eu une grande gueule, mais pas de couilles.
- M'en faire pour rien ? s'étonna-t-elle sur un ton qui oscillait entre l'agacement et la colère. Mais qu'est-ce qu'il t'arrive en ce moment ?! Tu sais qu'il est instable. Nous ne pouvons et ne devons pas lui faire confiance. Il est dangereux, tu comprends ?
- Oui, se ressaisit l'éborgné.

Elle saisit son visage avec tendresse et s'assura :

- Tu es avec moi, pas vrai ?
- Oui, évidemment. Toujours. Tu le sais, n'est-ce pas ? s'inquiéta-t-il.

Elle évita son regard assez longtemps pour sentir l'angoisse envahir le corps du guerrier et prit enfin la parole d'une voix presque inaudible :

- Alors tu vas t'en charger ?

Il resta muet. Elle insista :

- J'ai vraiment besoin de toi. Tu es le seul sur qui je puisse compter.

Ne remarquant aucune réaction de sa part, elle continua, tremblante :

- Il me fait peur...
- Je ne le laisserai pas te toucher. Je ne laisserai personne te faire du mal.
- Je sais ça, bébé, mais ce n'est pas pour moi que je m'inquiète. Je crains qu'il ne s'en prenne à Ricardo. Je dois le protéger, dit-elle sur un ton protecteur. C'est la seule chose qui compte. Il est la seule chose qui compte et personne d'autres que nous ne doit apprendre son secret.
- Je vais m'en occuper. Dis-moi quand et je m'en chargerai.
- Je te dirai quand. Ceci ne doit en aucun cas retomber sur nous.
- Ce ne sera pas le cas, la rassura-t-il en l'invitant dans ses bras.
- Merci, le gratifia-t-elle en s'y coulant avec passion, sans réserve.

Elle le sentit frissonner de désir et lui proposa, haletante :

- Tu veux que je reste, cette nuit ?

Il resta muet un instant, ses gestes trahissant pourtant le fait qu'il ne lui était pas du tout indifférent, avant d'acquiescer. Elle prit son menton dans sa paume et l'embrassa avec une profonde affection tandis qu'il empoignait ses fesses en la serrant contre lui. Elle passa ensuite sa main sur la bosse qui était apparue dans son pantalon en se mordillant la lèvre sensuellement et lui ordonna de s'asseoir. Il lui obéit tel un automate, perdu dans un monde de sensations. Installé dans le fauteuil, Vargas l'observa défaire les épingles qui retenaient ses cheveux, les laissant tomber en cascade le long de son visage. Gina ôta ses vêtements avec une lenteur calculée, dans une danse hypnotisante, et le spectateur demeura parfaitement immobile, paralysé d'excitation devant la scène qui se déroulait

169

sous ses yeux. Son regard vif détaillait son corps voluptueux avec précision comme pour le graver à jamais dans sa mémoire.

Comme toujours, elle allait obtenir ce qu'elle souhaitait. Elle savait exactement comment le mettre à genoux. Elle lui avait fait le coup tant de fois. Elle avait tenu assez d'hommes entre ses cuisses pour connaître et déceler leurs faiblesses. Elle était passée maître à ce jeu-là. Vargas lui tendit une main avec douceur qu'elle saisit vigoureusement avant de se laisser entraîner auprès de lui dans le fauteuil au cuir glacé. Peut-être y trouverait-elle son compte ce soir. Peut-être arriverait-il à la faire jouir. Elle n'en espérait pas tant. Elle savait qu'avec les huit shoots de téquila qu'il s'était enfilé, il ne se retiendrait pas longtemps. Une demi-heure de va-et-vient mécaniques et d'orgasmes simulés n'était pas cher payé pour ce qu'il s'apprêtait à faire pour elle. La chair pour le sang, il s'agissait d'un bon deal ; elle n'y perdait pas au change.

Partie 3 :

Les liens du sang.

Chapitre numéro quatorze :

Rentre chez toi jouer à la poupée.

Au même moment, Romero, toujours à la Feria, pouvait désormais profiter de la soirée. En compagnie de son ami Hector, il dégustait quelques boissons alcoolisées, spécialités de certaines régions moins connues, en admirant un groupe de danseuses qui se déhanchaient férocement, à la recherche de celle avec qui il passerait la nuit.

Contrairement à Ricardo et sa sœur, il n'était pas beau, mais cela ne lui avait jamais posé de problèmes avec les femmes. Avec elles, il suffisait d'avoir l'attitude et ça, il n'en manquait pas. Il se battait avec ses armes. La dureté apparente de son visage et ses deux prunelles dorées étincelant dans la pénombre comme celles d'un prédateur assoiffé de sang lui avaient permis de ne jamais manquer de compagnie. Quant à ses horribles brûlures et son sourire défectueux, les femmes avec lesquelles il avait couché ne s'en étaient jamais plaintes. Cela devait accentuer le mythe.

Hector était également impressionnant, probablement plus terrifiant qu'impressionnant. Le crâne rasé, il arborait fièrement sur celui-ci un impressionnant tatouage représentant deux serpents s'entremêlant, l'un finissant par dévorer le second. Ses grands yeux sombres et sa mâchoire carrée

173

donnaient un air froid et dur à son visage. Aussi large que haut, le cadet de Julio attira l'attention de son ami sur une jeune femme :

- Regarde la gonzesse à l'échoppe d'en face.
- De qui tu parles ? demanda Romero intrigué et amusé par l'intérêt de son frère d'armes.

Hector, visiblement sous le charme, la pointa du doigt en précisant :

- Celle en robe saumon avec de longs cheveux noirs.

Son ami tenta de se déplacer légèrement sur la gauche afin d'apercevoir celle qui plaisait tant au cadet de Julio, puis se pencha sur la droite, en vain, avant de s'exclamer, amusé :

- Je ne la vois pas. Il y a un groupe qui me cache la vue. On dirait que je vais rater quelque chose.
- Je te la laisse ou j'essaie de me la faire ? lui demanda Hector.
- Je ne sais même pas à quoi elle ressemble, s'amusa davantage Romero tandis que son ami scrutait à nouveau la jeune femme en tentant de la décrire :
- Elle ressemble à…

Brusquement, il reconnut le visage de la demoiselle qui venait de se placer dans sa direction et déglutit bruyamment avant d'informer son ami :

- Estella.
- Tu veux que je te démolisse ou quoi ? le menaça Romero, soudainement hostile.
- Non, c'est elle. Estella est la fille au bar en robe saumon qui parle avec un gars, insista Hector, hypnotisé par la superbe Vénézuélienne. Qu'est-ce qu'elle est bonne !
- Ferme-la ! lui ordonna le fils du borgne en se ruant sur son ami et lui plaquant violemment la tête contre le chalet à côté duquel ils se trouvaient, attirant sur lui tous les regards.

Mais quand Romero tourna la tête vers ladite jeune fille, il dut se rendre à l'évidence, que malgré le fait qu'elle n'était

174

nullement supposée se trouver là, il s'agissait, en effet, de la nièce de Ricardo.

Estella avait pivoté en direction de son protecteur, voyant celui-ci s'en prendre à Hector. Quand ses yeux croisèrent les siens, elle eut l'horrible sentiment de se décomposer sur place. Soudain elle se statufia, elle allait en prendre pour son grade. Comme pour se donner du courage, elle avala cul-sec la téquila qu'elle n'avait pas encore touchée depuis son arrivée. Puis saisit un autre verre plein qui traînait sur le comptoir et se le vida dans le gosier.

Immédiatement, Romero la rejoignit et la saisissant par les épaules, la fit pivoter l'obligeant à lui faire face. Ce demi-tour extrêmement vif lui fit tourner la tête si fort qu'elle crut qu'elle allait chuter comme la pire des ivrognes. Les deux verres de tequila à la suite l'un de l'autre, dans un si court laps de temps, avaient été une erreur pour son équilibre déjà malmené par ses escarpins. A présent, elle faisait face à son protecteur, fièrement posté devant elle tel un roc indestructible. Il resta silencieux un moment, se contentant de la fixer d'un regard assassin.

- Uriel Sanchez, se présenta le jeune homme qui se tenait à la droite de la Vénézuélienne.

L'ignorant, Romero s'adressa à la jeune fille sur un ton froid et terrifiant :

- Je peux savoir ce que tu fais ici, seule, alors que tout le monde te croit chez Loretta.
- Julio m'a invitée, se défendit-elle d'une voix tremblante.
- Et depuis quand le gros t'invite à des soirées ? rugit-t-il, fou de rage. Attends un peu que je le voie celui-là, ça va chier.
- Il m'a proposé de venir parce qu'il réalise que je ne suis plus une gamine, le défia-t-elle.

Il saisit ses fins poignets et la secoua en mugissant :

- Alors arrête d'agir comme telle ! Tu es venue seule ? la questionna-t-il à nouveau en resserrant sa prise sur ses poignets d'enfants.
- Avec Luciana, lui répondit-elle, refroidie par la déception qu'elle lisait dans ses yeux.
- C'est ton nouveau garde-du-corps, se moqua-t-il incapable de maîtriser sa rage. Elle fait quoi ? Quarante-cinq kilos ?
- Tout va bien, intervint Uriel, elle était avec moi et ...

Romero le coupa, prêt à lui sauter au visage et rugit :

- J'en ai rien à foutre, c'est clair ? Ce n'est pas à toi que je parle.
- A mon avis, tu ne m'as pas bien compris. Je suis le frère d'Angel Sanchez.

Le fils du borgne soupira bruyamment avant de gronder d'une voix sinistre :

- Oh, je sais très bien qui tu es et à quelle famille tu appartiens, mais apparemment c'est toi qui n'as pas compris que tu as intérêt à foutre le camp, immédiatement.
- J'espère que tu sais ce que tu fais en osant t'adresser à moi de la sorte, le mit en garde Uriel en riant aux éclats, dévoilant une rangée de dents d'une blancheur étincelante.

Rom prit un moment pour l'observer. L'Espagnol n'était pas plus grand que lui. Le corps fin, les traits dessinés, les cheveux blonds foncés coupés en brosse et un petit nez en trompette, Uriel Sanchez lui fit penser à un de ses chanteurs qu'il avait en horreur, mélange de Ricky Martin et Enrique Iglesias.

Cependant, il y avait quelque chose dans son regard. Une chose dont il fallait se méfier. L'arrogance légendaire des Sanchez.

- La seule chose que tu as à espérer pour l'instant, c'est que je ne te colle pas une bastos dans la cervelle sur-le-champ, s'énerva le Vénézuélien, bien décidé à ne pas se laisser faire.

Uriel se tourna triomphant vers la fille de Gina et la salua :

- Ma chère Estella, je te dis à très bientôt et te souhaite une excellente fin de soirée.

Mais lorsque celui posa une main sur le bras de la jeune Vénézuélienne, Romero dégaina son arme dont le canon vint s'appuyer contre la joue d'Uriel qui s'immobilisa, tentant de cacher au mieux sa peur.

- Ne la touche pas.

Deux gars qui se trouvaient à quelques mètres de Sanchez s'interposèrent vivement et mirent Romero en joue à leur tour.

Autour d'eux le temps semblait s'être arrêté et la foule, qui aurait dû se disperser dans un concert de cris horrifiés, se contenta de les ignorer, le son tonitruant de la musique latine et l'ambiance chaleureuse de cet évènement aidant.

- Maintenant, nous allons tous baisser nos armes lentement et partir chacun de notre côté, proposa un des gardes.

Voyant les visages terrifiés de ceux-ci, Romero sut qu'ils ne tireraient pas. Ils voulaient vivre et régler le problème de façon civilisée alors il s'exécuta et les deux hommes de main firent de même.

- Rentre chez toi jouer à la poupée, petite fille, ordonna Romero au jeune Sanchez, plongeant son regard dans le sien, comme pour l'obliger à se souvenir de lui.
- Tu vas me le payer, lui promit le jeune homme, rouge sang.
- C'est ça…, cracha le Vénézuélien tandis qu'Uriel Sanchez tournait les talons et disparaissait dans la foule, suivi par ses sbires.

Le sourire triomphant qui étirait le visage de Romero s'effaça tandis qu'il proposait à Luciana qui venait de les rejoindre :

- Tu veux que je te ramène ?
- Non, je vais rester encore un peu, déclina-t-elle l'offre en lançant un regard discret à son amie afin de s'assurer que tout allait bien.
- Seule ? Tu es sûre ? Je peux te déposer, ta maison est sur mon chemin, lui proposa-t-il derechef, insistant.
- Non, merci. Je vais profiter encore un moment de la soirée.
- Comme tu veux, concéda-t-il en lui laissant tout le temps de changer d'avis, ce qu'elle ne fit pas.
- Rom…, murmura Estella, navrée.
- Toi, tu n'as pas droit à la parole ! J'espère que tu es contente. Allez, on rentre.

Ce fut dans le silence le plus total qu'elle le suivit jusqu'à sa voiture sans protester, le regard baissé.

Chapitre numéro quinze :

Un cauchemar.

Estella était allée chercher le matériel de premier secours qu'ils gardaient dans l'armoire de la salle de bain et examinait désormais la plaie de Romero qui s'était légèrement rouverte.

A la lueur du plafonnier de la petite cuisine des Velázquez, elle entreprit de le recoudre avec toute l'application et la délicatesse dont elle était capable, même si elle savait qu'il ne se plaindrait pas.

- Je suis vraiment désolée, s'excusa-t-elle doucement. Je ne me le pardonnerais pas s'il t'arrivait quelque chose.
- Ne pense pas à ça. Je sais prendre soin de moi, la rassura-t-il.
- Visiblement pas, lui fit-elle remarquer en pressant légèrement les stigmates de l'attaque au couteau qu'il arborait à l'abdomen.

Il rit joyeusement.

- Ne bouge pas, le tempéra-t-elle sans perdre sa concentration.
- Pourquoi as-tu fait ça ? lui demanda-t-il, perdu.

Elle hésita à répondre, quelque peu perturbée par le fait que le jeune homme se trouvait torse-nu. Elle lui avoua finalement :

- Je voulais sortir. Je voulais que tu me voies différemment, que tu réalises que moi aussi, je pouvais plaire et être… sexy.
- Tu n'as pas besoin de ça, lui rétorqua-t-il en jetant un coup d'œil à sa robe un peu trop près du corps à son goût.

Elle termina et il saisit le petit miroir qui gisait sur la commode en chêne située à sa droite en admirant son travail.

- Ca va. Ca aurait pu être bien pire, finit-il par déclarer.
- Que va-t-il se passer avec les Sanchez ? le questionna la nièce de Ricardo en rangeant avec soin le matériel médical dans la trousse de secours.
- Avec de la chance, Uriel aura tout oublié demain matin. Dans le cas contraire, ils voudront sûrement me buter.

Il semblait s'en moquer royalement et demanda même, impatient :

- C'est bon, je peux y aller ?
- Attends, lui ordonna-t-elle en appliquant une dernière couche de désinfectant, à l'aide d'un coton d'ouate, sur la plaie recousue.

Il l'observa avec attention et remarqua qu'elle tremblait malgré la réelle application qu'elle tentait d'imposer à ses mouvements. Elle se mordilla légèrement la lèvre inférieure, sentant son regard braqué sur ses moindres gestes.

Subitement, il immobilisa sa main en la saisissant au niveau du poignet, lui vola le coton de sa main libre et l'appliqua lui-même sur sa blessure sans une once de délicatesse, après avoir relâché son bras. Elle le fixait, tentant de capter son regard de braise, sans bouger, espérant de sa part un geste, un mot, une attention qui lui ferait comprendre que cette sensation d'étouffement lorsqu'ils n'étaient que tous les deux était réciproque, que pour lui aussi cette amitié qu'ils partageaient depuis toujours ne suffisait plus. Mais il restait muet. Il se contentait de la regarder, de l'observer, de la contempler et tamponnait la plaie par une série de légères pressions.

- Tu…, tenta-t-elle d'articuler avant d'être interrompue par le blessé qui avait posé une main sur sa bouche, la réduisant au silence le plus complet. Ses doigts caressèrent ses lèvres chaudes asséchées par une fièvre dormante qui semblait soudain se réveiller.

Sa bouche s'entrouvrit sous le coup de cette caresse et il perçut un changement immédiat dans sa respiration. Son souffle s'était accéléré. Il se dressa, jeta la compresse dans la corbeille qui se trouvait à ses pieds, articula, intransigeant et résolu :

- Tu n'es pas pour moi, Stella.

Ces mots venaient de franchir ses lèvres lorsque Gina débuula dans la cuisine telle une furie dévastatrice. Vêtue d'une robe de chambre en satin, elle semblait avoir été sortie du lit par quelque chose et en effet, c'était le cas.

- Je peux savoir pourquoi Angel Sanchez me réveille en pleine nuit pour m'informer que tu as braqué une arme sur son frère ?! s'époumona-t-elle, folle de rage.
- Il draguait ouvertement ta fille, j'ai fait ce que j'avais à faire. Je l'ai mis en garde, s'expliqua Rom en remettant sa chemise.
- Et tu avais besoin d'un flingue pour ça ?! aboya-t-elle.
- Je…
- Silence ! lui ordonna Gina. Je partirai demain matin, à la première heure, voir Angel et tenter de sauver ta peau.

Le jeune homme aux brûlures objecta vivement :

- Pas question que tu y ailles seule.
- Ton père viendra avec moi, le rassura Gina qui semblait, petit à petit, se calmer. En attendant que cette histoire soit réglée, je veux que tu te tiennes à carreau, compris ?

Il acquiesça, à la fois obéissant et reconnaissant.

- Tu vas dormir ici, décida-t-elle, au moins comme ça, je t'aurai à l'œil.

Il lui sourit malgré lui et retrouva son sérieux lorsque le chauve fit irruption dans la cuisine.

- Que s'est-il passé ? les interrogea Vera en observant leurs têtes renfrognées ainsi que la robe un peu trop décolletée d'Estella.
- Crois-moi, tu ne veux pas savoir, lui répondit Romero en soupirant.
- Que se passe-t-il encore ? le questionna Gina, soudainement inquiète.
- Il faut appeler tout le monde. Qu'ils viennent tous au plus vite.

***

Une fois arrivés chez la jeune femme, le conducteur se gara devant l'entrée de l'immeuble et se pencha vers le pare-brise observant de sa voiture l'appartement de la jeune femme avant de demander à sa passagère, visiblement intrigué :

- Tu avais oublié d'éteindre la lampe du salon ?

Marie se pencha à son tour et aperçut une lueur provenant de la fenêtre du living et lui répondit, soudainement inquiète :

- Je suis certaine que tout était éteint. Je ne comprends pas. J'ai tout fermé à clef avant de partir. Oh mon dieu, non, je vous en supplie. Pas ce soir. Pas un voleur. Un autre jour si vous voulez, mais pas ce soir, je vous en supplie.
  Il plissa les yeux.
- N'aie pas peur, c'est sûrement toi qui as oublié d'éteindre les lampes, la rassura-t-il. Je vais monter avec toi pour m'assurer que tout va bien et que tu n'as pas d'invité non désiré.

Tremblante d'inquiétude, la jeune femme lui murmura, la voix brisée :

- Et s'il s'en prend à toi ?

Il ne put retenir un rire franc et lui répondit :

-   Tu n'as pas à t'en faire pour moi. Il ne va rien m'arriver, voyons.

Ricardo sourit et déposa un tendre baiser sur le front de la jeune femme tout en saisissant les clefs dans sa main droite avant d'ajouter, sûr de lui :

-   Je prends soin de toi, maintenant. Tu n'as pas à t'inquiéter ni pour toi ni pour moi. Je me charge de tout.

Suivi de près par Marie, le Vénézuélien sortit de la voiture et avança d'un pas franc jusqu'à la porte d'entrée de l'immeuble dans lequel ils disparurent telles deux ombres. Ils montèrent silencieusement les escaliers en longeant les murs. Une fois arrivé à l'étage de la jeune femme, il tendit l'oreille en continuant à s'approcher de la porte. Il ne percevait pas le moindre bruit. Toutefois, il resta sur ses gardes. On ne sait jamais sur quel genre de malade on peut tomber. Il déverrouilla la porte et pénétra d'un bond félin dans le salon.

C'est alors que Ricardo découvrit Gus, le matou, s'amusant avec les interrupteurs du living. Marie grommela des insultes incompréhensibles en rejoignant le jeune homme et se jeta dans ses bras.

La brune avait besoin de réconfort. Ricardo l'étreignit un long moment avant que la jeune femme ne lui demande, intimidée :

-   Tu m'en veux pour la gifle ? Tu sais, tu la méritais…
-   Non, c'était de ma faute. Je suis vraiment désolé pour tout à l'heure. Je n'avais aucun droit de te parler de la sorte. Je suis désolé pour le comportement de ma sœur, je vais m'en occuper, tu n'as pas à t'inquiéter.
-   Je me moque que tu aies des secrets et qu'il y ait des choses que tu ne me dises pas parce que j'ai besoin de toi. Tu es ce qu'il m'est arrivé de mieux et je ne sais pas si tu l'as remarqué, mais j'ai des difficultés à laisser les

gens entrer dans ma vie alors je ne veux pas te perdre. Je tiens à toi et je ne veux pas qu'il t'arrive quoi que ce soit.
- Je…
- Non, laisse-moi finir, le coupa-t-elle, sinon je n'y parviendrai pas. J'ignore totalement dans quoi ta famille et toi vous trainez, mais je crois, non je sais, que ce n'est pas bon. Je peux te jurer que ta sœur m'a vraiment foutu la trouille tout à l'heure et elle ne va pas se contenter de nous laisser faire ce que bon nous semble, fais-moi confiance.
- Que veux-tu que je fasse ? C'est ma sœur. Elle est celle qui m'a élevé, celle qui s'est toujours occupée de moi.
- Je ne te dis pas de couper les ponts avec elle, mais si elle tient à ce point à toi alors elle devrait te laisser mener une vie normale, loin de la violence et de toutes les choses horribles que vous avez sûrement faites et que je préfère continuer à ignorer. Tu pourrais avoir une vie normale avec moi.
Ca lui avait échappé.
- Maria, je…

Le téléphone du Vénézuélien vibra dans sa poche en émettant une sonnerie stridente. Un message reçu.

Envoyé par Vera à 01h19.
Luciana s'est faite agresser. Viens tout de suite. On est chez toi.

Le Vénézuélien n'avait pas laissé Marie lire le message en question et elle l'interrogea, inquiète :
- Ca va ? Rien de grave ?
Après un long silence, Rico replaça une des mèches rebelles de la jeune femme et en lui caressant la joue, lui annonça d'un ton désespéré :
- Je dois y aller.

- Tu ne comptes pas me dire ce qu'il se passe, pas vrai ? demanda Marie.

Il ne répondit rien.

- Tu es en danger ? insista-t-elle, anxieuse.
- Non, la rassura-t-il.
- Est-ce que je suis en danger ?
- Non, je ne laisserai jamais rien t'arriver, Maria.
- Quand te reverrai-je ? le questionna-t-elle, dubitative.

Il hésita avant de l'informer :

- Je passerai dès que possible.
- Tu es certain que tu ne veux pas rester ? lui proposa-t-elle, anxieuse.
- Une autre fois, peut-être, lui rétorqua le jeune homme en replaçant une autre de ses mèches derrière son oreille.

Enfin, il lui déposa un affectueux baiser sur la joue et s'éclipsa très rapidement. Marie resta quelques instants immobile, pensive.

Peu après le départ du Vénézuélien, ce fut la tête pleine d'interrogations que la jolie brune alla s'allonger dans son grand lit, une fois de plus vide.

***

Pendant ce temps, Ricardo était rentré chez lui. Garé devant l'entrée, il attendait sur son siège dans sa voiture. Il attendait que l'adrénaline, la rage, la colère, la haine bestiale, la cruauté s'emparent de lui. D'ordinaire, il ne devait pas attendre, pas penser, pas espérer. Ca venait tout seul, naturellement, le dévorant entièrement. Il devait se reprendre, ne pas flancher. Il devait être fort et dur. Sans pitié. Sans… pitié… Il se concentrait sur sa famille, ses amis, sur Luciana. Ca commençait à venir. Il sentit une vague de sauvagerie l'envahir. C'était bon. La fureur, elle aussi, montait en lui progressivement, rapidement. Il serrait les dents. Il était prêt. Il bondit hors du véhicule, marcha

185

jusqu'au porche et entra chez lui. Vera et Romero s'agitaient déjà dans le living bondé de monde.

- Que lui est-il arrivé ? les apostropha-t-il.
- Tu en as mis du temps pour sortir de ta bagnole… Tu vas bien ? s'enquit Vera, soucieux.
- Je vais bien, lui rétorqua Rico, tranchant.
- Tu veux que je m'en charge ? insista le chauve.
- Inutile, je te dis que je vais bien, le coupa-t-il, distant. Alors, que lui est-il arrivé ?

Julio, assis à l'autre bout du salon, lui indiqua d'un signe de la main la robe rose pâle tachée de sang qui trônait sur le fauteuil en lui expliquant :

- Nando, le cousin des Borracha, lui est tombé dessus alors qu'elle rentrait de la Feria. Il l'a tabassée puis l'a violée.
- Je lui ai proposé de la ramener. Elle a refusé. En ce qui me concerne, même châtiment que pour les autres ! s'exclama Romero, enragé.
- Non, c'est quand même un Borracha, tenta de le raisonner Gaspar, conscient des risques encourus.
- Mais qu'est-ce que tu racontes ?! s'emporta Romero. Estella aurait très bien pu être agressée, ce soir, par ce malade !

Ricardo trancha comme si son aîné et actuel chef de cette famille était invisible.

- Ils se plieront à notre sanction ou ils le regretteront. Ils savaient pertinemment à quoi ils s'engageaient lorsqu'ils ont conclu cet accord avec nous.
- Faut que je vienne ? le questionna l'éborgné.

Rico réfléchit un court instant et décida :

- Vargas, tu vas rester ici avec Gaspar au cas où ils imagineraient pouvoir nous doubler. Hector, Julio, Romero et Vera, vous venez avec moi. On va passer leur rendre une petite visite. Où est ma sœur ?
- Elle est dans une des chambres d'amis avec ta nièce, aux côtés de Luciana, lui répondit instantanément Vera.

- Tu veux passer prendre du matos chez nous ? l'interrogea Romero.
- Non, Hernan est passé la semaine dernière. Il a fait le plein. Il y a tout ce dont on peut rêver dans le coffre à l'étage, mais on aura assez avec ce qui se trouve dans la voiture.
- De toute façon, moi, je prends ça, décréta le fils du borgne en saisissant le coupe-papier qui traînait sur la table du salon à côté du courrier éventré.
- Ce n'est pas très tranchant, observa le chauve.
- Je sais, c'est le but. Moins c'est tranchant, plus ça fait mal.
- Ca ne va quand même pas être facile, tu ne crois pas ? lui rétorqua Ricardo.
- Fais-moi confiance. Je ne vais pas le rater, cet enfant de putain. J'y mettrai simplement plus de force que d'habitude, le rassura Romero en frappant dans les mains de ses amis à l'écoute.

Aucun d'eux n'était inquiet. Ils allaient prendre les choses en main. Le coupable allait le regretter. Il allait le payer très cher. Il allait maudire à jamais le jour où il avait commis la terrible bêtise de s'en prendre à une Vénézuélienne. Il aurait dû le savoir. Il ne fallait toucher à aucun cheveu d'une personne liée à la communauté vénézuélienne, à la communauté des Velázquez.

Grisé par l'adrénaline, ce savant mélange de peur et d'excitation, Rico s'était transformé. A présent, suivi de près par ses comparses, ce n'était pas Ricardo qui montait dans cette voiture, mais une bête féroce, sans cœur ni sentiment. Sans pitié. Ils allaient déverser leur colère sur le fautif. Ces diables à apparence humaine feraient payer ce nuisible qui ne méritait pas de vivre. Ce soir, justice serait rendue, et tout le monde connaîtrait l'identité des bourreaux...
Les Velázquez.

***

Quatre heures s'écoulèrent. Quatre heures interminables pour Luciana. Gina et Estella l'avaient menée jusqu'à la salle de bain où elles avaient lavé la jeune fille tremblante. Elle était ensuite retournée dans la chambre que les Velázquez avaient mise à sa disposition. Sa mère n'était pas encore au courant du drame qui avait frappé sa cadette et de ce fait, sa famille.

Luciana savait du haut de son jeune âge qu'à jamais, elle serait, aux yeux de tous, la fille violée de Fidelia, celle dont personne ne voudrait. Elle serait celle qui ne s'était pas suffisamment débattue. Les gens murmureraient sur son passage qu'elle s'était sûrement laissée violer, qu'elle l'avait laissé faire.

Son corps lui faisait atrocement mal et ses parties intimes la brûlaient terriblement. Estella, en protectrice attentionnée, posa une bouillote bien chaude sous ses pieds et une autre plus tiède contre son ventre. Luciana ferma les yeux, puis s'endormit avant de se réveiller en pleurs.
Un cauchemar.

Elle se revoyait descendre la ruelle pavée qui la ramenait chez elle. Elle n'avait pas pris garde. Elle n'avait pas repéré cet homme, celui qui la suivait. Elle ne l'avait pas entendu ramasser une pierre qui gisait au sol. Elle ne l'avait pas non plus entendu se rapprocher soudainement. Elle aurait dû. Elle s'en voulait tant de ne pas l'avoir entendu.
Rien. Elle n'avait rien décelé. Pas un bruit de pas. Pas une respiration. Elle se remémorait la Feria d'où elle revenait. Elle se souvenait d'avoir passé la soirée avec la nièce de Ricardo ainsi que de la dispute entre Romero et Uriel Sanchez. Elle se remémorait avoir refusé l'offre de Rom de la ramener chez elle. Elle s'en voulait tellement.

Il avait attendu le moment propice. Il avait dû se dire qu'il était tombé sur l'idiote du village, sur la naïve qui ne prenait pas garde en sortant le soir. Il avait trouvé la victime idéale. Il avait eu raison de penser cela, se dit-elle.

Il avait suffi d'un instant où elle avait baissé la tête pour jeter un coup d'œil à ses nouvelles chaussures pour qu'il la pousse violemment vers l'avant. Avec un cri de douleur, elle était tombée à genoux, s'était ensuite relevée avec difficulté, croyant bien naïvement qu'il ne s'agissait pas d'un acte volontaire. Il s'agissait d'un homme d'une trentaine d'années aux traits fins et aux airs distingués. Il s'était excusé, en souriant, comme s'il ne l'avait pas vue. Elle lui avait instantanément pardonné, ne se méfiant pas, mais alors qu'elle reprenait sa marche, il avait placé sa jambe devant elle, la faisant tomber derechef, cette fois plus âprement.

Vous savez, lorsque vous heurtez le sol avec une violence telle que vous avez l'horrible sensation que tous vos os sont brisés, c'est ce qu'elle avait ressenti. Le sadique lui avait laissé le temps de prendre pleinement conscience de ce qui lui arrivait avant de se jeter sur elle, la frappant à coups de pierre.

Elle ferma les yeux et se rendormit. Puis se réveilla en sursaut, le corps humide et tremblotant.
Un autre cauchemar.

Son agresseur avait plaqué sa main sur sa bouche, afin de l'empêcher d'appeler du secours. Elle avait eu beau se débattre, elle n'était pas parvenue à se libérer. Il l'avait menacée de la tuer si elle n'obtempérait pas. Elle avait pourtant continué à se débattre et il l'avait frappée au visage. Elle avait poussé des cris, espérant que quelqu'un l'entendrait et viendrait à son secours.

Pour seule réponse à ses appels de détresse, des coups encore et encore pour la maintenir sous son contrôle. Il la giflait à coups de poings fermés aussi fort que possible. Elle s'évanouissait quelques secondes et se remettait à se battre pour qu'il garde ses mains à distance de ses formes, à lutter pour garder les jambes serrées, l'empêchant d'approcher ; à se défendre pour conserver son bas-ventre loin d'elle, loin de ses rêves d'amour véritable et loin de son innocence.

Elle n'avait pas réussi. Pas réussi à se protéger. Pas réussi à protéger ses rêves d'amour-toujours. Pas réussi à protéger son corps virginal.

Tout s'était envolé en quelques minutes interminables.

Elle luttait contre les larmes qui emplissaient ses yeux. Elle pouvait encore sentir ses mains puissantes enserrer sa gorge en l'étranglant. Elle ne pouvait lutter contre ses bras musculeux qui la plaquaient au sol. Elle le voyait encore sourciller, comme s'il était dégoûté, lorsqu'il avait craché sur sa main salie par la poussière et le sang pour lubrifier son sexe.

Malgré elle, elle se remémorait les cris de douleur qu'elle n'avait pu retenir lorsqu'il s'était enfoncé dans son corps tendre avec brutalité. Elle pleurait encore et encore. Elle ne pouvait plus s'arrêter. La tête enfoncée dans l'oreiller, elle hurlait sa douleur et sa tristesse. Elle hurlait son désespoir. Les cris déchirants d'une jeune fille, pas encore une femme, détruite à jamais.

***

Gina approcha de son plus jeune frère qui venait tout juste de rentrer et l'informa :
- Luciana voudrait te voir.
- Moi ? C'est mieux qu'elle reste en compagnie de femmes, tu ne crois pas ? rétorqua Ricardo, étonné par cette requête.
- Visiblement, elle tient à te voir. Elle a confiance en toi.

Ricardo obtempéra et se rendit dans la chambre que les Velázquez avait mise à disposition de Luciana, la si belle Luciana en pleurs. Il tenta de ne pas fixer son visage violacé, gonflé et écorché par endroits dont les yeux d'un bleu lagon étaient injectés de sang.

Le Vénézuélien s'approcha lentement de la jeune fille et s'assit sur le bord du lit, à sa hauteur. Luciana lisait dans son regard une immense pitié. Instinctivement, elle saisit sa main à laquelle elle s'accrocha comme pour se rassurer et se rendre à l'évidence qu'elle n'était pas seule. Remarquant son t-shirt maculé de sang, elle s'expliqua en sanglotant :

- Ne t'énerve pas, surtout. Je ne voulais pas te déranger. Je ne voulais pas t'embêter. C'est juste que je ne voulais pas appeler la police et j'ai repensé à ce que tu avais dit. Tu avais dit que tu étais là, en cas de problèmes, alors j'ai préféré venir. Venir te voir comme tu avais dit, je ne voulais pas déranger. Vraiment, je ne voulais pas.
- Du calme. Du calme, la rassura-t-il. Tu vas rester le temps qu'il faudra. Ici, tu es chez toi.
- Dis-moi, tu lui as fait quoi ? Tu ne l'as pas tué ? Si ? Je ne veux plus le revoir, tu comprends… J'ai trop peur. Et s'il me retrouve ?
- Tu ne le reverras plus jamais, je te le promets.
- Il est mort ? C'est ça que tu veux dire ? Il faut le faire payer, tu sais. Il faut qu'il paie sinon il va recommencer.
- Je sais tout ça, Luciana. Tu ne dois pas t'en faire.

Elle se tourna vers lui et se jeta dans ses bras tendus en versant des flots ininterrompus de larmes. Un long moment s'écoula avant qu'elle ne bafouille :

- Dis-moi, s'il-te-plaît. J'ai besoin de savoir. Vraiment. Tu as tout ce sang sur toi et j'ai besoin de savoir ce que tu lui as fait. Si tu ne me le dis pas, je ne vais pas arrêter d'y penser et je ne veux pas. Tu comprends ? Je ne veux pas y repenser. Je ne peux pas, c'est trop dur. Je ne…
- Tu as ma parole qu'il ne te fera plus jamais de mal.
- Et le sang ? Ce n'est pas le sien ?
- Hector est avec lui, en ce moment. Il est en train de se vider de son sang.

- Tu ne lui as rien…
- Romero l'a castré, Luciana.
    Elle releva brusquement la tête, le visage insondable.
- Nous voulions qu'il souffre pour ce qu'il t'a fait, dit
    Ricardo.
- Il a eu peur ? Est-ce qu'il a pleuré ou crié ? Parce que je
    voudrais savoir. Je pense que j'ai le droit de savoir. Tu
    sais, moi, j'ai pleuré et j'ai crié sans arrêt. Il a eu peur ?
    Moi, oui, très peur. Dis-moi s'il a…
- Il a eu tellement peur qu'il s'est fait dessus en suppliant
    et en pleurant…

Il avait dit ces mots sans que son visage ne laisse
transparaître la moindre émotion. Il avait dit ces mots comme on
dit bonjour et la jeune fille le gratifia d'un sourire. C'était sa
façon de le remercier pour ce qu'il venait de faire. Il replaça
avec soin les couvertures sur elle, caressa ses cheveux d'un
geste bienveillant et quitta la pièce sans bruit.

Elle ferma les yeux. Elle pleura beaucoup, sourit un peu.
Elle finit par pleurer en souriant. Dans ce cauchemar, dans cet
enfer, elle n'était pas seule. Il y avait également les Velázquez,
ses protecteurs, ses justiciers.

Estella alla rapidement s'allonger aux côtés de la pauvre
Luciana, la consolant autant qu'il lui était possible. Julio,
Romero, Vera et Rico s'installèrent, silencieusement, autour de
la table de la cuisine pour ne pas gêner Vargas qui végétait dans
le salon. Gina était déjà partie se coucher. Gaspar aussi. Les
quatre amis restèrent silencieux. Ils ne dormiraient pas de la
nuit, trop de choses en tête.

Alors ils restèrent là, à boire en silence. Ils ne parlèrent
pas et burent beaucoup. Ils ne bougèrent que très peu, se
levèrent rarement et burent encore. Ils burent pour noyer cette
soirée, pour l'enfouir au plus profond d'eux-mêmes. Ils burent
pour ne plus penser. Ils burent pour oublier cette gamine brisée

qui hurlait son atroce douleur à intervalles réguliers. Ils burent pour oublier cet homme gisant au sol, le pubis ensanglanté et les parties génitales manquantes. Ils burent pour oublier les deux hommes de main de Gustavo Borracha qui avaient tenté de s'interposer et qu'ils avaient massacrés.

Ils burent pour oublier tout ce sang. Ils burent pour tout oublier, pour ne plus penser à rien.

Ricardo eut beau boire et boire encore, il continua à penser. Il pensa à Marie, sa seule chance d'avoir une vie normale,... meilleure. Il pensa à ses mains couvertes de sang qui la prenaient dans ses bras et qui touchaient son visage angélique. Il pensa à tous les mensonges, à tous les non-dits. Elle découvrirait, un jour, le monstre qu'il était. Il imagina des centaines de façons de tout lui avouer et trouva des centaines de raisons de ne rien lui dire. Il pensa à son sourire charmant, ses beaux yeux, son air espiègle, ses lèvres pulpeuses, ses petits doigts, ses fins poignets, ses jambes interminables, sa peau soyeuse et son cœur... Un cœur si grand avec tant d'amour à offrir. Seulement cela, il fallait le mériter.

Il pensa à aller la rejoindre, mais renonça. Il pensa à ne plus jamais la revoir avant de se raviser. Il pensa à tout ce qu'elle imaginait qu'il était alors qu'il était, en réalité, tout le contraire de ce qu'elle pouvait espérer.
-    Et maintenant...
La voix de Ricardo s'éteignit dans un murmure désespéré.
Il s'adressait plus à lui-même qu'à ses amis alors ils ne prirent pas la peine de lui répondre. Ils se contentèrent de fixer leurs verres respectifs en soupirant. Après tout, à quoi bon, ils connaissaient la chanson. Depuis des années, ils vivaient de la sorte et ce n'était pas ce soir que les choses allaient être différentes.
Que pouvaient-ils espérer de plus, à présent ?

Un miracle ?

Non, cela faisait bien longtemps que Dieu les avait abandonnés.

Chapitre numéro seize :

Six hommes. Six balles.

Pendant ce temps, non loin de là, Hector, le frère cadet de Julio, bière à la main, contemplait le bureau dans lequel on l'avait conduit. Il s'agissait de celui de l'aîné des frères Borracha, celui de Gustavo. Dito, le plus jeune des deux, se trouvait adossé au mur, ne quittant pas Hector des yeux. Les frères louaient cet endroit, récemment rebaptisé « L'arène » à la famille de Ricardo.

Ne prenant pas le risque d'attirer l'attention sur eux, la devanture de l'établissement était sobre. A première vue, il s'agissait d'un bar comme les autres, rien de particulier ; à l'étage, les bureaux des patrons, rien qui sorte de l'ordinaire. Toutefois, dans l'arrière-salle, se trouvait une trappe dissimulée qui menait aux sous-sols, permettant l'accès à l'arène proprement dite. Combats illégaux et salles de jeux clandestins faisaient la fortune des Borracha. Ni drogue, ni prostitution, voilà quelles étaient, entre autres, les règles imposées par les propriétaires vénézuéliens. Le cousin des patrons en avait brisé une et en payait le prix. La mission d'Hector était très simple, vérifier qu'aucune aide n'était apportée au violeur.

Faisant face à l'agresseur de Luciana, Hector restait calme et se contentait d'observer l'interminable agonie du trentenaire qui se vidait de son sang, goutte à goutte. Cela ne le choquait pas. Il avait vu pire à maintes occasions. Il devait pourtant admettre que ce salaud-là s'avérait plus résistant que les autres. Cet imbécile s'accrochait désespérément à la vie. Il s'était même allongé au sol pour éviter les malaises dus à la perte de sang et compressait la plaie béante avec un t-shirt et un sweat roulés en boules qu'il portait plus tôt.

« Te fatigue pas, connard. Tu ne fais que gagner des minutes. Tu crois que tu vas t'en sortir ? Tu crois qu'un miracle va se produire ? Pas dans cette vie en tout cas, mon gars », pensa Hector en ricanant. Il était réaliste, voilà tout. Ce salopard avait perdu trop de sang pour s'en tirer. Tout au plus, il gagnerait encore un peu de temps à souffrir. Il y a toujours un moment où il faut savoir abandonner la partie.

« A quoi bon vivre sans queue ? Techniquement, t'es déjà plus un mec, vieille fiotte » fut la seconde pensée qui frappa son esprit perturbé.

Hector ne vivait que pour trois choses : la famille, la baston et les femmes. Castré ? Lui ? Jamais ! Ou alors oui, juste le temps de prendre son flingue et de se loger une balle dans la cervelle. Vivre sans être capable de satisfaire une femme ? Non ! Définitivement non ! Il perçut soudain les prières discrètes du violeur qui s'était subitement mis à supplier Dieu d'épargner sa chienne de vie.
  - Te fatigue pas, mon vieux. Dieu peut rien pour toi, l'informa Hector d'une voix froide et menaçante comme la mort.

Chez les mourants, ce qui le fascinait, c'était le fait de s'accrocher désespérément à la vie. Même lorsque ceux-ci étaient prêts à passer l'arme à gauche, ils continuaient à lutter et, particulièrement, dans les derniers instants, comme s'ils espéraient arrêter le temps. Le jour de sa mort, Hector s'était juré de ne pas s'accrocher. « Rien à foutre ! Je vous emmerde tous ! » seraient ses dernières pensées. L'instinct de survie, c'est de la couille. Tant qu'on est vivant, on vit ; une fois mourant, à quoi bon… autant mourir avec dignité.

Survie, c'était ce dont il était question, ce soir. Pour survivre, il fallait toujours un coup d'avance sur ses adversaires. Dito surveillait Hector et Hector surveillait les Borracha. Pas de vague ; pas de problèmes. Pas de problèmes ; pas de morts. Les choses étaient étonnement simples, trop peut-être…

Dito devait admettre qu'Hector était impressionnant. La dureté de son regard, les traits sévères de son visage carré et le tatouage crânien qu'il arborait avec fierté, tout chez lui inspirait la méfiance et l'effroi.

Le plus jeune des Borracha tentait, par moments, de soutenir son regard avant d'abandonner, préférant se soumettre que de subir ses foudres.

- Pourquoi tu me fixes comme ça ? lui lança le tatoué, glacial.

Dito déglutit le plus discrètement possible en essayant de se donner une certaine contenance et l'interrogea, arrogant :

- Quoi ? On peut pas te regarder ?
- Quoi ? Je te plais ? Tu veux me tailler une petite pipe ? le charria Hector, excédé par son air provocateur.
- Répète ! J'ai dû mal comprendre !
- Tu as très bien entendu et baisse d'un ton, je ne veux pas avoir à me lever, s'exclama le tatoué en affichant un abominable rictus.
- Si tu me…

Gustavo entra dans la pièce et s'adressa froidement à son frère.

- Dito, je peux te parler… en privé.

- Attends, j'en ai pas fini avec lui, s'écria le cadet, soudain rassuré par la présence d'un membre de sa famille.
- Tout de suite ! lui ordonna son aîné qui tenait à garder la situation sous contrôle.

Dito s'exécuta et suivit celui-ci dans la pièce adjacente sans protester davantage.

Ils se trouvaient, à présent, dans le bureau du plus jeune. L'endroit était moins bien agencé. Des papiers classés en différents tas traînaient sur le bureau et les chaises n'étaient pas correctement placées. Une des ampoules était grillée et un des rideaux ne tenait plus qu'à moitié. L'aîné soupira en voyant l'état de la pièce avant d'interroger son frère, incrédule :
- Tu veux nous faire tuer ?
- Ma parole, tu te chies dessus, le provoqua Dito, une lueur arrogante brillant dans ses yeux.
- Tu n'es qu'un crétin, constata le plus âgé, indigné. Si tu veux la guerre avec les Vénézuéliens, continue… Tu es bien parti pour l'avoir et tous nous faire tuer.
  Le cadet rit aux éclats en taquinant son frère :
- Qu'est-ce qu'il t'arrive, frangin ? Tu te fais dessus dès qu'on parle de Ricardo et de ses potes ?
- Tu fais le malin, mais tu flippes déjà devant Hector. Tu espères vraiment les faire payer pour ce qui arrive à notre cousin ou tu cherches seulement à les doubler ?
- En quoi serait-ce si fou ? Ils ne sont ni immortels, ni tout-puissants.
- Tu es complètement cinglé, tu sais. Tu n'as pas l'air de comprendre. Même si on le voulait, on ne pourrait pas doubler Rico. Il ne s'agit pas uniquement de lui.
- Quoi ? Tu parles de sa bande de potes ? Ils ne sont pas cinquante non plus. Il y a qui pour assurer ses arrières ? Romero, Vera et cette tête de bite d'Hector. Julio ressemble plus à un cuistot qu'à un mercenaire et Vargas n'a plus vingt ans. Quant à Gaspar, il n'a rien d'un

198

leader, il n'est pas dangereux. Il suffit juste de quelques mecs bien armés pour leur régler leur compte.

- Tu dis ça comme si c'était facile. Julio a des contacts comme on peut seulement en rêver. Hector est un putain de psychopathe, Romero un vrai taureau et Vera est une saloperie de murène sans même parler de Rico.
- Six hommes. Six balles.
- Tu oublies Gina, s'énerva l'aîné. Elle prendrait plaisir à t'arracher le cœur, le dévorant encore chaud. Sans aborder le fait qu'ils ne sont que la partie visible de l'iceberg. Ils sont comme des loups. Ils forment une meute unie, soudée et loyale.
- Il nous suffit de trouver l'un d'entre eux prêt à les trahir.
- Tu crois être le premier à vouloir les doubler. Ils vivent dans une petite maison merdique et partagent leurs bénéfices. Ils font en sorte que personne ne manque de rien. Tous les membres de la communauté seraient prêts à risquer leur vie pour sauver les leurs.

Dito se racla bruyamment la gorge et demanda à son frère :

- Donc, selon toi, ils sont intouchables…
- Parfaitement. N'oublie pas que Gina a dans la poche les Espagnols, une grande partie des Cubains ainsi que certains Colombiens. Aucun ne prendra le risque de se positionner dans notre camp et d'en faire son ennemi.
- Il doit bien y avoir un moyen de les faire plier… de faire pression… Rico n'est pas intouchable. On pourrait s'en prendre à sa nièce… Ou à une fille, une régulière…
- Estella ? Elle ne sort jamais sans surveillance ; elle n'est jamais seule. Quant à une régulière, il n'est pas aussi stupide. Tu le sous-estimes…
- C'est possible…, mais il est également possible que tu le surestimes, s'emporta le plus jeune en faisant les cent pas.
- Même si tu disais vrai, il te le ferait payer. Il te traquerait ainsi que toutes ses connaissances. Ils se mettraient tous

en chasse et finiraient par te retrouver où que tu te caches. Une fois chose faite, il t'ouvrirait en deux et te viderait les tripes avant de venir me régler mon compte. Je ne veux pas perdre mon petit frère et encore moins mourir.

- Ouvre les yeux ! explosa le cadet.
- Oh, baisse d'un ton ! lui commanda l'aîné.
- Ouvre les yeux, putain. Regarde ce qu'ils ont fait à notre cousin. Il se vide de son sang dans la pièce d'à côté et, à t'écouter, on dirait qu'il ne faut pas réagir.
- Nous avons accepté l'accord qu'il nous a proposé. Nous devons le respecter. C'est triste, mais il ne peut s'en prendre qu'à lui-même. Il savait à quoi s'en tenir.
- C'est ça ton sens de la famille ? C'est du joli…, lui reprocha Dito, écoeuré.
- Que veux-tu que je fasse ? le sonda Gustavo.
- Fais ce que tu as envie mais je ne vais pas baisser mon pantalon et préparer la vaseline en attendant que les Velázquez viennent me fourrer. Je ne vais pas rester là et me la fermer gentiment.
- Qu'est-ce que tu crois ? S'ils voient une esquisse de vengeance à l'horizon, ils nous feront tous descendre. Notre cousin a fait une erreur et il le paie cher. C'est moche pour lui et, crois-moi, je compatis ; cependant nous devons à tout prix éviter une guerre ouverte avec les Vénézuéliens ou nous serons massacrés.
- Tu crois réellement qu'ils oseraient tous nous buter ? Une vingtaine de personnes ? Tu crois vraiment qu'ils prendraient le risque d'être arrêtés par les flics ?
- Parce que tu crois que la police aurait vent de tout ça ?

Gustavo rit bruyamment en voyant que son frère était loin de réaliser à quel point la situation était délicate.

- Vingt corps, c'est un peu dur à faire disparaître…
- Imbécile ! Si les choses devaient dégénérer à ce point, personne ne nous retrouverait jamais. Ils nous brûleraient les doigts à l'acide et nous arracheraient les dents pour

rendre toute identification impossible. Ensuite, il leur suffirait de lester une partie des corps avant de nous jeter au fond d'un lac. Les autres seront découpés en morceaux et donnés aux chiens ou aux cochons. Sans parler du fait que les Velázquez connaissent deux gérants de funérariums, rien qu'à Bruxelles.

- Il reste toujours les Garcia. On pourrait faire appel à eux...
- Hors de question ! décida Gustavo avant de s'expliquer. Les Garcia ne font preuve d'aucune loyauté envers une autre famille que la leur. Ils prendraient plaisir à nous descendre même si on leur donnait les Velázquez sur un plateau. Ils sont incontrôlables. Ce n'est pas pour rien que les Vénézuéliens les craignent à ce point.
- Il n'y rien à faire si je te comprends bien...
- Je t'en prie, ne fais rien que nous pourrions amèrement regretter.
- Imaginons un instant que je trouve quelqu'un qui puisse prendre les choses en main et les faire payer, tu me soutiendrais ? Tu serais partant ?
- Qui ça ?
- Réponds seulement à la question...
- Je dois y réfléchir.

Sur ce, ils rejoignirent Hector et découvrirent leur cousin sans vie.

- J'aurais voulu vous prévenir quand le moment fatidique est enfin arrivé, vous savez, pour le côté théâtral, mais je ne voulais pas interrompre votre petite réunion de famille, leur apprit le tatoué en affichant un sourire satisfait.
- Tu...
- Pas de temps à perdre en bavardages inutiles, le coupa Hector. Je vous laisse le soin de vous charger du corps ; moi, je me casse.

201

Le tatoué s'éclipsa aussi vite que possible, trop heureux de retrouver sa liberté, tandis que les frères Borracha s'approchaient du cadavre de leur cousin.

Ils se recueillirent silencieusement quelques instants, puis Gustavo informa son cadet d'une voix étranglée par la rage :

- Si tu trouves une personne digne de confiance, je marche avec toi. On va faire payer ces chiens, mon frère.

Chapitre numéro dix-sept :

Certaines choses ne changent jamais.

Dix ans. Les années avaient passé à une vitesse folle. Dix ans déjà. Il avait du mal à se remémorer les traits de son visage, les courbes de son corps. Dix ans qu'il ne l'avait pas vue, autant dire une éternité. Il s'était juré de ne jamais oublier cette déesse qui lui avait brisé le cœur, qui l'avait détruit.

Il perçut des bruits de pas dans son dos, des talons hauts. Il s'agissait d'elle. Sa démarche, il pensait l'avoir oublié, mais les souvenirs refirent surface. Il se souvint de ses petits pieds arqués, ses pieds de danseuse comme elle aimait les qualifier, mais également de ses jambes fines et fermes. Elle n'était qu'à quelques mètres et ne cessait de se rapprocher. Il se remémora ses hanches, ensuite sa chute de reins parfaite et sa poitrine généreuse, mais surtout il se rappela sa bouche, grande et charnue, toujours habillée de rouge. Elle posa sa main sur son épaule, se pencha vers lui et lui chantonna à l'oreille :
- Hola mi querido (Bonjour, mon chéri.).

Trente ans, un mètre septante-cinq tout au plus, des grands yeux clairs, un large sourire arborant une rangée de dents blanches alignées à la perfection, des cheveux châtain clair et un corps fin et athlétique. Angel Sanchez, vêtu d'un costume gris souris réalisé sur mesure associé à une chemise et une cravate noires satinées, lui avait donné rendez-vous dans une des discothèques qu'il tenait en Belgique. Sa famille était basée non loin de la frontière franco-espagnole, mais depuis ces derniers mois, il vivait dans le nord de la France afin de peaufiner de nouvelles transactions. En à peine dix ans, il avait réussi à faire de son clan, un des plus respectés et des plus riches.

L'endroit semblait désert, mais cela ne perturba pas Gina qui prit place en face de son ami espagnol qui l'avait sagement attendue à une table pour deux personnes. Il s'agissait d'une table en verre permettant au propriétaire des lieux de ne pas être surpris par la présence d'une arme sous celle-ci. Il avait appris à faire preuve de prudence. Angel lâcha en souriant :
- Tu n'as pas changé, Gina.
- C'est gentil, le remercia-t-elle, ravie, en ajustant sa chaise.
- Qui te dit qu'il s'agissait d'un compliment ? Je te ferais également remarquer que tu es en retard.
- Voyons, mon chéri, roucoula-t-elle. Nous savons, tous les deux, que certaines choses ne changent jamais. Moi, je n'ai pas changé et mon charme déroutant ainsi que l'effet qu'il a sur toi non plus.
Tandis qu'elle inspectait avec minutie l'intérieur de la boîte de nuit, Angel la contempla, étrangement ravi de s'apercevoir que Gina Velázquez était restée la créature divinement détestable qu'il avait aimée avec tant de passion.

Alors qu'elle examinait la décoration de style "New age", il admira son visage vénusien et lorsque l'attention de la Vénézuélienne se porta sur la disposition du mobilier, la sienne se dirigea sur son corps et ses courbes divinement dessinés. Après s'être plainte du manque de luminosité de l'endroit, elle réalisa que l'espagnol s'était d'ores-et-déjà perdu dans la contemplation de ses gestes. Il n'avait décidément pas changé et cela en fut presque trop facile pour Gina.

Renversant la tête pour rejeter ses cheveux derrière ses épaules et dégager son visage, elle l'écoutait la questionner sur un ton réprobateur :

- Tu n'as pas pris ton gorille à un oeil avec toi ?

Elle humidifia ses lèvres, entrouvrit la bouche, se ravisa, réitéra son geste avant de finalement lui répondre :

- Je lui ai demandé de m'attendre dans la voiture. Je savais que tu demanderais à tes gars d'attendre à l'extérieur. D'ailleurs, je les ai trouvés quelque peu entreprenant lors de ma fouille au corps, tenta-t-elle de le déstabiliser.

Angel ne releva pas et resta focalisé sur Vargas.

- J'espère qu'il a, au moins, droit à une petite gâterie de temps en temps pour ses bons et loyaux services. Ca fait combien d'années qu'il fait ton sale boulot ? Dix, quinze, vingt ans ?
- Je te préférais plus jeune et plus poli, lui fit-elle remarquer, charmeuse.
- J'ai changé, lança-t-il d'un air assuré.
- Ce n'est pas parce que, maintenant, on t'appelle "el angel de la muerte" (l'ange de la mort) que tu n'en restes pas moins le gamin qui grimpait à ma fenêtre pour venir se glisser dans mes draps.

Vexé, il objecta :

- C'était il y a bien longtemps...
- Trop longtemps, décréta la splendide créature en caressant le pied du verre de vin qu'il venait de lui servir, pour attirer l'attention sur ses mains qui caressèrent ensuite son cou offert dans un geste lent et sensuel.
- Toi, tu n'as vraiment pas changé du tout, toujours la même garce qui m'a brisé le cœur.
- C'est de celles-là dont on se souvient, se défendit-t-elle, amusée.

Gina but une gorgée de vin, un bordeaux, un délice. Elle n'avait pas de connaissances particulières en œnologie, mais elle avait un goût prononcé pour les bonnes choses et un talent inné pour les reconnaitre et les dénicher.

- Tu ne sembles pas étonné de l'absence de Gaspar, releva la Vénézuélienne.
- Il a beau être à la tête de ta famille, je sais qu'il fait exactement tout ce que tu lui ordonnes, sans broncher. Je ne voulais pas parler au pantin, je voulais m'entretenir avec le marionnettiste.
  Elle émit un petit rire mélodieux.
- Discutons dans ce cas, lui suggéra-t-elle.

Une jambe glissée sous l'autre, le genou pointé vers lui, cette position exposant fugitivement ses cuisses, elle ne permettait pas à son interlocuteur de rester concentré trop longtemps, en croisant et décroisant ses jambes à intervalles réguliers.

- Je veux la tête de Romero sur un plateau d'argent, décréta Angel.

Elle rit derechef, joyeusement cette fois, en jouant avec sa chaussure, en la faisant balancer de la pointe du pied, laissant le mouvement de va-et-vient de son pied troubler l'Espagnol qui se voulait imperturbable.

- Je ne te laisserai pas toucher à un cheveu de Rom.
- Dans ce cas, nous avons un problème, grogna Angel.
- Dans ce cas, nous avons un problème, grogna-t-elle à son tour, le braquant de son regard meurtrier.

Le sourire coquin qui étirait le visage de la Vénézuélienne s'effaça brusquement et Angel, qui avait un talent tout particulier pour les affaires et tous les types d'arrangement que cela pouvait entraîner, comprit qu'il allait devoir négocier avec elle.

- A moins que nous trouvions un terrain d'entente…, raisonna-t-il, mystérieux.

***

206

Quelques heures plus tard, Angel porta son verre à ses lèvres, dégustant le délicieux nectar tout en admirant Gina qui lui confia, satisfaite :
- Heureuse que nous soyons finalement parvenus à un accord. Au fait, comment va ta femme ?
- Très bien, lui répondit-il d'une voix basse.
- Elle ne te donne toujours pas d'enfants ? lui lança-t-elle, mesquine.

Elle remarqua une fureur soudaine envahir ses yeux, mais il se contenta de demeurer silencieux et elle prit place, en position assise, sur la table, pivota pour lui faire face et plaça ses jambes, une de chaque côté de son corps.
- Tu es devenu le chef d'une des familles les plus riches et les plus respectées, constata-t-elle en posant une main sur son torse svelte.
- Ton petit jeu ne marchera pas, Gina, répliqua l'Espagnol qui voulut se dresser, mais la Vénézuélienne attira Angel en le saisissant par sa cravate et l'obligea à se rasseoir.

Elle minauda subitement :
- Je ne vois pas de quel jeu tu parles.

Il sourit, à la fois séduit et diverti, glissa lentement sa main sous sa robe et remonta le long de sa cuisse.
- C'est bien ce que je pensais, devina-t-il en arrachant un gémissement à la splendide créature qui lui faisait face telle une amazone indomptable.

Elle était nue sous sa robe.
- Je rentre en France, ce soir, mais j'espère te revoir bientôt, lui avoua-t-il sous le coup de l'excitation.
- Nous verrons, lui chuchota-t-elle voluptueusement à l'oreille entre deux geignements avant de s'arracher à lui.

Sans un mot, elle se dirigea vers la sortie en se déhanchant, permettant à son vieil ami de souligner, une fois encore, la perfection de ses formes, lui envoya un baiser avant de passer la porte, puis s'éclipsa avec toute la grâce qui était la sienne.

Pendant dix ans, il avait rêvé d'elle, de revoir son premier amour. Il avait cherché ses traits dans toutes les autres femmes, en vain. Il avait même fini par l'oublier. Enfin, il croyait avoir réussi.

Il avait dû attendre dix ans pour revoir Gina Velázquez, créature vaporeuse et toxique, créature que tant avaient prise sans jamais posséder, créature divine que l'on devait craindre autant qu'adorer.

Chapitre numéro dix-huit :

Je savais que c'était la tequila !

A l'autre bout de la ville, Vera astiquait soigneusement son crâne nu devant le miroir de la salle de bain. Selon lui, les chauves se devaient d'avoir une peau brillantissime. La sienne l'était. Une fois l'opération terminée, il passa une minute à s'observer. Il semblait fatigué et pour cause, il était épuisé. La fatigue accumulée encore et toujours ; cette fois, ce n'était pas trop grave. Une de temps en temps passe encore, mais il devait se rendre à l'évidence, les nuits blanches, il était trop vieux pour ces conneries. A peine trente ans et déjà bon pour la retraite, il se trouvait pitoyable.

La retraite, quel joli mot plein d'espoir ; dans son cas, des foutaises. Une idée, un espoir, une envie, un rêve, de la brume... rien de plus. La retraite dans son monde, ça n'existait pas sauf si cela signifiait bouffer les pissenlits par la racine. On ne sortait de cette vie que les pieds devant. Il était un papy désormais, tout comme ses amis. Trop de massacres, trop de violence et tout simplement trop de sang pour rester jeune. Peu importe le nombre de kilomètres au compteur, si bas soit-il ; ils étaient vieux.

La mort vieillit ceux qu'elle approche, ils le savaient tous, en particulier Vera.

Il avait assisté à son premier assassinat à l'âge de huit ans, le meurtre de sa mère. Une histoire d'argent qu'elle devait. Ils ne l'avaient pas ratée. Vera s'était penché sur elle et s'était contenté de lui baiser le front de sa bouche humide de larmes. Ce baiser mouillé, cette seconde durant laquelle il avait réalisé qu'elle était partie, cet infime instant à lui seul l'avait vieilli d'une dizaine d'années. Oui, aussi vite que ça.

Il n'avait pas connu son père. Sa mère ne lui avait jamais parlé de lui. Sa petite sœur lui avait plusieurs fois posé la question et elle lui avait seulement répondu : « Un grand blond aux yeux bleus. Un allemand. Un coup d'un soir. ». C'était incontestablement faux. Elle était une droguée prête à tout pour obtenir sa dose quotidienne, mais le coup de l'allemand, pfff… A d'autres. Aucun touriste et encore moins un touriste allemand n'aurait osé se perdre dans le quartier où ils vivaient, à cette époque. Sans parler du fait que Vera ressemblait à tout sauf à un descendant allemand. A tous les coups, elle s'était fait prendre à l'arrière d'un bar par un dealer à la petite semaine ou un autre drogué défoncé, rien de très allemand là-dedans. Gosse, il devait avouer avoir cru à ce mensonge sur le touriste blond aux yeux bleus. A cette période, il rêvait encore de pouvoir se tirer de ce merdier, de s'en sortir.

Pendant un temps, il pensa avoir réussi. Il était vraiment stupide d'avoir imaginé une telle chose car au jour d'aujourd'hui, il était toujours là-bas, dans la même fosse à purin que lors de ses huit ans.

Avant, au moins, il l'ignorait. Avec l'âge, il ne pouvait plus le nier.

Depuis un paquet d'années, tous les trois avec l'aide de Julio et son frère, ils n'avaient cessé de veiller sur la communauté vénézuélienne, œuvrant à leur manière pour le bien de tous. Evidemment, cela se terminait souvent en bain de sang, mais on ne fait pas d'omelette sans casser des œufs.

Au cours des années, la rumeur s'était répandue. La famille Velázquez a aidé telle ou telle famille à s'en sortir, nous aussi allons les voir. Avec le temps et le nombre continuellement plus important de familles, l'information s'était propagée plus vite que l'éclair, alimentant le mythe autour de cette famille qui, au départ, pensait n'être capable que de faire le mal. Pour ces gens, aucun d'eux n'était terrifiant. Ils n'étaient que des sauveurs. Ils ne voyaient ni tueurs, ni monstres mais uniquement des gardiens bienveillants et protecteurs. Bien entendu, toutes ces personnes ne changeaient pas la vision qu'ils avaient d'eux-mêmes. Ils ne parviendraient pas à alléger leur conscience et à laver tout le sang sur leurs mains. Quelles que soient les raisons de leurs actes et leurs motivations, ils avaient tué trop de gens pour avoir droit au pardon. Ils s'étaient, depuis longtemps, perdus dans la noirceur du monde. Leur seul lien avec cette vie était cette famille qu'ils formaient tous ensemble.

Ricardo était très doué pour ça, les garder groupés et faire en sorte qu'aucun ne perde de vue les buts à atteindre.

Néanmoins, ces derniers temps, Vera voyait son ami perdre pied et commencer à se noyer. Il devait garder les idées claires, faire attention aux angles morts. Il fallait ne rien laisser passer.

Ne rien rater.

Au cours de sa vie, Vera avait rencontré un panel impressionnant de personnalités, des gens venant de partout et d'autres de nulle part, certains voulant tout détruire sur leur passage dans le seul but de voir le monde partir en fumée et d'autres, au contraire, qui prônaient l'amour universel. Vue de l'extérieur, sa famille adoptive, leur clan comme diraient beaucoup, pouvait sembler n'être qu'un rassemblement d'enragés, de fous dangereux et de racailles, mais il savait que c'était faux. Il fallait bien plus que ça pour être l'un d'entre eux.

Ils étaient tous des gars bien à la base, mais la vie les avait irrémédiablement changés.

Les horreurs de ce monde les avaient abîmés, écorchés vifs.

Un drame peut changer quelqu'un et chacun d'entre eux n'avait connu que drames et désolation alors oui, ils n'étaient pas parfaits. Ils n'étaient pas des anges et ne prétendaient pas l'être, néanmoins ils protégeaient leur famille, coûte que coûte. Ils se chargeaient du sale boulot pour que chacun puisse dormir sur ses deux oreilles. Grâce aux Velázquez, leurs familles ne risquaient rien. Un problème d'argent ? Des ennuis avec un voisin ou un patron ? Une situation familiale difficile ? Il leur suffisait d'aller trouver Gaspar ou Gina et le problème se réglait. Bien évidemment, il leur fallait respecter certaines règles. Quoi de plus normal… Désobéissez et vous en subirez les conséquences. Aucun traitement de faveur, même s'il s'agissait de Ricardo en personne ou d'un membre de sa famille proche, pour tous la même sentence juste et dure.

Le portable du chauve vibra sur le lavabo.
2 messages reçus. Il avait dû rater le premier.

Envoyé par Hector à 19h12.
Le bébé est dans la citrouille.
Je vais me taper de la chatte. Si tu te sens seul, viens.

Cela voulait dire que le cousin des Borracha avait passé l'arme à gauche. Ce taré d'Hector adorait se la jouer James Bond en envoyant des messages codés.

Second message :
Envoyé par Rico à 20h07.
Passe à la maison si tu n'as rien de prévu. J'ai de quoi boire, hermano.

Ca semblait être un meilleur plan que celui d'Hector. Dans le passé, Vera avait à plusieurs reprises accompagné le cadet de Julio lors de ses battues. Celui-ci n'arrivait jamais à trouver du gibier vigoureux. Il ne ramenait chez lui que des vieilles biches estropiées ou des sangliers ayant déjà vu trop de pays. Vera n'aimait pas la chasse. Il aimait aller au Chicas et que les nanas lui tombent dans les bras. D'ailleurs, Julio avait meilleur goût en matière de femmes que son frère. Ca, il fallait le lui accorder, avec lui, il n'y avait pas de mauvaises surprises. Il s'agissait toujours de viande fraîche. Pas des restes. S'il passait la soirée avec Hector, Vera ramènerait sûrement une cinquantenaire rousse avec de la moustache et des poils sous les bras.

Seulement voilà, le chauve n'aimait pas les rousses. Il n'aimait pas les moustachues. Il n'aimait pas les poils sous les aisselles.

Il passerait la soirée avec Rico, c'était décidé.

***

Taïs avait passé la journée à nettoyer, dépoussiérer, astiquer et ranger la maison. La vaisselle était faite, les linges propres étaient pendus sur le séchoir, les draps avaient été changés et les poupées de sa fille, Selena, d'ordinaire éparpillées dans le salon, se trouvaient à leur place, dans son coffre à jouets. Sa maison enfin en ordre, elle pouvait passer à l'étape suivante : elle.

Taïs était petite et mince, même si sa poitrine avait gagné en volume et que ses hanches s'étaient élargies depuis la naissance de sa fille. Elle arborait depuis des années de longs cheveux décolorés qu'elle décida de coiffer en une épaisse natte dans laquelle elle intégra un ravissant ruban en satin rouge. Elle enfila des escarpins dorés et une courte robe écarlate près du corps qui affinait et soulignait à merveille ses formes.

Ne devant pas s'inquiéter de la fillette qui s'était changée et jouait à présent dans sa chambre, Taïs prit le temps nécessaire pour perfectionner son maquillage avant de choisir un collier dans sa boîte à bijoux qu'elle enfila promptement. Elle tenait à lui faire bonne impression. La sonnerie retentit et elle fonça vers le hall d'entrée. Elle prit un court instant pour reprendre son souffle, se pinça une dernière fois les joues en guise de blush naturel et ouvrit la porte.

Romero demeura muet un moment en examinant la jeune femme, se racla la gorge à plusieurs reprises et finit par lui demander, revêche :
-   Bon, je peux entrer voir ma fille ou quoi ?
Elle balbutia une excuse, le prit par la main et l'attira dans le salon.
-   Tu as avalé quelque chose de la journée ? se renseigna-t-elle, bienveillante.
Il souffla avant de l'avertir :
-   Je suis uniquement venu pour passer un moment avec la gamine et de toute façon, je n'ai pas faim.
Elle prit son visage dans ses mains avec tendresse et lui proposa :
-   Va voir la petite, elle est dans sa chambre. Je vais te préparer quelque chose à manger.
Il ne prit pas la peine de répondre et se contenta d'aller rejoindre sa fille tandis que Taïs le regardait s'éloigner avant de s'activer à la cuisine.

Quand Romero réapparut, il portait fièrement Selena dans ses bras musclés. La petite fille aux cheveux mi-longs noirs et d'une maigreur anormale était âgée de six ans alors qu'on lui en donnait à peine quatre. Un retard osseux de 2 ans, ça ne passait pas inaperçu, surtout à cet âge.
-   On devrait peut-être aller voir un autre médecin, suggéra Taïs, au cas où il s'agirait du syndrome de Silver-Russel...
-   C'est inutile, l'interrompit-il, agacé. Il a dit que si c'était le cas, elle aurait un visage triangulaire et un front large et bombé, tu vois bien que ce n'est pas le cas, non ?

- Il a dit qu'il y avait d'autres symptômes tels que le manque d'appétit... Elle n'a jamais faim et c'est toujours tellement difficile de lui faire avaler quelque chose.
- Arrête ! s'énerva-t-il soudain en frappant son point sur la table. Il ne s'agit que d'un rapport poids/taille insuffisant comme le médecin nous l'a dit, un simple retard de croissance. Elle doit suivre son traitement pendant plusieurs années et tout ira bien, c'est clair ?!

Selena ne s'était par miracle pas mise à pleurer et en voyant le visage crispé de Taïs, Rom réalisa qu'il avait eu tort de s'emporter et s'approcha d'elle en la rassurant :
- Les hormones de croissance vont tout arranger, d'accord ?

Elle acquiesça sans conviction et il la complimenta :
- Tu as vraiment l'air en forme. Ca fait plaisir de te voir comme ça.

Ces mots dessinèrent un immense sourire sur le visage de la jeune femme qui caressa le visage de Romero et constata à voix haute :
- Ca fait du bien de t'avoir à la maison.

Sur ce, il s'installa à la table de la cuisine et entreprit de manger le plat que Taïs lui avait vite préparé en alternant une bouchée pour sa fille qui siégeait dignement sur une de ses cuisses et une pour lui. Après manger, ils s'installèrent devant la télévision et regardèrent un dessin animé.

Un peu plus d'une heure s'était écoulée lorsque Taïs réveilla Romero qui s'était assoupi dans le divan, sa fille endormie contre son torse.
- Je vais mettre la petite au lit. Pendant ce temps, va te détendre, je t'ai fait couler un bain, l'informa-t-elle à voix basse afin d'éviter d'éveiller Selena.

Après avoir embrassé le front de l'enfant, il monta sans broncher à la salle de bain où l'attendaient une baignoire fumante ainsi qu'un lot de bougies parfumées à la rose qui embaumaient la pièce d'eau. Elle avait pensé à tout : le bain moussant, les bougies, le chauffage d'appoint, deux essuies propres et un tapis de sol visiblement neuf.

Lorsqu'elle le rejoignit, uniquement vêtue d'un peignoir qui lui arrivait à mi-cuisses, elle passa un long moment à le contempler. Les yeux clos et les traits détendus, il semblait se relaxer. Trônant dans la baignoire, les épaules hors de l'eau, une partie de sa peau brûlée était visible, mais cela n'avait pas la moindre importance pour Taïs. A ses yeux, Romero était un dieu grec, un guerrier indestructible, un chef de famille, au même titre que Gaspar et un jour, Rico. Elle l'aimait passionnément, follement. Il était tout ce qu'elle avait toujours désiré et elle avait beau l'avoir perdu, elle était prête à tout pour le récupérer.

Romero entrouvrit un œil et l'informa :
- Demain, tu passeras voir Gina pour qu'elle te passe un peu d'argent pour changer la déco de la chambre de la petite. Elle m'a dit qu'elle n'aimait plus les oursons, elle veut des chevaux.

Taïs sourit, ravie et il la questionna :
- Et toi ? Tu ne manques de rien ?

Elle s'approcha, s'installa sur le rebord de la baignoire et entreprit de lui masser les épaules en le remerciant, aux anges :
- C'est gentil, mais je ne manque de rien. Tu n'es pas obligé de faire autant pour nous. Tu te donnes déjà assez de mal comme ça.
- Tu es la mère de ma fille et je veux que tu prennes soin d'elle, répliqua-t-il.

Elle sourit derechef et lui proposa :
- Tu pourrais passer plus souvent nous voir. On pourrait à nouveau former une vraie famille si tu le voulais.
- On sait, tous les deux, comment ça finit à chaque fois.
- Peut-être pas, j'ai changé, lui confia-t-elle en lui caressant le front.

- Moi pas, trancha-t-il, sûr de lui.
- Ta place est près de nous, tes deux petites femmes, seules, ici.
- Quelqu'un t'a emmerdé ? l'interrogea-t-il en élevant le ton et en se redressant si brusquement qu'elle sursauta.
- Non, c'est seulement que je pourrais prendre soin de toi si tu revenais à la maison, précisa-t-elle en caressant sa nuque. On pourrait essayer…

Il ne répondit pas et elle s'agenouilla à côté de la baignoire, lui faisant face.

- Tu pourrais passer nous voir plus souvent, insista-t-elle en enfonçant son bras dans l'eau, commencer en douceur et voir comment les choses évoluent.

Elle lui arracha un geignement et il la saisit à la nuque, l'attirant à lui avant d'embrasser ses lèvres fines.

Eux ? Ensemble ? C'était une très mauvaise idée. Ils avaient déjà essayé un nombre de fois conséquent, principalement dans l'intérêt de leur fille, mais ils n'étaient pas faits pour vivre ensemble, pour être ensemble.

Elle l'aimait trop et lui pas assez.

***

- Des nouvelles d'Hector ? demanda Ricardo avant de porter son verre de téquila à ses lèvres.
- C'est réglé, l'informa Vera. Ce salopard de violeur a passé l'arme à gauche.

Le cadet s'exclama d'un air satisfait :

- C'est déjà ça de moins à penser ! Tu sais où est Romero ?
- Il devait aller voir sa fille, alors je suppose qu'il va passer la nuit là-bas, tu connais Taïs… et tu sais à quel point elle est dingue de lui.

217

- C'est bien qu'il se soit décidé à passer du temps avec Selena. Concernant Taïs, c'est sûr que c'est une tout autre histoire mais bon, c'est de Romero dont on parle... Il ne va jamais refuser une partie de jambes en l'air, c'est plus fort que lui.

Vera marqua une pause avant de gratifier son voisin d'une œillade complice en lui rétorquant :

- Lui au moins, il ne se fait pas mener en bateau par une blanche.
- Si tu essayais de la connaître, je suis certain que tu l'apprécierais.
- Pourquoi j'essayerais ? Tu veux vraiment être en couple avec une emmerdeuse pareille ? l'interrogea son ami, perplexe.
- Elle a un nom, tu sais, lui fit remarquer Rico.
- Tout ce bordel avec cette nana, c'est une mauvaise idée et je ne suis pas près de changer d'avis sur la question.
- Je ne comprends pas pourquoi tu ne peux pas te contenter d'être heureux pour moi, se plaignit le plus jeune.
- Parce que je suis censé veiller sur toi ! riposta le chauve, incrédule, en haussant le ton.
- On n'est plus des gosses, Vera. Je pense être capable de protéger mes arrières. J'aurais voulu que tu sois avec moi sur ce coup.
- Je ne peux pas, s'excusa son ami.
- Pourquoi ? l'interrogea Ricardo, incrédule.
- Tu veux que je te dise la vérité ? Ca va mal finir. Pas parce que je n'aime pas cette fille, ni parce que je veux que tu restes à cent pour cent concentré sur les affaires de la famille. Ca va mal finir parce qu'un jour ou l'autre, les choses finissent par mal tourner et quand ce sera le cas, elle ne tiendra pas le choc. Les choses la dépasseront complètement et elle fera un truc stupide qui nous foutra dans une merde pas croyable. Elle n'est pas des nôtres. C'est pour ça qu'on doit rester entre

nous. Notre communauté. Notre famille. C'est ce genre de filles qui aura notre peau.
- Fais attention à ne pas trop réfléchir ou ta grosse tête va exploser, le taquina Rico.
- Je t'emmerde.
- Parlons sérieusement. Linda a sonné à ma sœur en l'informant qu'elle avait croisé la femme de Carlito. Elle avait la lèvre enflée et l'arcade en sang. Qu'est-ce qu'on fait ?
- Je peux aller le trouver, le bousculer un peu et l'avertir que s'il lève encore la main sur sa femme, il la perd.
- Quoi ? Sa femme ?
- Non, sa main, imbécile.
Ils rirent joyeusement.

Fréquemment, Vera et Rico passaient une soirée ensemble au cours de laquelle ils abordaient les sujets sensibles et les problèmes à régler sans la présence de Gaspar qui avait une vision bien particulière des choses et un ordre des priorités qu'ils ne partageaient pas tous. Auparavant, Romero tenait à y participer au même titre que ses amis, mais avec le temps, les choses avaient changé. De toute façon, ces réunions n'avaient jamais été pour lui qu'un prétexte pour passer une soirée supplémentaire à boire. Lorsqu'il fallait décider de tabasser quelqu'un ou non, à chaque fois, il s'exclamait : « Tabassons-le. ». S'il fallait décider du sort d'un violeur, sa réponse était : « La mort. ». S'ils discutaient au sujet d'un meurtrier, il s'écriait : « Tuons-le. ». Pour lui, la seule chose qui comptait, c'était d'avoir son compte de bastons et de sang hebdomadaire.

Ricardo prit à nouveau la parole :
- T'as des nouvelles de Santiago ? On en est où avec lui ? Sa mère et sa sœur sont encore allées en parler à Gina. Je ne voudrais pas qu'elles pensent qu'on se moque totalement du sort de sa famille ou qu'on les a oubliées.
- J'en ai reparlé à Julio, voir s'il peut s'arranger pour qu'il soit sur le prochain bateau. Il lui donnera des faux

papiers. Ce sera dans deux ou trois mois, je ne sais plus. Je lui dirai qu'il aille voir sa mère pour lui confirmer la date exacte.

- Parfait. Au fait, tu t'es décidé au sujet de Suhé ? le questionna Vera.
- Il veut faire partie de la famille, c'est ça ? vérifia Ricardo.
- Oui, j'en ai déjà discuté avec Hector, Julio et Romero. Ils sont tous d'accord. Personnellement, je pense qu'une personne de plus ne serait pas de refus. Ca permettrait à Rom de passer un max de temps avec sa gosse.
- Mais je ne suis pas convaincu que Suhé soit celui qui convienne.

Le chauve inspira profondément avant de lui répondre :

- Tu pourrais au moins lui laisser une chance.

Il y eut un froid puis Rico trancha :

- On verra… Pour le moment, je ne préfère pas.

Il y eut un long silence, puis Rico entendit le chauve poursuivre doucement.

- J'ai eu des nouvelles de la famille de Rita.
- Elle est à Madrid, n'est-ce-pas ? Pour régler un problème avec le clan des Salvatore si je me souviens bien.
- Ils sont tous morts jusqu'au dernier. Rita et sa famille n'ont laissé aucun survivant. Je lui ai demandé ce qu'elle comptait faire à présent et apparemment, elle compte rester un peu en Espagne.
- Tant mieux. Elle est complètement cinglée. Plus elle reste loin de nous et mieux on se porte.

Ils trinquèrent en riant.

- Tu peux y aller, l'informa le chauve en remarquant les yeux de son ami sur l'horloge du salon.
- De quoi tu parles ? Aller où ?
- Rejoindre ta chérie. Il est encore tôt, même pour une Belge.
- Et toi ? Je ne vais pas te laisser passer la soirée seul.

-   Ne t'en fais pas pour moi. Je me trouverai bien une occupation.
-   D'accord, mais interdiction de t'astiquer le manche dans mon salon.
-   Va te faire mettre, grommela Vera en fronçant les sourcils.

Ricardo saisit sa veste et ses clefs de voiture, et en guise d'au revoir, tapota légèrement le crâne de son ami qui mâchouilla une insulte en espagnol, avant de prendre la poudre d'escampette.

***

Allongée dans son grand lit, Marie parlait à Guss, son horrible matou. Elle râlait et marmonnait une quantité invraisemblable de choses au sujet du Vénézuélien. Elle était bien trop énervée pour parvenir à dormir, mais restait pourtant allongée. Elle voulut le caresser, puis se ravisa. Elle savait pertinemment que dans un cas pareil, il sortirait ses griffes acérées pour le lui faire payer. Les câlins, il n'aimait pas. Elle, les câlins, elle en avait besoin, particulièrement en ce moment. Mais ce satané chat ne voulait rien entendre. Elle se fit donc une raison. Il fallait bien, avec lui, elle n'avait jamais le dernier mot. Elle se contenta alors de lui parler, comme à un membre de la famille ; c'est ce qu'il était après tout. Elle avait un enfant obèse, méchant, ronchon et mal élevé.

Gamine, sa mère et elle habitaient en face d'une vieille dame qui avait un chien qu'elle détestait. C'était celui de son défunt mari. Elle en avait hérité et n'avait pas trouvé le courage de l'amener à la fourrière. A chaque fois qu'elle croisait Marie, elle lui disait que le chien était malade, qu'il toussait, qu'il allait bientôt y passer. Le chien était finalement mort sept ans plus tard.
Durant toutes ces années, cette vieille dame l'avait détesté et lorsqu'il avait enfin rendu l'âme, elle avait pleuré

toutes les larmes de son corps. Elle était décédée deux jours plus tard, le collier du chien dans la main.

Marie prit un instant pour observer son chat, ce sale matou, envoyé du diable à n'en pas douter, cet amas de graisse à poils roux, hideux et démoniaque. Elle ne l'avait pas choisi, mais ils s'étaient trouvés. Si demain, elle devait mourir, les voisins diraient sûrement : « Tu sais qui est morte ? La fille du troisième, la méchante. Celle qui avait un horrible chat, tout aussi méchant. ».

En finalité, ce Guss, elle l'aimait. Elle n'était simplement pas douée pour le lui montrer, tout comme avec son Vénézuélien. Elle ne parvenait pas à le laisser entrer dans sa vie, dans son cœur. Elle aurait voulu pouvoir tout simplement lui dire qu'il lui plaisait beaucoup. Vraiment beaucoup. Plus que vraiment beaucoup. Elle aurait voulu lui dire qu'elle était en train de tomber amoureuse. Follement amoureuse. Mais non. Elle le repoussait, encore et encore. Ce soir-là, elle aurait voulu être différente, quelqu'un d'autre, quelqu'un de gentil et quelqu'un qui n'aurait pas dormi seul dans son grand lit.

On frappa à la porte. Elle baragouina une insulte incompréhensible en s'extirpant avec difficulté des draps. Elle enfila un peignoir par-dessus sa nuisette, glissa ses pieds dans ses grosses pantoufles, réussit à convaincre Guss de l'accompagner dans le salon, grommela une autre insulte lorsque la personne frappa à nouveau à la porte d'entrée puis ouvrit enfin.

Ricardo entra et referma derrière lui. Sans un mot, il s'approcha lentement de sa bien-aimée, prit son visage dans ses grandes mains et lui déposa un tendre baiser sur le nez avant de lui dire sur un ton sincère et touchant :
-   Je suis désolé de venir à l'improviste, Babe, mais j'avais envie de te voir… à nouveau.

- De un, ne m'appelle pas comme ça, répliqua-t-elle. De deux, tu ne m'as pas donné de nouvelles. J'étais morte d'inquiétude. De trois, ce n'est pas une heure pour débarquer comme ça chez les gens.
- Je suis désolé, s'excusa-t-il, sincère. Si tu veux que je parte, je pars.
- Et si je veux que tu restes ? le questionna-t-elle, tremblante.
- Dans ce cas, je resterai, lui confia-t-il d'une voix charnelle. Que décides-tu ?

Elle prit sa respiration. Tout se mélangeait dans sa tête. Elle voulait lui dire de rester, mais elle ne pouvait pas s'empêcher d'avoir un sursaut de combativité.

- Je veux que tu partes, décida la brune. Tu n'auras qu'à revenir demain si je suis d'humeur.
- Tu es une emmerdeuse. Je sais que tu as envie que je reste.
- Absolument pas. Je te rappelle que je te déteste.
- Moi aussi, je t'aime.

Malgré le sourire sur le visage du latino, ces simples mots retournèrent la jeune femme comme si elle venait de faire dix tours dans un grand huit supersonique.

Rico, qui avait toujours ses mains autour du visage de la séduisante Bruxelloise, l'attira à lui. Elle sentit ses lèvres s'enflammer sans même qu'elles n'effleurent les siennes.

- Je te laisse, lui chuchota-t-il amoureusement.
- Tu sais, tu… pourrais… éventuellement…
- C'est mieux que je parte. Je passerai demain.

Elle approcha ses lèvres et l'embrassa. Elle ressentit une brûlure qui lui parcourut tout le corps sans pour autant lui faire mal. Il lui rendit son baiser en l'embrassant tendrement.

- Reste, lui murmura-t-elle dans un soupir.

Il lui sourit, heureux qu'elle passe enfin au-dessus de son arrogance. Pour la première fois, elle avait réellement rendu les armes, baissé sa garde.

Le splendide Vénézuélien vint à nouveau délicatement déposer ses lèvres sur la bouche charnue de la jeune femme. Elles épousaient parfaitement les siennes, libérant un léger souffle chaud dans sa bouche. Marie interrompit leur baiser et prit quelques secondes pour l'admirer. Il lui semblait que Ricardo n'avait jamais été aussi beau et excitant qu'à cet instant précis. Elle détacha ses cheveux et y passa lentement ses longs doigts fins. Ils eurent l'effet d'une caresse sur ses mains. Elle laissa, ensuite, glisser ses doigts sur le visage de son bien-aimé, frôlant son nez droit, effleurant sa barbe courte et épousant parfaitement la forme de ses lèvres pulpeuses. Puis, la jeune femme l'attira à son tour à elle et l'embrassa à nouveau. Ce baiser fut doux. Le superbe latino sentit la langue de la jolie brune s'infiltrer dans sa bouche, caressant la sienne, provoquant une intense bouffée de chaleur en lui.

L'esprit du séduisant Vénézuélien réussit tant bien que mal à échapper quelques courtes secondes à l'emprise de l'irrésistible jeune femme, rappelant à Rico son devoir de franchise envers sa superbe partenaire. Etait-ce le bon moment pour lui avouer ses secrets ? Définitivement pas, mais il se devait d'être franc envers celle qu'il aimait tant. Devait-il remettre cette discussion à plus tard ? C'était une possibilité…Non ! Pourtant, les baisers de sa bien-aimée étaient si chauds, si sensuels, si érotiques, … « Maria ! » s'écria Rico d'un air solennel avant de la repousser légèrement. Marie s'indigna :
- Je savais que c'était la tequila !
- Pardon ? s'enquit-il, perdu.
- Tu as bu et maintenant que tu as retrouvé tes esprits, tu veux t'en aller ! Je le savais ! s'emporta la Bruxelloise.
- Non, Maria, réfuta le jeune homme, mais je dois t'avouer quelque chose.
- Quoi donc ? Ca ne peut pas attendre ?
- Oui, ça peut attendre…
- Alors embra…

Il l'interrompit par un baiser fougueux. Une chaleur intense l'envahit derechef. Son esprit commença à s'embrouiller. Il la serra contre lui et ils se dirigèrent vers la chambre.

Rico posa sa partenaire en position assise sur le bord du grand lit. Agenouillé au sol, lui faisant face, le Vénézuélien s'approcha de son cou offert et son parfum musqué envahit intensément ses sens. Une montée d'adrénaline enflamma ses veines et il leva la tête pour la regarder dans les yeux, le cœur battant la chamade et les mains moites. Marie le fixa avec une douceur qui lui était inhabituelle tandis qu'il remontait légèrement sa robe de chambre le long de ses cuisses et, du bout des doigts, dessinait de petits cercles plus ou moins réguliers. Elle se mordilla la lèvre sous le coup de l'excitation qui montait progressivement à chaque fois qu'un frisson parcourait sa peau.

Le jeune homme la rapprocha de lui en un mouvement parfaitement contrôlé et déposa un tendre baiser, chaud et humide, sur le menton de la brune qui trembla au contact de ses lèvres sur sa peau. Ce seul contact était orgasmique. Elle déglutit bruyamment avant de passer ses bras autour de son cou en se collant contre son buste tandis qu'il la redressait sans effort. Il relâcha sa prise et ses doigts vinrent effleurer son doux visage, le dégageant des quelques mèches rebelles qui le parsemaient. Marie commença par lui enlever son t-shirt, sa ceinture et à déboutonner son jeans avant de couvrir son torse fin et musclé de baisers et de caresses. Puis, la jeune femme se leva et enleva lentement sa nuisette qui chut à terre sans un bruit. Elle était là, devant lui, entièrement nue. Aucune partie de son corps ne comportait de défaut. Marie était magnifique. Rico se leva à son tour et, tandis qu'elle caressait son torse en baisant son cou, il enleva le reste de ses vêtements.

Après quelques secondes durant lesquelles ils s'échangèrent diverses caresses, il l'allongea sur le lit où il vint la rejoindre. Le Vénézuélien prit un court instant pour admirer et embrasser sa compagne. Elle était allongée, offerte à lui. L'animal sauvage d'une beauté rare se rendait finalement au chasseur. Elle venait de trouver plus fort qu'elle, elle avait trouvé celui qui serait digne de l'abattre. A cet instant, sur ce lit, Marie n'avait plus besoin d'être agressive et n'avait plus besoin de protection. Elle pouvait enlever sa carapace, son armure. Avec lui, elle sentait qu'elle ne risquait rien.

Marie frissonna au simple contact de sa peau contre la sienne, mais lorsque leurs corps se soudèrent l'un à l'autre, ce fut un irrépressible gémissement qui lui échappa. Elle sentit un brasier se former en elle, un feu qui l'empêchait presque de bouger tant l'excitation était forte. La passion consumait la jeune femme jusqu'à l'explosion.

Dans ce lit, ils renaissaient à travers les baisers, les gémissements et les morsures.

Dans ce lit, ils oubliaient qui ils étaient.

Dans ce lit, leurs corps s'avouaient leur amour.

Plus tard, elle se détacha de lui, le souffle court, et les battements de son cœur mirent un certain temps à reprendre leur cadence habituelle. Elle attrapa une des cigarettes posées sur la table de nuit et l'alluma. Rico se tourna vers elle. Il se sentait bien, là, à ses côtés. Il caressa du bout des doigts son ventre perlé de sueur en la regardant fumer, radieuse et satisfaite. A présent, ils étaient certains. Ils s'aimaient à un point déraisonnable.

Après quelques bouffées toxiques, elle éteignit sa cigarette et se blottit dans les bras du Vénézuélien, peau contre peau. L'étreinte se resserra, en silence. Elle aimait la chaleur qui se dégageait de lui et il aimait la douceur dans son regard. Il la contempla avec une telle intensité qu'elle en eut presque les larmes aux yeux.

- Te quiero, lui chuchota-t-il avec amour.
- Je t'aime, cowboy, lui répondit-elle dans un murmure avant de sombrer dans un profond sommeil.

Chapitre numéro dix-neuf :

Au fond du trou.

Gina fit irruption dans la cuisine à la recherche de son cadet. « As-tu vu Rico ? » enquêta-t-elle auprès du chauve qui mangeait un morceau. Vera l'admira un moment, dubitatif. Vêtue d'une courte robe noire fendue par endroits, la Vénézuélienne atteignait à la fois le summum de la féminité et celui de la séduction.

- Il est chez cette fille, finit-il par lui répondre entre deux bouchées. Humm… Ta cachapa est à se damner.

Gina était une de ces matriarches à croire qu'un des secrets pour garder une famille unie était, avant tout, d'être une excellente cuisinière, ce qu'elle était évidemment.

- Merci, lui susurra-t-elle, flattée. Il passe la nuit chez elle ? se renseigna-t-elle davantage.
- A ton avis… Ca te pose un problème particulier ? l'interrogea-t-il d'un air un peu trop protecteur qui ne plut pas à l'aîné des Velázquez.
- C'est seulement qu'il avait dit qu'il m'emmènerait à une soirée chez les Cabrales, mais visiblement, il avait d'autres choses plus importantes en tête que sa sœur.
- Je peux t'y conduire si tu veux ? lui proposa-t-il, prévenant.

- Ce serait très gentil de ta part. Tu pourrais fermer ma robe, minauda-t-elle, experte.

Vera s'essuya la bouche du coin de sa serviette, se leva, s'approcha de la divine créature qui, après avoir rassemblé tous ses cheveux sur une de ses épaules, se pencha légèrement vers l'avant en prenant soin que sa croupe généreuse soit particulièrement mise en valeur et indiqua son dos du regard. Le chauve s'exécuta en prenant grand soin de ne pas pincer sa peau en remontant la fermeture-éclair. Une fois mission accomplie, elle fit volte-face et murmura un remerciement un peu trop sensuel pour être innocent.

Soudainement, une alarme se fit entendre dans la rue, assourdissante, dont l'ainée des Velázquez se plaignit vivement :
- C'est déjà la cinquième fois aujourd'hui.
- Tu veux que je m'en charge ? lui proposa le chauve.
- Vraiment ? Tu serais un amour…, lui susurra-t-elle en posant une main parfaitement manucurée sur son torse musculeux.
  Sur ce, le Vénézuélien quitta l'habitation et se dirigea vers sa voiture.

Vera roulait dans une berline noire, un ancien modèle d'une vieille marque dont la moitié des trucs se déglinguait à intervalles réguliers. Qu'importait… Elle était discrète. Rien de tape-à-l'œil. Elle passait totalement inaperçue contrairement au cabriolet rouge sang dernier modèle qui vociférait toujours.
  Il fallait bien moins que ça pour se mettre à dos le chauve. Il était un de ces hommes qui peuvent exploser à tout moment, un sanguin. Il saisit le pied de biche qu'il gardait toujours sous son siège conducteur. Il était inutile de sortir une lame ou un flingue. C'était un sanguin, pas un crétin, et ce fut en brandissant son arme métallique qu'il approcha la décapotable.

**

228

Pendant ce temps, Gina, qui s'était rendue dans le salon, saisit le combiné de téléphone et composa un numéro. Les secondes s'écoulèrent tandis qu'elle gardait un œil sur la porte d'entrée.

Première sonnerie. Elle vérifia du regard que personne ne pouvait l'observer de l'extérieur.

Deuxième sonnerie. Elle aperçut une ombre mouvante dans un des coins de la cour pavée.

Troisième sonnerie. Alerte, elle se concentra et l'observa avec attention avant de l'identifier : Gaspar, ivre mort, semblait errer, sans but, dans la cour.

Quatrième sonnerie. Aucune voix ne se fit entendre. Néanmoins, quelqu'un se trouvait à présent à l'autre bout du fil. Gina s'exprima sur un ton macabre : « Il est temps de payer ta dette. Marie Chevalier. Demain. Vargas te donnera toutes les infos nécessaires », coupa la communication et alla se poster dans la cuisine comme si rien de ceci ne s'était produit.

Cela faisait un problème réglé. Le second, concernant son frère aîné, pouvait être postposé de peu. Il ne s'agissait de rien d'insurmontable. De rien que Vargas et elle ne pourraient gérer.

***

Le conducteur de la décapotable rouge alla à la rencontre du chauve et s'identifia, paniqué :
- Qu'est-ce que tu fous ? C'est moi. Carlos, tu te souviens ?
- Arrête-moi cette putain d'alarme. Cinq fois, rien qu'aujourd'hui !
Il obéit en protestant vivement.
- Ce n'est que la première fois depuis qu'elle est en ma possession.
- C'est quoi cette caisse de merde ?

- Je viens juste de me l'offrir. Elle sort tout juste de chez le concessionnaire. Elle est superbe, non ? Tu veux faire un tour avec ?

Carlos était un menteur et un arnaqueur à la petite semaine. Il venait sûrement de chourer la caisse.

- Putain... Tu cherches vraiment les problèmes ? Se faire oublier, qu'est-ce que tu ne piges pas à ça ?
- Quoi ? Quel rapport avec ma caisse ?

Carlos était un con. Il l'était depuis toujours. C'était déjà un miracle en soi qu'il soit encore en vie. Vera soupira bruyamment. Il détestait les idiots dans le genre de Carlos par-dessus tout.

Le chauve sentit la rage l'envahir et se mit à frapper de toutes ses forces sur le cabriolet flambant neuf, brisant les vitres et déformant les portières.

« Maintenant, tu vas amener cette putain de caisse dans les quartiers chauds, à l'autre bout de la ville et tu l'abandonnes. A partir de maintenant, si tu ne marches pas droit, c'est ta gueule que je défonce, compris ? Encore une connerie de ce genre et je t'envoie au fond du trou» le menaça Vera avant de faire demi-tour vers la maison des Velázquez.

Cadavérique, Carlos, qui restait figé, sentait la bile remonter dans la gorge.

Chapitre numéro vingt :

Distinguer les os de la chair.

Ricardo ouvrit les yeux. Il faisait clair. Le réveille-matin indiquait à peine six heures trente.

Il commença par jeter un coup d'œil à son téléphone. Un message de Vera lui demandant de le rejoindre au plus vite pour effectuer la collecte d'argent. Il observa ensuite sa compagne, toujours endormie. Il avait envie d'embrasser son épaule nue qui dépassait de la couverture, de caresser ses cheveux, de toucher sa peau. Il ferma les yeux pour résister à son envie de la réveiller, de la prendre à nouveau, avant de les rouvrir. Il se hissa discrètement hors du lit et s'habilla. Une fois prêt, il se pencha vers sa bien-aimée et lui baisa le front. Elle frémit. Sa tête bougea. Elle était éveillée.

- Je vais passer chez moi, l'informa-t-il à voix basse. Je reviens dès que possible. Je t'aime.
- Je t'aime, lui murmura-t-elle en le gratifiant d'un sourire.
- Rendors-toi, Babe.
- Ne m'appelle pas comme ça, ronchonna la brunette en souriant, les yeux encore fermés tandis que son compagnon quittait l'appartement.

***

Marie cligna des paupières et sourit en voyant Guss couché sur les draps, puis bailla largement. Elle tourna la tête, lut dix heures sur le réveil. Elle s'était rendormie. Elle se redressa difficilement, alluma une cigarette, sauta hors du lit, enfila sa nuisette, choisit une tenue pour la journée et se précipita dans la salle de bain où elle jeta son mégot presqu'entièrement consumé dans la cuvette des toilettes.

Elle venait à peine d'entrer dans la pièce d'eaux qu'on tambourinait violemment à la porte. Elle hésita un instant puis se dirigea vers l'entrée, mais alors qu'elle entrouvrait la porte, un homme pénétra de force dans l'appartement.

Marie, terrifiée et tremblante, hésita à prendre la parole tandis que l'individu l'observait. Un court instant s'écoula, lui semblant être une éternité, avant qu'elle ne se ressaisisse.
- Qui êtes-vous ?!
- Silence ! s'emporta-t-il, la faisant sursauter.
- Qui vous envoie ?
- A ton avis…, s'amusa-t-il en sortant un couteau de sa veste.

Stupéfaite, la brune prit un certain temps pour prendre pleinement conscience de ce qui était en train de se produire.

Elle devait se sortir de là, s'enfuir, se battre, crier. Oui, crier ! Elle ne cria pas mais hurla aussi fort que possible, si fort que ses cordes vocales la firent terriblement souffrir.
- Maintenant, tu la fermes ! lui ordonna-t-il en tentant de s'approcher d'elle. Mais, alors qu'elle reculait précipitamment, elle croisa son regard et y lut un telle rage animale qu'elle frissonna de la tête aux pieds.

Un élan de courage s'empara d'elle, l'adrénaline se répandit dans ses veines et elle refusa d'obtempérer en hurlant derechef.
- Silence ! commanda-t-il d'une voix aussi cinglante qu'un coup de fouet.
- Sinon quoi ?! le provoqua-t-elle.
- Sinon je te tuerai... lentement et douloureusement.

Le ton qu'il avait employé était si tranchant qu'elle en resta pétrifiée.

- Mais, maintenant que je t'ai sous les yeux, je pense qu'on pourrait s'amuser, tous les deux, avant de passer aux choses sérieuses, tu ne crois pas ? continua-t-il en laissant échapper quelques postillons au passage.
- Ne vous approchez pas de moi, espèce de malade ou j'appelle la police, le menaça-t-elle en saisissant le combiné du téléphone.

C'est alors qu'il se jeta sur elle, trop rapide pour qu'elle lui échappe. Il l'empoigna brutalement par le bras, envoyant valser le téléphone contre le mur, le brisant dans l'impact.

- Je me montrerais plus coopérative si j'étais toi, ma jolie, lui conseilla l'agresseur. Tu es certaine que je ne te plais pas ?!

Marie lui ordonna immédiatement de la lâcher tandis qu'il tentait brutalement de l'embrasser. Elle lui mordit le bras de toutes ses forces ce qui l'obligea à lâcher prise. Elle appela à l'aide aussi fort que possible, accompagnant ses hurlements d'une gifle si forte qu'elle crut s'être brisé la main, mais l'agresseur de près de deux mètres de haut et d'une carrure aussi large que celle d'un catcheur n'avait pas reculé. Pas même d'un centimètre. Elle tenta de le gifler derechef, mais il saisit sa main et la broya entre ses doigts épais. La jeune femme se mordit les lèvres pour lutter contre la douleur puis il desserra sa prise.

Subitement, il la poussa avec violence sur le canapé du salon. Dans sa chute, la brune se cogna violemment la tête contre l'accoudoir et avant même qu'elle n'ait eu le temps de bouger, il s'assit sur elle, immobilisant fermement ses bras avec les siens. Elle hurlait si fort qu'elle sentait ses cordes vocales commencer à faiblir à nouveau. Elle le supplia d'arrêter, de la laisser, mais il ne cessa pas et une fois encore, tenta de l'embrasser. La panique lui redonna des forces et elle recommença à se débattre.

Le colosse était trop puissant. L'énergie et le courage de la jeune femme s'estompaient. La douleur prenait petit à petit le dessus. Elle sentit ses lèvres sèches et pincées caresser son cou, ferma les yeux et laissa les nausées l'envahir. Elle sentit sa langue frôler son épaule et sa clavicule, se débattit à nouveau en vain, serra la mâchoire de rage et laissa une larme couler sur sa joue. Elle n'était pas assez forte pour l'empêcher.

« Tu es pitoyable » cracha Marie. Stupéfait, il s'immobilisa et elle poursuivit :
- Tu es pitoyable.
- Si tu veux, on peut le faire doucement…
  Elle s'approcha de ses lèvres et lui confessa :
- Jamais de la vie je ne te laisserai me toucher de mon plein gré !
Il essaya de l'embrasser mais Marie lui mordit la joue avec rage, lui arrachant un bout de chair qu'elle recracha en direction de ses yeux. Le géant hurla de douleur en palpant sa blessure tandis que la jeune femme tentait de le repousser, mais il lui porta un violent coup de poing au visage et elle sentit une douleur insoutenable l'envahir, provoquant une nouvelle vague de cris de désolation.

***

Romero se gara dans l'allée principale, éteignit les phares et désactiva les essuie-glaces qui tentaient avec difficulté d'évacuer les torrents d'eau qui s'abattaient sur le pare-brise de sa vieille Ford Mondeo bleu marine. Il soupira bruyamment en constatant le déluge auquel il devrait faire face, une fois hors de la voiture. Son regard se dirigea vers sa maison et il aperçut une silhouette recroquevillée sur les marches de l'entrée, un petit être trempé, probablement glacé jusqu'aux os, qui restait immobile sous la pluie. Estella. Il s'extirpa immédiatement de son véhicule et courut la retrouver.

- Mais qu'est-ce qui te prend, bon sang ?! Tu veux mourir de froid ?! la gronda-t-il en l'obligeant à entrer dans le hall d'entrée.
- Je... devais... te... voir, se justifia la Vénézuélienne dont les lèvres étaient bleues et les dents claquaient.

Romero rugit et laissa échapper plusieurs jurons espagnols en allant chercher des serviettes dans la salle de bain. A son retour, il l'obligea à se défaire de son pull et de son pantalon avant de la frictionner énergiquement à l'aide des essuies de bain.

- Je peux savoir ce qu'il y avait de si urgent pour venir jusqu'ici m'attendre sous une pluie torrentielle ?!

Elle fondit en sanglots en l'informant, terrassée par le chagrin :
- Je vais épouser Uriel Sanchez.

En apprenant la nouvelle, Rom eut le sentiment d'avoir reçu un crochet du droit si puissant qu'il dut s'appuyer contre le meuble de la penderie pour ne pas tomber à la renverse. Il leva les yeux en direction de la jeune femme, également sous le choc, et l'attira dans ses bras en la rassurant :
- Ne t'en fais pas, je vais tout arranger. Tu verras… Tu n'auras pas à l'épouser.
- Non, il le faut ! s'emporta-t-elle soudainement en se dégageant de son étreinte.

Son ami tentait péniblement de comprendre ce qui se passait réellement lorsqu'elle se décida à éclaircir la situation.
- C'était le seul moyen qu'il ne t'arrive rien.

Elle était tellement anxieuse que sa réponse fut involontairement sèche.

Estella ouvrit la bouche mais, fou de rage, il lui interdit de dire un mot. Il avait cessé de discuter. La déception en était presque insupportable. Une fois ou deux, elle ouvrit la bouche pour s'excuser… pour tenter de lui expliquer son choix mais, pétrifiée par son mutisme réprobateur, elle ne parvint pas à articuler un mot.

Quant à lui, il réfléchissait si fort que de petites gouttes de sueur perlaient à ses tempes, la pénétrant de son regard brûlant avec une expression de fureur.

- Tu n'es qu'une gamine stupide, finit-il par cracher, mauvais.

Il marqua une pause avant de continuer :

- J'ai toujours veillé sur toi, fait en sorte qu'il ne t'arrive rien et tu vas te vendre à un sac à merde tel qu'Uriel Sanchez. Tu me fais honte.
- Ma mère pense que c'est une bonne chose pour la famille, marmonna-t-elle entre deux sanglots. Que voulais-tu que je fasse ?
- Refuser ! explosa Romero, hors de lui, en envoyant un violent coup de poing dans le mur du hall, y laissant un trou béant.
- Je voulais te protéger ! se défendit-elle avec rudesse.
- Me protéger ?! Mais regarde-moi, Stella ! Regarde-moi ! s'énerva-t-il en la secouant avec violence. Contrairement à toi, je n'ai pas la moindre importance !
- Tu en as pour moi.

En dépit de sa tristesse, Estella sourit tandis que ses grands yeux s'embuaient de larmes et il la serra tendrement contre lui sans dire un mot, caressant doucement ses cheveux mouillés. Pendant une minute, le temps sembla s'arrêter. Estella n'arrivait plus à penser. Elle était frigorifiée. Elle était également terrassée par la tristesse et la peur qu'engendrait une pareille décision.

- Va prendre une douche bien chaude pendant que tes vêtements sèchent, puis je te ramènerai chez toi, lui murmura-t-il en essuyant avec délicatesse le maquillage que la pluie et les pleurs avaient répandu le long des joues de la Vénézuélienne.

**

Au même moment, Ricardo gara sa voiture devant l'immeuble de la Bruxelloise. Il saisit le sac en plastique qui se trouvait sur le siège passager et sortit de l'automobile. Il se dirigeait vers l'entrée du bâtiment lorsque des appels à l'aide lui parvinrent. Il reconnut instantanément la voix de son aimée et courut aussi vite que possible vers son appartement, montant quatre à quatre les marches de l'escalier.

Les cris horrifiés qu'il percevait faisaient battre son cœur à toute allure. Il le sentait prêt à exploser dans sa poitrine.

Lorsqu'il arriva devant chez elle, il entra sans perdre une seconde et découvrit un titan allongé sur la jeune femme qui s'époumonait, en pleurs. Marie se débattait tandis que l'agresseur enragé tentait de déchirer sa nuisette déjà éventrée en partie, laissant apparaître un sein.

Rico, hors lui, attrapa l'assaillant par ses vêtements et le tira hors du fauteuil. Une rage irrépressible et incontrôlable avait pris possession de son corps. D'une main, il le saisit à la gorge et son coude vint s'encastrer à toute vitesse dans son visage, lui brisant le nez sur le coup. Le colosse s'écroula au sol, le visage en sang, en gémissant bruyamment.

Le latino le martela d'une série de coups de pied qui l'immobilisèrent, le rendant inoffensif. Ricardo leva les yeux et vit le visage de la jeune femme qui arborait de grosses plaques rougeâtres suite aux coups reçus ; il se rua à nouveau sur le violeur en hurlant :
- Je vais te faire la peau !

Débordant de rage, ses poings vinrent s'écraser, avec puissance, sur le visage de son adversaire sans hésitation aucune. Il le frappait encore et encore, sans cesse. Le sang se répandait autant sur le sol que sur le visage et les vêtements du Vénézuélien.

« Arrête ! Arrête, je t'en prie ! Arrête ! » le supplia la jeune femme, horrifiée.

Il ne semblait pas entendre ses paroles avant qu'elle ne hurle soudainement :
- Arrête ! Tu vas le tuer !
Le Vénézuélien s'immobilisa, observa ses poings ensanglantés, puis palpa la figure du géant. Il était très difficile de distinguer les os de la chair tant les coups avaient été brutaux, mais lorsque Ricardo se dressa sur ses pieds, il annonça à la Bruxelloise :
- Il est bien amoché mais vivant. Il va s'en sortir.
Ensuite, il empoigna violemment le colosse et le traîna vers la sortie de l'immeuble.

L'agresseur n'émit pas la moindre résistance et le Vénézuélien éprouva une certaine difficulté à descendre ce poids mort dans le grand escalier, le portant par moments ou traînant derrière lui le corps maculé de sang dont les membres venaient percuter rudement chacune des marches.

Ricardo savait que les voisins de Marie n'avaient pas prévenu la police sinon l'endroit grouillerait déjà de flics. Ils s'étaient contentés de regarder, de faire comme s'ils n'entendaient pas ses cris d'horreur, ses appels de détresse. Comme présentement, ils se contentaient d'observer, de leurs fenêtres, le Vénézuélien déplacer un corps sanguinolent. Elle n'habitait pas dans un quartier particulièrement mal famé mais seulement dans un de ces quartiers dans lesquels on ne voit rien et on n'entend rien.
Rico plaça le blessé dans le coffre de son monospace, le couvrit à l'aide d'une vieille couverture qui traînait sur le siège arrière, menotta une de ses mains à un anneau de fixation et retourna dans l'appartement. Il attendrait qu'il ait repris connaissance pour l'interroger et connaître l'identité de celui qui l'avait engagé, mais avant tout, il devait s'occuper de Marie.

Seule dans son appartement, Marie fixa une minute la flaque de sang qui gisait dans son living-room. Elle observa ses mains écorchées par les coups portés et une irrépressible nausée s'empara d'elle. Elle courut jusqu'aux toilettes au-dessus desquelles elle attendit de remettre son repas de la veille, mais rien ne vint. La tête lui tourna violemment et elle commença, petit à petit, à voir son champ de vision se rétrécir. Marie ne percevait qu'un long tunnel sombre au bout duquel elle distinguait le Vénézuélien qui, devinant ce qui lui arrivait, se dirigea vers la cuisine. Commençant à paniquer, ce fut au tour de son ouïe de s'affoler. Elle ne percevait aucun autre son que le tintamarre assourdissant d'un train à grande vitesse qui semblait la longer. La jeune femme se laissa glisser avec une lenteur exagérée sur le sol. La fraîcheur qui se dégageait du carrelage la soulagea grandement.

Ricardo s'agenouilla aux côtés de la brunette qu'il força à boire le soda qu'il lui avait apporté et examina l'état de gravité de ses blessures. Il palpa ses meurtrissures ; Marie souffrait au niveau du visage, rougeâtre et enflé, mais elle avait été chanceuse. Ses lésions étaient superficielles. Rico l'aida à s'asseoir correctement et retourna dans la cuisine chercher de la glace qu'il appliqua délicatement sur le visage meurtri de la jeune femme. Quelques instants plus tard, il se rendit dans la chambre à coucher et saisit une couverture avec laquelle il couvrit sa bien-aimée à moitié nue.

Le Vénézuélien s'installa à côté de la jeune femme et appliqua la glace sur sa joue en la rassurant à voix basse :
- Tu as eu de la chance, il n'a pas touché l'os. Ta joue dégonflera d'ici deux ou trois jours.
- T'es docteur ? lui rétorqua-t-elle, cinglante, en lui dérobant la glace avec virulence.

Ricardo resta pensif pendant un long moment en lui caressant ses longs cheveux avant d'oser prudemment proposer :
- On devrait peut-être aller à l'hôpital faire des examens supplémentaires.
- Non, ça va aller, murmura-t-elle, la voix enrouée.
- Je suis tellement désolé, si tu savais.

Un long silence prit possession du salon avant que Ricardo ne lui demande :

-   Tu as besoin de quelque chose ? Tu veux un café ? Un thé ? Un antidouleur ? Tu veux que je te fasse quelque chose à manger ?
-   Je ne suis pas en sucre, lui affirma-t-elle, agressive. Qu'est-ce qu'il y a dans ce sac plastique ?
-   Quelques affaires au cas où tu aurais voulu que je reste encore avec toi cette nuit, mais vu que…
-   Je n'ai pas besoin de toi. Je n'ai besoin de personne.

Il la serra dans ses bras et voulut porter ses lèvres contre les siennes, mais la jeune femme se dégagea avec ardeur et commanda :

-   Arrête ! J'empeste son odeur !

Il l'obligea à rester contre lui et elle fondit en larmes, profondément choquée.

Pendant plusieurs minutes, la jeune femme laissa les assauts salés envahir son visage tandis que le Vénézuélien tentait, autant que possible, de les essuyer au fur et à mesure. C'était très clair. Elle avait voulu jouer les grandes filles au lieu d'admettre qu'elle n'avait jamais eu aussi peur de toute sa vie. Rico l'attira à lui, la porta jusqu'à la salle de bain. Habillé, il s'agenouilla dans la cabine, la brune sur ses cuisses et il alluma l'eau qu'il régla à bonne température. Marie cessa de pleurer au contact de cette pluie artificielle car à cet instant, elle se sentit bien. Rapidement trempés, Rico saisit du bout des doigts le gel douche qu'il appliqua sur son corps ainsi que sur celui de sa bien-aimée. Un doux et agréable parfum de pommes prit possession de la petite salle de bain et il commença alors, avec le même produit, à frictionner le dos et les interminables cheveux de la jeune femme avant de caresser son visage par de tendres frôlements qui la calmèrent. Ils se rincèrent abondamment, puis Rico coupa l'eau de la douche et essora ses longs cheveux avant de la porter hors de la cabine et de l'asseoir sur le meuble.

Il la sonda, prudent, alors qu'ils enfilaient des vêtements secs :
- Ca va mieux ?
Marie ne prit pas la peine de répondre.

En silence, ils se séchèrent, terminèrent de se vêtir et retournèrent dans le salon où Ricardo voulut laver les taches de sang qui parsemaient le carrelage blanc, mais Marie l'en empêcha en l'interpellant après s'être allumé une cigarette qu'elle glissa entre ses lèvres toujours tremblantes :
- Je veux savoir la vérité. Qui était ce type ?
- Je l'ignore, lui confessa le Vénézuélien.
- C'est ta sœur qui l'envoie, n'est-ce-pas ?! présuma-t-elle, folle de rage.
Il s'interrogea un instant avant de lui répondre prudemment :
- Non.
- Il comptait me buter et il m'a presque violée !
- Je sais et crois-moi, je découvrirai qui est derrière tout ça.
- C'est évident, ta sœur est la responsable ! renchérit-elle, sûre d'elle.
- Tu es en état de choc.
- Elle m'a menacée, il y a à peine deux jours ! lui rappela-t-elle sur un ton acerbe.
- Ce n'est pas elle, c'est impossible. Elle ne me ferait jamais une chose pareille.
- Mais ouvre un peu les yeux, bon sang !
- Tu parles de la seule personne qui a toujours été là pour moi. Tu parles de ma famille.
- Ta famille ? Une bande d'animaux, oui !
- Ils sont tout ce que j'ai ! vociféra le jeune homme, contrarié.
- Et moi ? Je ne compte pas ?!
- Toi ? Tu me quitterais si tu savais qui je suis vraiment, si tu savais ce dont je suis capable. Personne ne pourrait

m'accepter comme je suis et toi encore moins que les autres.

- C'est encore ta famille de tarés qui te met des choses pareilles dans la tête ?! supposa-t-elle sur un ton agacé. Et pourquoi serais-je différente des autres ?! Qu'est-ce que ça veut dire ?!
- Ca veut dire que toi et ton putain de caractère vous ne faites que fuir toute relation qui pourrait s'avérer compliquée ! Tu as peur de t'engager, de souffrir, de ne pas être aimée en retour…
- Comme tout le monde !
- Depuis qu'on se connaît, je n'ai fait que te courir après ! Je dois déjà continuellement t'empêcher de t'enfuir, de me quitter ! Je t'aime. Je t'aime comme je ne pensais jamais être capable d'aimer quelqu'un, mais comme tu es là, tu cherches seulement une bonne raison de me faire dégager ! Et bien, je ne t'offrirai pas cette chance !
- Comment oses-tu ?! Tu crois peut-être que tu es mieux avec ta chère famille ? Tu crois qu'ils prennent soin de toi ? Tu crois qu'ils veulent ce qu'il y a de mieux pour toi ? Regarde ce qu'ils t'obligent à faire !
- Au moins, ils sont là pour moi. Qui tu as toi ? Tu ne m'as jamais parlé de tes parents, de ta famille.
- Je ne vois pas ce que ça a à voir là-dedans, se vexa-t-elle.
- Tu ne parles uniquement que de tes deux amies, souffla-t-il. Tu parles de famille alors que tu ignores tout de ce que ça signifie !

Elle grogna, hors d'elle.

- Comment oses-tu juger la façon dont je vis alors que tu n'arrives même pas à penser par toi-même sans ta précieuse sœur.
- Tu joues les solitaires accomplies, mais tu sais ce que je pense… si tu es seule, c'est uniquement parce que personne n'arrive à te supporter, s'emporta-t-il soudain.

Réalisant les mots qui avaient été les siens, il tenta de s'excuser, mais elle l'en empêcha en lui ordonnant, ivre de colère :

- Casse-toi de chez moi ! Récupère toutes tes merdes et barre-toi ! Je veux que tu disparaisses de ma vie, de Bruxelles, de Belgique et de cette satanée planète ! A partir de ce jour, je ne veux plus que tu t'approches de moi ! J'espère que c'est assez clair ?! C'est fini ! Tout est fini entre nous ! C'est fini pour de bon ! C'est fini au point même où il n'y a plus de nous, il n'y a plus que toi et ta vie et moi et la mienne ! A présent, ce sont des choses bien distinctes !

Sur ces paroles, Ricardo ravala les mots qui lui venaient aux lèvres, se détourna, se dirigea à grands pas vers la sortie et quitta l'appartement dans le silence le plus complet. Marie courut à toute vitesse dans sa chambre où elle s'effondra sur son lit, en larmes. Elle pleura à gros sanglots, inondant son oreiller, brisée.

La sonnerie de téléphone retentit à plusieurs reprises. Il s'agissait certainement de Jessica et Séverine qui attendaient Marie sur la place pour une journée shopping entre filles en cette pluvieuse journée d'avril. Mademoiselle Chevalier ne répondit pas. Elle ne saurait pas quoi leur dire.

Chapitre numéro vingt et un :

Les bêtes féroces.

S'entraîner tous les jours. Aucune exception, aucune dérogation possible. Romero avait, jusqu'ici, passé sa vie à s'entraîner et se battre. Cela faisait de lui ce roc indestructible, cela lui permettait d'encaisser et de tenir le rythme. Flexions, abdominaux, une demi-heure de frappes, des séries de pompages et de la course à pied, voilà en quoi consistait son entraînement.

Lorsqu'Estella sortit de la salle de bain et pénétra dans le salon, il ne restait plus à Romero qu'à effectuer une série de pompes et à aller courir. Allongé, les bras perpendiculaires au reste du corps, il effectuait ses exercices avec énergie et rapidité.
6. 7. 8.
Appliqué, il prit pourtant un instant pour admirer la jeune fille dont les cheveux étaient en désordre, comme essorés à la hâte par une serviette, et uniquement vêtue d'un de ses t-shirts bien trop grand pour elle.
11. 12. 13.
- Arrête de me regarder, je suis horrible, décréta-t-elle en allant s'installer face à lui dans le divan.
Il rit aux éclats en levant à nouveau les yeux.
- Tu es très bien.
18. 19. 20.

245

- Ca veut tout dire…, grommela-t-elle.
- Je te trouve bien plus belle comme ça qu'avec ta tenue d'hier.

  24. 25. 26.
- Tu mens. Je suis certaine que tes conquêtes portent des tenues bien plus aguicheuses que des t-shirts trop larges.
- Tu n'as pas besoin de ça, Stella.

  Elle le gratifia d'un sourire ravi et charmé.

  29. 30. 31.
- Il n'est pas un peu tôt pour s'entraîner ? le questionna-t-elle, intriguée.
- Je suis chargé de la collecte de l'après-midi avec Hector alors si je ne m'entraîne pas maintenant, je n'aurai plus le temps après.

  35. 36. 37.
- Qui est chargé de celle du matin ?
- Rico et Vera. Ta mère ne va pas s'alarmer de ton départ ? s'inquiéta-t-il.
- Elle est trop occupée à fêter l'annonce de mon mariage. Je ne connais pas la somme exacte, mais il parait qu'elle a obtenu une dot conséquente pour sa fille chérie, lança-t-elle, amère.
- Ca ne m'étonne pas d'elle, déclara-t-il, visiblement tendu, en continuant ses pompages.

  40. 41. 42.

  Elle observa un moment ses bras se contracter à intervalles réguliers, son corps tout entier se tendre, ses muscles saillants se dessiner, la sueur envahir le bas de son dos, ses lèvres se pincer sous l'effort. Son regard s'attarda sur le Vénézuélien. Elle se concentra sur sa respiration saccadée et sentit son corps juvénile s'embraser.

  48. 49. 50.

  Elle s'allongea sur le divan, étendant ses jambes nues.
- N'essaie pas de me déconcentrer, plaisanta-t-il.

  55. 56. 57.

  Elle émit un gloussement amusé et l'interrogea :

- Tu comptes aller courir après ?
- Oui, aucune exception.
- Je pourrais t'accompagner si tu veux ?

    Il ne put réprimer un rire moqueur.

    69. 70. 71.

    Il ralentit le rythme un instant, surpris de s'apercevoir qu'elle était sérieuse, et retrouva sa vitesse de croisière.

- Courir 10 kilomètres ? A cette heure-ci ? Il pleut des cordes dehors.

    80. 81. 82.

    Estella jeta un rapide coup d'œil à l'extérieur et déclara :

- Il ne pleut plus. Avant je faisais tout avec toi, il me suffit d'enfiler un pull.
- Reste ici. Au chaud. Quand je rentrerai, tes vêtements seront sûrement secs et je te ramènerai chez ta mère.

    89. 90. 91.

    Elle grogna, excédée, avant de cracher, mauvaise :

- Ca ne m'étonne pas.
- Qu'est-ce qu'il y a ?
- Si je suis venue ici, c'est parce que j'avais besoin de toi et tu t'en moques. Tu veux juste aller courir et te débarrasser de moi, s'énerva-t-elle en allant se servir un café.

    98. 99. 100.

    Il s'allongea au sol quelques instants durant lesquels il s'épongea le visage et le torse. Il posa son essuie sur l'appui de fenêtre et enfila un singlet, puis avança vers elle et se plaça dans son dos.

    Romero l'emprisonna dans ses bras verrouillés et déposa un baiser dans son cou dénudé, la faisant frissonner malgré elle. Elle pivota et lui fit face. Et avant qu'elle n'ait eu le temps de dire quoi que ce soit, il la souleva par la taille et la déposa sur le plan de travail comme s'il ne s'agissait que d'une poupée de chiffon.

- Je vais courir parce que c'est ce que je fais tous les jours, mais je suis là pour toi. En attendant, mange quelque chose.
- Je n'ai pas faim.
- Je passerai par la boulangerie en revenant pour te prendre des croissants.
- Je n'ai pas faim.
- Tu en mangeras un, décida-t-il en lui ébouriffant gentiment les cheveux.

Elle prit sa main dans la sienne.

- Je veux juste profiter du temps que je peux passer avec toi tant que c'est encore possible. J'ai une question à te poser et je voudrais que tu y répondes avec la plus grande sincérité.
- Vas-y, je t'écoute.
- Est-ce que tu l'aurais fait si tu en avais eu le droit ?
- Faire quoi ?
- Demander ma main. Est-ce que tu l'aurais fait ?

Elle le fixait droit dans les yeux dans l'attente d'une réponse.

- Réponds-moi, insista-t-elle.

Il se dégagea de son emprise en reprenant possession de sa main et lui répondit froidement :

- Ne commence pas, Sanchez.

Il avait prononcé ce nom comme une insulte, comme un crachat au visage, comme l'ultime laideur de ce monde.

- Tu sais très bien que seul un chef d'une famille ou son second a le droit de demander ta main.
- C'est avec toi que je veux me marier. Il n'y a jamais eu que toi…, lui chuchota-t-elle.

Ses mots résonnèrent dans le silence et elle insista, suppliante :

- Dis quelque chose.
- Je ne veux pas que tu l'épouses, murmura-t-il en caressant sa joue. Ses doigts glissèrent ensuite le long de

son cou, frôlèrent ses épaules décharnées et finirent par atterrir sur ses hanches fines.

Il glissa une main dans le bas de son dos et l'attira tout contre lui tandis qu'elle enroulait ses bras autour de son cou. Elle tenait à le retenir s'il tentait de s'enfuir.

Romero déposa un baiser dans le cou dénudé de la Vénézuélienne dont le corps tout entier se tordait déjà de plaisir avant de réitérer son geste, mais cette fois, plus sensuellement. Estella sentit sa langue douce et chaude frôler, à plusieurs reprises, sa peau. Sous le coup de l'excitation que provoquaient ses lèvres sur sa peau, elle entrouvrit la bouche, désireuse de libérer la pression qui envahissait sa gorge asséchée. Alors qu'elle tentait de retrouver un rythme cardiaque normal, il la contempla. Elle humidifia ses lèvres craquelées par cette fièvre naissante dont elle ignorait tout. Il lui saisit le menton et l'embrassa avec délicatesse, ses lèvres emprisonnant les siennes dans un mouvement expert et avide.

Estella leva la tête et elle reçut son baiser avec passion. Sa bouche tiède, ferme et sensuelle éveilla en elle un feu caché qu'elle ignorait jusque-là. Son sang bouillait dans ses veines. La chaleur de Romero, l'odeur de ses cheveux, sa respiration oppressée, tout contribuait à provoquer en elle une extase telle qu'elle n'en avait jamais connue de semblable. Lorsqu'il relâcha son étreinte, ils étaient tous deux hors d'haleine et Romero s'arracha à elle en réalisant ce qu'il venait de se passer.

- Je n'aurais pas dû.
- Rom…, tenta-t-elle de le retenir lorsque Vera pénétra dans la pièce en les questionnant :
- Je peux savoir ce qu'il se passe ?!

Romero demanda à la jeune femme de les laisser seuls et, anxieuse, Estella dévisagea un long moment le chauve avant de s'éclipser dans la salle de bain. Une fois entre hommes, Romero s'avança vers Vera et l'interrogea d'une voix pondérée :

- Ricardo n'est pas avec toi ?
- Nous avons fini plus tôt et il est directement allé retrouver sa pétasse, lui répondit-il sèchement.
- Il y a un problème ?
- A toi de me le dire, tu es celui que je viens de surprendre avec Estella.
- Il ne s'est rien passé, lui assura Rom, à présent raide.
- Arrête ton manège ! s'emporta le chauve. Cela ne ressemblait pas à rien ! Je te connais et tu sautes sur tout ce qui bouge ! Mais qu'est-ce qu'il vous prend à Rico et toi ?! Vous déraillez méchamment ! La famille est la seule chose qui compte. Elle doit passer avant tout le reste.
- Tu es bien le dernier à pouvoir parler de famille.
- Ce n'est pas moi qui viens de baiser la future madame Sanchez !
- Pour la dernière fois, et je ne me répèterai pas, il ne s'est rien passé. Affaire classée, décréta Rom d'une voix terrifiante. C'est clair ?

Vera acquiesça mollement, d'un air peu convaincu, en se remémorant la tenue et la position de la jeune femme lors de son arrivée. Mais lorsqu'il voulut quitter le salon pour le hall d'entrée, un bras lui barra le passage.

- Est-ce que c'est clair ? l'interrogea à nouveau Romero, froid comme la mort.
- Parfaitement, lui assura son ami chauve en le fusillant du regard, prêt à lui sauter à la gorge.

Le bras s'affaissa, lui libérant la voie, et Vera quitta les lieux en grinçant des dents.

**

Quand Ricardo entra dans le salon, Gina et Vargas qui semblaient, d'une voix étranglée, avoir une discussion animée se turent soudain. Gina avança vers son cadet, prit sa tête dans ses mains et l'interrogea, inquiète, en apercevant les blessures sur le visage de son frère :

- Oh mon dieu, ça va ? Tu vas bien ?
- Oui, ce n'est rien de grave. Que des égratignures, la rassura-t-il tandis qu'elle inspectait ses plaies telle une mère avec son enfant.
- Où est celui qui t'a fait ça ? le questionna-t-elle brusquement folle de rage.
- Il est au sous-sol. Il est encore dans les vapes, mais je l'ai tout de même attaché à une chaise.
- Que s'est-il passé ?
- Il nous agressé, Marie et moi, l'éclaira-t-il.
- Que comptes-tu faire de lui ? continua-t-elle son interrogatoire toujours d'une humeur aussi massacrante.
- A ton avis ? Je vais l'obliger à me dire qui est la personne qui l'a engagé.
- Tu dois te débarrasser de lui ! le commanda-t-elle.
- Pas avant qu'il ne m'ai dit tout ce qu'il sait. Il avait l'adresse de Marie, bon sang ! se crispa le jeune homme.
- Encore cette fille..., souffla-t-elle, mauvaise.
- Cette fille a failli être...

Les mots murent dans sa gorge et il enchaîna, la voix brisée et le coeur triste :

- Je l'ai mise en danger et je dois désormais m'assurer qu'elle ne court plus aucun risque par ma faute.
- On aurait jamais dû la mêler à nos histoires, c'était bien trop dangereux pour nous et surtout pour elle, lui lança-t-elle, piquante.
- Tu as raison, c'est entièrement de ma faute, lui concéda son frère.
- Assure-toi de le faire parler, ordonna Gina au borgne, appuyant ses paroles d'un regard furieux et dictateur.

Le cinquantenaire s'exécuta dans la seconde, quittant la pièce avant de disparaître dans les escaliers menant au sous-sol.

Ricardo prit son visage dans ses mains, prenant un instant pour réaliser la gravité de la situation. Marie était désormais une cible facile pour tous ennemis des Velázquez.

Il prêta soudain plus d'importance à la courte robe blanche dont sa soeur était vêtue, doublée de dentelle, elle était très élégante.

- Où comptais-tu aller ? l'interrogea-t-il.
- Au Chicas voyons, les filles sont déjà sur place. Nous allons fêter dignement les fiançailles d'Uriel Sanchez et de ma petite Estella.
- A propos de ça, il faut qu'on parle, l'interpella-t-il en se tenant à nouveau parfaitement droit.
- Non, nous n'allons pas discuter de ça, mon frère car c'est inutile. Ta nièce ne fait pas exception, trancha-t-elle. Nous sommes une famille et dans une famille, il y a des règles à respecter et des sacrifices à faire. Il est temps qu'elle remplisse son devoir envers les siens tout simplement, lui assura-t-elle en caressant, bienveillante, la joue de son frère quand un puissant cri de douleur les firent sursauter.

Rico plongea en direction du sous-sol, lieu d'où lui avait semblé provenir le cri. Une fois dans la cave, il découvrit avec horreur l'assaillant qui, quelques heures plus tôt, avait pénétré chez Marie et dont le corps sans vie était retenu à la chaise par ses liens uniquement. La gorge tranchée si profondément que les os étaient l'unique raison pour laquelle sa tête n'était pas séparée du reste du corps.

- Vieux fou ! vociféra Rico à l'attention du borgne.
- Calme-toi, lui ordonna celui-ci en apercevant l'ombre de Gina dans les escaliers, qui écoutait avec attention quelle réponse il allait lui donner. Les Borracha, l'informa-t-il, ce sont eux qui sont derrière cette attaque.

- Les Borracha ? s'étonna le jeune homme, ayant soudain retrouvé son calme. Comment ont-ils su pour Marie ? Et pourquoi l'attaquer elle alors qu'ils savent que nous les avons à l'oeil ? Ca n'a pas de sens et ça ne ressemble absolument pas à Gustavo.
- Selon lui, intervint le borgne en désignant du menton le cadavre ensanglanté, plusieurs de leurs hommes t'auraient suivi et auraient découverts l'existence de la blanche, Rico ne releva pas, ainsi que son adresse. Apparemment tu n'es pas très prudent concernant sa sécurité, lui reprocha le cinquantenaire avant de continuer énervé, bon si tu le permets, j'ai un corps dont je dois me débarrasser.

Sans attendre de réponse de sa part, Vargas entreprit de défaire les liens qui liaient le corps à la chaise et Gina descendit les escaliers, quatre à quatre.

- Fais attention à toi, ordonna-t-elle à son frère. Les Borracha ont définitivement choisi leur camp. Surtout ne fais rien aujourd'hui. Je vais parler à Gaspar. Maintenant, va te préparer pour la fête de ce soir.
- Je dois aller chercher Marie.
- C'est trop risqué, il pourrait te tendre une embuscade, tenta de l'en dissuader sa sœur.
- Je refuse de la laisser livrée à elle-même. Je vais passer la prendre et la convaincre de rester quelques jours avec nous, afin qu'elle soit en sécurité jusqu'à ce que cette affaire soit tirée au clair.

Gina soupira et capitula en serrant les dents :

- Tu as raison, c'est de ta faute si elle court de tels risques. La moindre des choses est de t'assurer qu'elle ne soit plus en danger. Amène-la ici. Nous allons prendre soin d'elle.
- Merci.
- De rien, mon chéri. Je t'aime. Fais attention à toi, lui cria-t-elle alors qu'il se dirigeait déjà vers le salon.

Vargas marqua un temps d'arrêt et Gina s'approcha de lui aussi langoureuse que d'ordinaire. Elle grimaça et il écarta ses mains couvertes de sang le plus loin possible de la Vénézuélienne à robe blanche. Elle s'avança encore davantage et il l'interrogea, inquiet :

- Alors ?

Un sourit étira le splendide visage halé de la Sud-américaine et elle lui rétorqua dans un roucoulement suave :

- Tu étais parfait.

Elle embrassa le coin de ses lèvres tandis qu'elle caressait lentement son entre-jambe, lui arrachant un geignement animal. Puis elle recula, jeta un coup d'oeil au cadavre et l'informa d'une voix sûre d'elle et directive qu'elle employait d'ordinaire :

- Tout le monde doit être au Chicas à 20h00 et ne sois pas en retard, les Sanchez seront là. Et s'il-te-plaît, essaie de ne pas laisser du sang partout, tu sais bien à quel point c'est difficile à nettoyer une fois séché.

Il acquiesça et elle quitta le sous-sol. Elle avait encore beaucoup à faire. Après tout, cette guerre avec les Borracha et ce mariage avec une des familles mafieuses les plus puissantes d'Europe n'allaient pas se préparer tout seul.

***

Ricardo Velázquez entra brusquement dans l'appartement de sa bien-aimée et ne l'apercevant pas dans le salon, se dirigea dans la chambre. Marie bondit sur ses pieds, essuya rageusement ses larmes du revers de la main et s'emporta :

- Quel culot d'oser revenir comme si de rien…

Il la saisit, l'emprisonnant avec témérité dans ses bras puissants et l'embrassa passionnément. Marie tenta de retrouver ses esprits, ressentit une indéfinissable palpitation et lui demanda, incrédule :

- Pourquoi es-tu revenu, cowboy ?
- J'ai eu tort… à propos de tes amies, … à propos de ta famille… tu m'en parleras quand tu seras prête, mais quoi qu'il en soit, je t'aime et je veux que tu viennes passer quelques jours chez moi le temps que ça se calme.
- Chez toi ? Avec ta sœur ? l'interrogea-t-elle, une lueur d'effroi dans les yeux.
- Ne t'en fais pas, je serai là pour m'occuper de toi et te protéger.
- T'occuper de moi ?
- En effet, mademoiselle Chevalier, lui confirma le séduisant Vénézuélien. Alors ? Partante ?
- Ca dépend… Je peux emporter une hache ?

Ils s'esclaffèrent et s'embrassèrent amoureusement.

Ricardo plaça, dans un sac de sport, plusieurs blouses, deux pantalons et des sous-vêtements, que des affaires essentielles à sa bien-aimée, lorsque son téléphone vibra dans sa poche. Un message reçu.

Envoyé par Vera à 12h12.
Où es-tu ? Je dois te voir immédiatement. C'est au sujet de Rom et Estella.

Marie observait le Vénézuélien rassembler quelques vêtements, lui, l'homme qu'elle aimait passionnément, et une énorme vague d'amour l'envahit.

Par amour pour lui, elle s'apprêtait à pénétrer dans la tanière du grand méchant loup.

Elle ne se faisait aucune illusion sur l'identité de celle qui avait planifié l'attaque à son encontre. Gina était l'unique responsable. On dit qu'il faut être proche de ses amis et encore plus de ses ennemis. Ce serait son cas.

Elle enfilerait le costume du mouton innocent prêt à se faire dévorer par les bêtes. Elle partait désavantagée, mais elle était prête à tout risquer pour être aux côtés de son aimé. Elle se battrait. Elle se battrait bec et ongles. Elle se battrait pour sa vie.

255

Elle se battrait jusqu'à ce que tout souffle de vie ait abandonné son corps.

Elle vaincrait les bêtes féroces ou serait dévorée par elles.

Partie 4 :

Bienvenue dans la famille.

Il était une fois au Venezuela 1ère partie :

Caracas. 12 mai 1984. 11h36.

Un soleil de plomb frappait avec force les murs de l'enceinte protégeant la villa.

La vieille camionnette attendait, vrombissante, devant le portail de l'entrée. Deux tourelles surplombaient la grille permettant aux gardes, jumelles et fusil au poing, de surveiller les allées et venues de chacun autour de la propriété. Un autre surveillant était posté devant le portail. Sa mission était de ne laisser entrer que les personnes ayant un rendez-vous.

Barbu, le front et les joues rougis par la chaleur assommante, l'homme d'une trentaine d'années portait un t-shirt sans manches de couleur bleu clair, délavé et poussiéreux, un short en jeans, de vieilles baskets et un chapeau de paille pour se protéger d'une insolation menaçante.

Ses bras musclés tenaient fermement un modèle de mitraillette que l'on pouvait facilement trouver dans la région. Les aisselles suintantes, il frotta de sa paume droite l'excédent de sueur qui s'était accumulé sous celles-ci, se racla bruyamment la gorge puis cracha au sol tel un lama.

De son côté, le conducteur de la camionnette ne montrait aucune forme d'impatience, malgré le fait qu'il attendait déjà depuis un laps de temps conséquent. Le son de la radio était mis au minimum et on pouvait, avec difficulté, déceler les voix de chanteuses latinos au rythme des musiques traditionnelles.

Tout le monde dans les environs craignait et respectait cet endroit, la propriété des Garcia.

Les Garcia formaient une des familles les plus puissantes du Venezuela.

Originaires de Colombie, ils avaient passé la frontière et s'étaient installés à la sortie de Caracas. Puissants trafiquants de drogues, ils possédaient d'énormes plantations de coca aux alentours du village où ils avaient grandi.

La coke était produite en Colombie, avant d'être amenée au Venezuela où elle était stockée et où son prix était négocié. Une fois que celui-ci avait été fixé et les accords passés, la drogue était acheminée via le Mexique, grâce à des arrangements et des trêves conclues avec plusieurs cartels mexicains avant, d'être exportée aux Etats-Unis et vers l'Europe.

L'Amérique du Nord était l'endroit d'où venaient les principaux bénéfices financiers car les cartels partenaires et la corruption omniprésente au Mexique permettaient d'acheminer la drogue en grande quantité. L'Europe restait plus difficile à alimenter. Il fallait faire parvenir la marchandise dissimulée dans des conteneurs à travers les différents ports ou via avions.

Les Garcia ne trempaient pas dans les jeux, la prostitution ou le trafic d'armes. Seule, la drogue était leur business. C'est ce qui rapportait le plus de toute façon.

Composée de bouchers, cette famille était réputée pour être extrêmement violente, et cette réputation, ils l'entretenaient à merveille.

En quelques années seulement, Juan Carlos, le chef du clan, était devenu un des trafiquants les plus craints et les plus protégés du Venezuela.

Soudain, le garde posté devant la grille sembla réaliser la présence de la camionnette et après avoir lancé un regard menaçant au chauffeur, s'approcha de la fenêtre qui avait été au préalable baissée au maximum tant la chaleur était étouffante.

Terrifié, le conducteur marmonna une prière rapide et fit un signe de croix discret, touchant du bout des doigts les grigris qui pendouillaient au rétroviseur dangereusement bancal.

Une fois à son niveau, le garde, qui affichait un rictus à la fois malsain et effrayant, pointa son arme dans sa direction afin de l'intimider et le questionna sur les raisons de sa présence. Le chauffeur baissa les yeux et lui répondit, la voix tremblante et les mains moites, qu'il se contentait d'effectuer la livraison comme le lui avait demandé Juan Carlos Garcia. Le garde hésita et ordonna au conducteur de ne pas bouger tandis qu'il inspectait le contenu de son chargement. Il s'exécuta et attendit, anxieux que la fouille du véhicule ait été effectuée.

Le garde essuya son front humide à l'aide de son avant-bras, sentit sa gorge sèche et but une gorgée à même la petite bouteille d'eau qui était glissée dans sa ceinture en cuir brun puis ouvrit le van. Sans surprise, il découvrit, à l'arrière de la camionnette, des enfants.

Agés de sept à treize ans, ils étaient neuf à être entassés les uns sur les autres, épuisés par le sommeil, la faim et la chaleur terrassante. Le trentenaire les observa quelques secondes et compta six garçons et trois filles.

Son regard s'attarda un instant supplémentaire sur l'une des fillettes. Celle-ci était allongée dans le coin gauche de la camionnette. Elle semblait occuper cette place pour elle uniquement alors que le reste des enfants était entassé dans le coin opposé. Le visage de l'enfant était en partie dissimulé par de longs cheveux foncés. Soudain, la fillette leva les yeux vers le garde qui tentait d'apercevoir son visage malgré l'obscurité qui régnait dans le fond de la camionnette et, retroussant ses babines, poussa un petit cri tel un félin cherchant à garder un adversaire à distance.

Amusé par la réaction de la gamine, il sourit et referma avec brutalité la porte du fourgon.

Les enfants étaient à nouveau emprisonnés dans le four que semblait désormais être devenu le véhicule dont le moteur, toujours au ralenti, piaffait bruyamment, s'impatientant lui aussi de cette chaleur et de cette attente.

Le conducteur sursauta lorsque l'homme de main réapparut à sa fenêtre. Il aurait voulu lui demander si tout allait comme il le voulait, mais pensa, à juste titre, qu'il valait mieux demeurer silencieux.

Soudain, le garde saisit un talkie-walkie de la main gauche, arborant au dos de celle-ci la marque de la famille, une croix vénézuélienne. Tatouée sur le corps, le plus souvent sur le dos de la main gauche car seules les personnes de grande importance dans la famille avaient l'honneur de pouvoir les porter sur d'autres parties du corps. Il prévint son interlocuteur de l'arrivée en approche et les portes du portail s'ouvrirent lentement.

D'un signe de tête, le chauffeur remercia le garde qui lui lança un autre regard sombre et menaçant tandis qu'il observait la camionnette pénétrer dans l'enceinte de la propriété.

Chapitre numéro vingt-deux :

Polémique et tranquillisants.

De nos jours.

Qu'avait-il fait pour mériter ça ? Une vie saugrenue, une famille dérangée, une sœur enragée et une compagne antipathique qui arrivait, quelles que soient les circonstances, à se mettre tout le monde à dos.

Ricardo aurait dû deviner que la cohabitation entre une bande de Vénézuéliens arriérés et une bruxelloise asociale, caractérielle et mauvaise langue ne se ferait pas sans étincelles. Pourtant, il y mettait du sien. Mais il avait beau faire son possible pour instaurer une entente tacite entre sa compagne, Marie et les membres de sa famille ; les choses finissaient toujours par dégénérer.

C'était inévitable.

Cela faisait un peu plus de six mois que Marie et lui avaient emménagé ensemble avec Romero et Vera. Il était évident qu'il leur était impossible d'aller vivre en compagnie de Gina, Gaspar, Estella et Vargas comme le faisait auparavant Ricardo qui avait rapidement réalisé que sa sœur aînée et la Bruxelloise ne pouvaient se trouver dans la même pièce qu'un laps de temps particulièrement restreint au risque de se provoquer en combat à mort.

Il était donc dans son intérêt d'éviter au maximum toutes confrontations de ce genre s'il ne voulait pas subir le courroux de ces deux déesses prêtes à s'affronter en duel, l'anéantissant au passage pour le punir d'être l'unique responsable de cette situation.

Quant à Romero, il n'avait pas moufté à leur arrivée. Il avait même aidé le couple lors de leur emménagement. Depuis le départ, il avait été le seul à ne pas prendre part à cette polémique « anti-Marie » qui se répandait parmi la communauté vénézuélienne.

D'un autre côté, Romero devait admettre qu'habiter sous le même toit qu'une femme avait ses avantages. La Belge veillait constamment à ce que la demeure ne se transforme pas en squat, ne sente pas le renfermé et reste propre et rangée. Rom se moquait pas mal de cette brunette qui provoquait une telle controverse. Il n'avait pas de sympathie particulière pour elle et ne voyait pas non plus d'un bon œil le fait de fréquenter quelqu'un d'externe à la famille. Néanmoins, il savait que son avis n'influencerait en rien le comportement de son ami qui était visiblement très épris de la jeune femme. Pour Rom, les choses étaient simples. Il n'aimait pas spécialement Marie, mais ne la détestait pas pour autant. Il laissait donc les choses suivre leur cours et attendait de voir vers quoi tout cela allait évoluer.

Il voyait seulement que son ami de toujours, celui qu'il considérait comme un frère, était heureux avec elle et ça lui suffisait amplement.

Il se contentait donc de s'occuper de sa fille et de satisfaire ses multiples conquêtes plutôt que de se mêler des affaires des autres.

Toutefois, Vera ne voyait pas les choses sous cet angle. Cela faisait plusieurs années qu'il proposait à Rico de venir s'installer avec eux. Une maison, trois potes, des filles et de la tequila : le paradis sur Terre. Au lieu de ça, la présence de la jeune femme avait, selon lui, fait de cette maison un enfer. Il la haïssait et ne manquait jamais une occasion de le faire savoir. Sa relation avec Marie consistait à la critiquer à chaque fois qu'il la croisait. Parfaitement conscient de son comportement puéril, il tentait à l'occasion de faire des efforts, mais il retombait rapidement dans ses travers. Il ne pouvait pas s'en empêcher. Il ne la supportait pas. C'était plus fort que lui. Il n'y pouvait rien. C'était une réaction physique. Il était allergique à ce bout de femme horripilant.

Ricardo pénétra dans la demeure à bout de souffle et, entrant en trombe dans le salon, interrogea, inquiet, son ami chauve :
-   Ca va ? Rien de grave ? Tu as dit que c'était urgent.
    Vera souffla bruyamment, fulminant, avant de lui rétorquer, exaspéré :
-   Parce que ça l'est ! Ta nana est en train de tout casser à l'étage ! Encore !!!
-   Tu pouvais t'en charger, non ? s'insurgea le séduisant Vénézuélien.
-   Tu veux vraiment que je m'en charge ? polémiqua le chauve, mécontent. Car je te préviens, si je monte, je vais la tuer. C'est ça que tu veux ? Dans ce cas, tu n'as qu'un mot à dire et je nous débarrasse de cette emmerdeuse une fois pour toutes.
-   Je vais m'en occuper, trancha Ricardo qui reprenait son souffle.
    Assis sur le tapis du salon, Romero étouffa un rire amusé en continuant de regarder sa fille jouer à la poupée. Rico donna une légère tape sur l'épaule de Rom en guise de salutation, s'approcha de l'enfant et lui déposa un baiser sur le front avant de se diriger vers l'escalier qui menait à l'étage, montant les marches quatre à quatre.
-   Qu'elle fasse attention ! le mit en garde le chauve qui n'en démordait pas. J'ai un ami qui peut, sans problème,

me fournir des tranquillisants pour chevaux Alors,
qu'elle se méfie...

Chapitre numéro vingt-trois :

Casanova du ghetto.

Cette ancienne maison de maître dans laquelle Rom, Vera, Rico et Marie avaient élu domicile avait été acquise cinq ans auparavant par les Velázquez. Bâtisse en ruine dont personne ne voulait. Trop de travaux. Trop de main d'œuvre nécessaire. Jugée trop coûteuse à remettre en état, la maison n'attirait pas grand monde. Gina l'avait remarquée un jour grisâtre en effectuant une courte promenade avec Vargas dans une rue avoisinante. La localisation de celle-ci, non loin de la leur, était son principal atout. Gina avait, sur-le-champ, décidé de l'acheter. Elle avait négocié. Elle était douée. Vargas s'était également montré très persuasif.

Le vendeur y avait perdu sa culotte, la leur laissant pour une bouchée de pain.

Les travaux à effectuer étaient colossaux. Julio et Hector avaient, de ce fait, rejoint l'équipe de travailleurs composée de Vargas, son fils, le chauve et Rico. Gaspar n'avait pas participé. Gina lui avait laissé croire que ce n'était pas son rôle en tant que chef de cette famille ; mais en réalité, il aurait été inutile. Incapable de planter un clou, il n'était décidément bon à rien.

L'étendue des travaux s'était vite imposée.

Ils avaient dû abattre toutes les cloisons. Seuls les murs porteurs avaient évité ce sort et étaient sortis indemnes de l'hécatombe. Il leur avait fallu refaire l'électricité en totalité, l'isolation des murs, la plomberie ; remplacer le système de chauffage, les sanitaires ainsi que certaines fenêtres ; résoudre les problèmes d'humidité ; placer du nouveau carrelage et repeindre l'entièreté du bâtiment. Cependant, ils avaient été chanceux, la toiture n'avait pas dû être refaite, jugée encore en très bon état par Vargas qui avait une certaine expérience dans la rénovation de bâtiments, une expérience uniquement acquise sur le tas.

Il était évident que cette demeure était bien trop imposante pour deux personnes, mais Vargas avait insisté auprès de Gina pour qu'elle appartienne à son fils. Elle avait été dans l'obligation d'accepter étant donné que cela avait été l'unique demande du borgne depuis qu'ils se connaissaient. Elle aurait voulu refuser, mais une maison pour plus de vingt ans de confiance et de loyauté, il ne fallait pas pousser. Elle y gagnait au change.

Elle avait donc approuvé sa demande. A contrecœur. Sur le coup, elle avait pensé qu'après tout, Romero était loin d'avoir une espérance de vie très élevée. Bien trop nerveux, bagarreur et autodestructeur pour couler de vieux jours paisiblement. La maison reviendrait certainement plus vite qu'elle ne l'imaginait aux mains des Velázquez, autrement dit les siennes.

Le sous-sol étaient composé de deux caves de rangement et d'une chaufferie. Le rez-de-chaussée se constituait d'un hall d'entrée dans lequel s'élevait un imposant escalier menant aux différents étages, un salon, une salle à manger, une cuisine, un wc ainsi qu'un bureau aménagé en chambre, celle occupée par Romero. Au premier se trouvait un corridor menant à deux immenses chambres, celle du chauve et celle du séduisant Vénézuélien et de sa compagne, deux salles de bain et un bureau que Marie nommait, à juste titre, l'armurerie. Le second étage, composé de trois grandes pièces en enfilade, ne servait que d'espace de stockage.

Malheureusement, tous les éléments d'origine avaient disparu lors de la rénovation : cheminées décoratives, hauts plafonds, moulures,... Néanmoins, ils avaient la chance incroyable de posséder un petit espace jardin bien orienté et respirant la quiétude, chose rare dans ce quartier de la capitale européenne.

Ricardo pénétra dans la chambre qu'il occupait avec la Bruxelloise et découvrit le désastre. La jeune femme avait mis la pièce sens dessus-dessous. La garde-robe avait été vidée et son contenu répandu sur le sol, formant un mélange multicolore de vêtements froissés parmi lesquels se trouvaient des morceaux d'objets de décoration brisés.

- Madre mia ! Maria, qu'est-ce qu'il se passe ?! s'emporta-t-il devant ce spectacle désolant.
- Je me casse, voilà ce qu'il se passe ! cracha la jeune femme.

Il l'observa mettre des affaires dans une petite valise rectangulaire de couleur rose fuchsia, dont l'une des roulettes avait été cassée lors d'un précédent épisode de ce genre, balançant à l'autre bout de la pièce tout ce qui lui passait dans les mains et qui ne présentait aucun intérêt, avant de l'interroger d'un calme déconcertant :

- Pourquoi fais-tu ton sac ?
- Tu es sourd ou simplement crétin ?! explosa-t-elle. Je rentre chez moi !
- Pourquoi veux-tu partir, cette fois ? souffla-t-il, indigné.

Elle s'immobilisa et le foudroya du regard avant de l'éclairer :

- Cette fois ? Cette fois ?! Pour la même raison que toutes les autres fois !
- Ecoute, on en a déjà parlé. Tu sais que je ne peux pas tout quitter comme ça. Tu dois encore me laisser un peu de temps.

Il avait baissé d'un ton pour s'assurer qu'aucune oreille indiscrète n'aurait vent de ce à quoi il faisait allusion.

- Encore un peu de temps, c'est toujours ce que tu dis ! s'emporta-t-elle derechef. Tu n'es qu'un sale menteur !
- Je te dis la vérité, Babe.
- Pour la centième fois, ne m'appelle pas comme ça ! Et tu mens, tu me mens toujours !
- Quand est-ce que je t'ai menti ? la scruta-t-il, vexé.
- Oh, un conseil, ne joue pas à ce jeu-là avec moi ! Tu te souviens lorsqu'une espèce de Hulk m'a agressée et que tu m'as convaincue que tout irait bien si je te suivais dans ta famille.
- C'était il y a six mois ! geignit-il, exaspéré.

Rageuse, Marie ajouta une paire de tongs dorées dans ses bagages. Elle était dans un tel état d'énervement qu'elle ne distinguait plus les vêtements qu'elle devait mettre dans sa valise et ceux dont elle ne devait pas s'encombrer. Elle marmonna quelques reproches avant de reprendre son rabâchage habituel :

- Justement ! Ca signifie que ça fait six mois, une demi-année, que j'aurais dû prendre mes cliques et mes claques et me barrer d'ici ! Quelle idiote je suis !
- Sois un peu patiente, Maria, tenta de la calmer Ricardo en s'approchant de son aimée.
- Patiente ?! Je l'ai déjà été trop longtemps ! Tu n'arriveras jamais à quitter cette vie ou tu te feras tuer avant !
- Il ne va rien m'arriver, voyons.

Un vase fendit l'air dans sa direction et ce fut de justesse que le Vénézuélien parvint à l'éviter. L'objet termina sa course en se brisant contre le mur dans son dos.

- Il n'y a pas deux mois, tu t'es pris une balle dans l'épaule, tu aurais pu y rester !
- Viens, mon amour, l'invita-t-il en tendant ses bras puissants vers elle.

- Ne t'approche pas de moi ! rugit-elle, exaspérée. Tu crois réellement que ton numéro de Casanova du ghetto va encore marcher ?!
- Tu crois honnêtement que je te mens ? Tu crois réellement que je n'ai pas envie qu'on soit bien tous les deux ?
- Si tu étais sincère, tu aurais déjà quitté cette vie de merde depuis longtemps et on serait heureux ; au lieu de ça, regarde-nous ! lui reprocha-t-elle. Je ne vivrai pas comme ça toute ma vie !
- Je sais, mon amour et tu n'auras pas à le faire. Je t'ai fait une promesse et je compte bien la tenir.
- Je veux rentrer chez moi, grommela-t-elle, et je veux que tu viennes avec moi.
- C'est ce que je veux aussi. Bientôt mon cœur… Je te jure que ce sera le cas... très bientôt.
- C'est promis ? le questionna la brune d'une voix douce et fébrile à la fois.
- Juré. Je t'aime tellement, lui confia-t-il, sincère.
- Je t'aime aussi.
- Je t'ai déjà dit à quel point tu étais magnifique ?
- Non.
- Vous êtes magnifique, madame Velázquez.
- Je t'ai déjà dit que tant que tu n'auras pas quitté ta famille de tarés, ça restera mademoiselle Chevalier, après on verra…
- Je sais. C'est seulement que… Si tu savais à quel point tu comptes pour moi. J'ai besoin de toi à mes côtés.
- Je suis là.
- Tu veux qu'on passe la soirée rien que tous les deux ?
- Tu veux dire sans ta horde de tueurs sanguinaires ?
  Il sourit, diverti par son humour.
- Tu ne dois pas voir Vera, ce soir… comme tous les soirs, histoire de planifier vos massacres ? intervint la Bruxelloise.
- Maria…

- Ca va, j'arrête.
- Je n'aurai qu'à le voir tôt au matin.
- Ca lui donnera une excuse supplémentaire pour m'en vouloir et me détester.
- Il ne te déteste pas, le défendit Rico. Il est juste… Vera. Il ne te fait pas confiance, c'est tout.
- Je ne comprends pas pourquoi tu es ami avec ce type. Romero, au moins, il peut être marrant et il sait comment faire la fête.
- Si tu connaissais Vera aussi bien que moi, il te plairait, fais-moi confiance sur ce point.
- Je suis sceptique…
- Tu veux que je passe chercher de la tortilla chez ma sœur ? lui proposa le séduisant jeune homme.
- Hors de question ! A tous les coups, elle aura empoisonné ma part. De toute façon, je n'ai pas faim.
- Tu devrais te changer les idées et aller faire les magasins avec Jess et Séverine.
- Tu dis ça parce qu'elles t'apprécient.
- Tout le monde m'apprécie au cas où tu ne l'aurais pas remarqué.
- Elles t'apprécient uniquement car elles pensent, à tort, que ta famille est dans la vente d'aspirateurs. Si elles savaient la vérité, Jess te ferait passer un sale quart d'heure et crois-moi, elle a une sacrée droite.
- Sérieusement, tu devrais passer un peu de temps avec elles, lui conseilla le jeune homme.
- C'est vrai et puis, je n'ai pas encore trouvé de robe pour le mariage d'Hector.
- Tu as encore du temps.
- Mine de rien, ça se rapproche… Tu as réfléchi à ce que tu veux qu'on lui offre ?
- Je vais m'en occuper, lui assura-t-il avant de lui demander, un sourire ravageur au coin des lèvres, et moi, je n'ai pas droit à un cadeau ?

- Tu n'as pas été assez sage. Tu ne mérites absolument rien.
- Vraiment ?
- Qu'est-ce que tu voudrais ?
- Toi.
- Quel dragueur minable ! J'ai vraiment le sentiment que tu te ramollis, tu n'es plus aussi doué qu'au début de notre relation.
- Oh, ça c'était petit et mesquin surtout que j'ai quand même mon petit succès…
- Je n'en reviens pas ! Tu remets vraiment ça sur le tapis ?! tonna Marie.
- Mais de quoi tu parles ? tenta-t-il de comprendre.
- Tu étais en train de parler de cette espèce de pygmée attardée qui te faisait du rentre-dedans au Chicas !
- Pas du tout !
- La ferme ! C'est fini, tu n'as plus le droit à la parole ! rugit-elle en le repoussant vivement.

**

« Ca y est, ça recommence » remarqua Vera, hors de lui, en percevant les hurlements hystériques de la Bruxelloise ainsi que des bruits d'objets percutant à nouveau les murs.
- Chacun passe son temps comme il peut, intercéda Romero en riant.
- Elle va finir par démolir cette baraque et toi, tu te marres. Comment peut-il la supporter ? Si c'était moi, je t'assure que ça ferait longtemps que je m'en serais débarrassé. Je sais même comment je ferais… Tu te souviens du lac près de la frontière française où on était passé avec Hector, c'est là que je la balancerais, les deux pieds dans le béton.
- T'es vraiment con. On sait, tous les deux, que tu en serais incapable alors arrête un peu ton cinéma. Moi, je ne sais pas, je la trouve sympa et puis, elle est loin d'être

moche. Je comprends Rico. Si j'étais à sa place, j'en aurais rien à foutre qu'elle casse tout.
- Vous me désespérez tous les deux, souffla Vera, indigné.

***

Haletants, ils tentaient de stabiliser leur rythme cardiaque et de reprendre leur souffle lorsque le séduisant Vénézuélien taquina sa bien-aimée avec une lueur d'arrogance dansant dans ses grands yeux sombres :
- Tu sais que tu n'es pas obligée de retourner la chambre et de me hurler dessus à chaque fois que tu veux faire l'amour.
- Oh, ne te lance pas des fleurs, beau gosse, lui rétorqua Marie en grimaçant, tu n'es pas si bon que ça.
- Vraiment ? Ca n'a donc rien à voir avec le fait que tu as un mal fou à reprendre ton souffle ? la taquina Ricardo.
- C'est uniquement dû à la chaleur.
- Menteuse.
Elle rit joyeusement, lui offrant la vision d'une rangée de dents parfaites, blanches et alignées.
- Prouve-moi que j'ai tort... A moins que tu ne sois attendu ailleurs ?
- Le reste peut attendre. Dis-moi, tu comptes toujours faire ta valise et me quitter ? la sonda le jeune homme au corps perlé de sueur.
- Disons que je peux remettre ça à demain, le taquina-t-elle en replaçant la couverture, les recouvrant en totalité, tandis qu'il fondait sur elle avec passion.

***

Le chauve jeta un coup d'œil assassin à l'horloge du salon et dut se rendre à l'évidence qu'il était en train d'attendre pour rien.

- Ils ne sont pas prêts de descendre, constata Romero qui était toujours assis à même le sol aux côtés de sa petite fille.
- Merci, j'avais deviné, grognassa Vera, contrarié. Tu comptes faire quoi ? le questionna-t-il.
- Je suis embêté car la mère de la petite devait venir la chercher, mais elle a sonné pour prévenir qu'elle avait un empêchement. Elle ne viendra que ce soir.
- Et ? lui rétorqua le chauve, perplexe.
- Et j'ai rendez-vous avec une petite cubaine hors compétition dans moins d'une demi-heure.
- Putain, Rom, pour une fois que tu as ta gamine, lui reprocha Vera.
- Vilain mot ! le réprimanda l'enfant.
- C'est vrai, ma puce, la félicita son père en ébouriffant sa tignasse épaisse avant de quémander à nouveau à son ami, tu pourrais la garder un peu pendant…
- Oublie ça sur-le-champ, le coupa le chauve. De un, je ne suis pas une nounou. De deux, je suis nul avec les gosses. De trois, je ne les aime pas. De quatre, je ne suis pas une nounou !
- Arrête, tu sais qu'elle t'adore.
- Moi, je ne l'aime pas, lui rétorqua Vera, hargneux.
- Depuis quand t'aimes pas ma fille ? l'interrogea le père dont le sourire s'était soudain évanoui.
- Depuis que je dois jouer les baby-sitters !
- Ce ne sera pas long.
- Et qu'est-ce que je suis censé faire ?
- Je ne sais pas. Joue à la poupée ou fais semblant de faire la cuisine.
- C'est une blague ? Dis-moi, tu te crois drôle ?
- Fais preuve d'imagination, mais surtout interdiction d'utiliser couteaux ou flingues. Et évite de lui montrer une technique de combat ou de courir un marathon, elle suit toujours son nouveau traitement alors il ne faut pas forcer.

- File vite avant que je change d'avis, finit par accepter son ami.
- Tu es le meilleur, le remercia le père en lustrant le crâne brillant du chauve.
- Je t'emmerde.
- Vilain mot ! le réprimanda à nouveau la fillette.
- Je sens qu'on va bien s'amuser tous les deux, déclara Vera en affichant un sourire forcé.

Chapitre numéro vingt-quatre :

Querelle de restaurateurs.

La vendeuse sortit de sa rêverie. Elle s'était perdue dans l'admiration du panneau publicitaire placé en face de la vitrine du magasin dans lequel elle travaillait depuis bientôt cinq ans. Sur l'affiche, on pouvait voir un mannequin à la longue chevelure dorée portant une robe de haute couture dans les tons bordeaux.

Son rêve d'être une star de cinéma ou une figure de mode lui était passé sous le nez, depuis longtemps et elle s'était résignée à travailler dans cette boutique de robes de soirée pas chères de la capitale pour payer le loyer et les factures.

Son patron, un pakistanais au nom imprononçable, lui permettait d'avoir un horaire flottant et elle profitait d'une remise de 20% sur tous les articles du magasin : robes, ensembles, tailleurs, chaussures, bijoux et accessoires.

Elle ne pouvait pas se plaindre.

Toutefois, certaines clientes lui faisaient amèrement regretter de ne pas s'être lancée dans la mode ou d'avoir repris ses études de comptable comme ses parents le lui avaient suggéré.

Elle jeta un coup d'œil furtif en direction des cabines d'essayage lorsqu'elle aperçut à regret que les trois clientes, qui étaient présentes depuis deux bonnes heures, n'en avaient toujours pas fini.

"Elle ne me va pas non plus !" s'écria Marie à l'attention de ses amies. "Elle me boudine." se plaignit-elle en refusant de quitter la cabine.

- C'est impossible, tu n'as pas de ventre, la contredit Jessica qui commençait par être accablée, à la fois, par la chaleur et l'ambiance "girly" qui régnait dans le magasin. Tu as déjà vu une planche à pain boudinée, toi ?
- Je sais ce que je vois, lui rétorqua la brune en refusant de les laisser voir le résultat porté, et je ne ressemble pas à une planche à pain. J'ai de la cellulite, je te signale.
- C'est ton cerveau qui est boudiné, se moqua sa meilleure amie.
- Comment veux-tu qu'on te conseille dans le choix d'une robe si tu ne nous laisses pas te voir les porter ? la questionna Séverine qui tenait dans ses bras, une autre pile de robes potentielles à essayer.

Jessica soupira bruyamment avant d'ajouter, contestataire :

- Au point où tu en es, tu ferais mieux de choisir au hasard. Prends n'importe laquelle et barrons-nous d'ici, j'ai faim.

Marie passa la tête hors de la cabine et lança à son amie en riant :

- Voilà donc le fond du problème, tu as faim.
- Evidemment, j'ai faim, se plaignit Jess. Je n'ai pris qu'un bol de céréales ce matin.
- Un bol ? s'assura Séverine, perplexe.
- Bon, un grand bol, finit par avouer son amie. Mais ça reste un bol et ce n'est pas assez. Et puis, je ne comprends pas pourquoi tu mets autant de temps à choisir une robe ? Moi, je suis du genre rapide question achat de robe.

- C'est normal, tu n'achètes jamais de robe, lui rétorqua Marie, toujours enfermée dans la cabine, tentant difficilement de se défaire de l'horrible tenue boudineuse qu'elle venait d'essayer.
- Une belle robe, ça met du temps à se choisir, déclara la Blonde.
- Deux heures ? Vraiment ?! s'époumona Jessica, mortifiée.
- Essaie la rouge, proposa Séverine à son amie qui venait de passer un bras hors de la cabine d'essayage.

Marie hésita et argumenta :
- Non, pas la rouge, c'est trop agressif comme couleur.
- Oh arrête, s'emporta Jess, c'est un mariage de personnes qui ne t'aiment pas. Tu te fous de la couleur de ta robe. Je ne sais même pas pourquoi tu t'emmerdes à y aller. C'est bien connu, les mariages, c'est chiant.
- J'y vais parce que Rico y tient beaucoup. Je veux lui faire plaisir et lui montrer que je peux être quelqu'un de sympathique et de civilisé.

Son amie pouffa discrètement.
- Il serait préférable de mettre une robe dans les tons pastels pour un évènement similaire, lui conseilla la Blonde.
- Quelqu'un m'écoute parfois ? s'emporta Jessica. Moi, je dis que tu t'en fous. Tu en prends une dans laquelle tu rentres. Ils ne t'aiment pas. Tu ne les aimes pas. Ton chéri aimera ta robe car ce gars est complètement dingue de toi. Donc l'affaire est réglée et on peut aller manger !
- Essaie la noire, proposa Séverine en tendant l'article à son amie, dont le corps dénudé n'était caché que par un épais rideau en velours rougeâtre.
- Tu me désespères, Séverine…, souffla l'affamée en affichant une mine boudeuse.
- Je sais que tu en as marre, Jess, je sais qu'il fait chaud, je sais que la vendeuse est à deux doigts ne nous mettre

dehors alors prends la barre vitaminée qui est dans mon sac et prends patience car on ne quittera pas ce magasin sans que Marie ait trouvé la robe parfaite. Je ne tiens pas à ce que ces vendeurs d'aspirateurs pensent que notre amie est habillée comme un sac.

Jessica ouvrit ledit sac à main, plongea son bras droit à l'intérieur et saisit la barre vitaminée avant de maugréer :

- C'est aux fruits rouges. Je n'aime que celles au chocolat.

***

Cinq mois et vingt-sept jours s'étaient écoulés depuis leur différend avec les Velázquez. Cela faisait près de six mois que les Borracha avaient été faussement accusés d'avoir mené une attaque contre les Vénézuéliens.

Bien évidemment, ils avaient tenté d'organiser une rencontre afin de les convaincre de leur innocence, mais dans ce genre de milieu, dans ce type de business, dès qu'il y a un doute, tout est fini. Il n'y a plus de confiance, plus de loyauté, plus d'accords. Il n'y a que la famille qui compte, celle pour laquelle on se bat et celle au nom de quoi on est prêt à tout.

Les Velázquez semblaient avoir eu des preuves tangibles. Ils avaient statué sur le fait que les Borracha étaient désormais leurs ennemis. Gustavo n'avait rien pu y faire. Par précaution, son clan et lui avaient abandonné l'arène, propriété de ceux qui se tenaient désormais comme leurs rivaux.

Les Velázquez avaient récupéré leur dû et les Borracha ne leur avaient à aucun moment fait face. Dans n'importe quel autre secteur d'activités, les choses se seraient terminées là. La page aurait été tournée et les deux clans auraient continué leur vie, chacun de son côté.

Néanmoins, il ne s'agissait pas d'une simple querelle entre restaurateurs qui se marchent sur les plates-bandes. Il était avant tout question d'honneur.

Jamais les Borracha ne pourraient se résoudre à baisser la tête et à ne pas se venger.

Tout comme les Vénézuéliens se montreraient faibles s'ils ne vengeaient pas l'attaque destinée à la compagne du futur chef de leur famille.

L'insulte était bien trop grande pour être ignorée.

Une insulte si grande que, depuis cinq mois et vingt-sept jours, Gustavo et Dito, ainsi que tous les membres de leur clan, n'étaient habités que par le puissant désir de blesser cette famille qui avait si rudement accusé et insulté la leur.

***

« Maintenant qu'on a la robe, c'est le cadeau de mariage qui va nous prendre dix ans à choisir ? Dites-moi que c'est une blague ! C'est une caméra cachée ou quoi ?! » se plaignit Jessica rapidement interrompue par Marie qui l'encouragea :

- Aide-moi plutôt à choisir quelque chose à leur offrir au lieu d'alerter tout le magasin comme si tu allais mourir sur place.
- C'est ce qui va se passer si je ne mange pas quelque chose, maintenant.
- Je te signale que tu peux survivre sans manger pendant sept jours alors je suis certaine que tu survivras à une matinée…
- Et comment tu sais ça, toi ?
- J'ai vu Le Cercle et puis, je suis cultivée, plaisanta-t-elle tandis que Jessica s'amusait à terrifier Séverine en lui murmurant à l'oreille d'une voix glauque : « Sept jours… sept jours… » pendant que le trio avançait dans le rayon de l'électroménager.

- Tu pourrais lui prendre un fer à repasser, lui suggéra la Blonde.
- Un fer à repasser comme cadeau de mariage, vous n'avez rien de plus nul en tête ? se moqua Jessica.
- Je ne sais pas, répliqua Marie. Sév a peut-être raison. Ils vont seulement emménager ensemble et n'ont sûrement encore rien acheté en ce qui concerne l'électroménager.
- Donc tu penses lui prendre un fer à repasser ?
- Je pense que ça peut être pas mal, confirma Séverine.
- Le souci, c'est que si tout le monde pense comme toi, la contredit l'affamée dont le ventre gargouillait désormais exagérément, quelqu'un va leur prendre un frigo, un autre va acheter une machine à laver, la tantine va leur offrir un percolateur et certainement qu'une autre invitée que toi aura déjà pensé au fer à repasser.
- Donc selon ta théorie, je devrais leur prendre un truc moins utile, quelque chose à laquelle personne ne pensera ? la questionna Marie, confuse.
- Parfaitement ! lui confirma Jess, convaincue de sa théorie. Bon, fais ton choix. Grille-pain ou smoothie maker ?

Chapitre numéro vingt-cinq :

Une Cubaine en chaleur.

« Tu réalises au moins la stupidité de ta proposition ?! » le sermonna le chauve.

Ricardo soupira profondément avant de se tourner vers Romero afin d'obtenir un appui qui ne vint pas.

- Je suis d'accord avec Vera, c'est débile et dangereux, contesta Rom.
- Je cherche seulement à éviter des affrontements directs, se défendit le cadet.
- Mais de quoi tu parles ? La situation est très simple. Ils nous attaquent et nous, on se défend.
- Justement, ils n'ont pas bougé d'un pouce depuis des mois. Ils ont quitté l'arène et ont continué de leur côté.
- Je te rappelle que les Borracha s'en sont pris à la Blanche, intervint Vera.
- Il y a six mois de ça, le coupa Rico, et depuis, ils n'ont même pas osé lever le petit doigt. Ca ne sert à rien d'entretenir de vieilles querelles qui nous mettent tous en danger.

Brusquement, une sonnerie tonitruante aux consonances folkloriques retentit, suspendant temporairement leur conversation. Romero sourit et sortit son téléphone de sa poche. Il jeta un coup d'œil rapide au message qu'il avait reçu et informa ses amis en riant : « Une Cubaine amoureuse, rien de spécial. Continuons ».

- En danger ? reprit immédiatement Vera. Tu sais où se trouve le vrai danger… Si on ne se bouge pas, les autres familles vont se dire qu'on est devenu faibles. Combien de temps crois-tu qu'il leur faudra encore avant de venir nous attaquer ? Ils ont peut-être déjà préparé un plan d'attaque.
- Je ne crois pas, riposta Ricardo.
- Quoi, on doit faire confiance à ton instinct maintenant ? Tu voudrais qu'on reste là sans bouger alors qu'une ou plusieurs familles pourraient à tout moment mener un assaut ?! T'es pas bien ou quoi ?!

Une seconde sonnerie tonitruante retentit, provoquant un profond soupir d'agacement des compères. Romero sourit derechef et sortit à nouveau son téléphone de sa poche en s'exclamant : « Elle en redemande en plus ! ». Il lut le second message, rangea son téléphone dans la large poche de son jeans, jeta sa veste épaisse sur son épaule gauche et se dirigea vers la sortie.

- Où vas-tu ? l'apostropha Rico. On n'a pas terminé.
- J'ai rendez-vous dans un quart d'heure avec une Cubaine en chaleur alors, vous allez devoir vous passer de moi. Mais, sache que je suis de l'avis de Vera sur ce coup-là, s'exclama Rom à l'attention du futur chef de la famille Velázquez.
- Tu vois ! se félicita Vera tandis que leur ami partait rejoindre une autre de ses conquêtes. Nous ne devons pas nous laisser faire, reprit-il d'une voix grave et sérieuse, ou nous nous ferons tuer. Nous devons également assurer les alliances qu'il nous reste et en forger de nouvelles.
- Et nous voilà revenus à la même discussion que nous avons depuis des mois… Les Sanchez, se plaignit Ricardo.

- Parfaitement. Tu nous demandes de nous en méfier depuis que le mariage avec ta nièce a été conclu.
- Parce que tout le monde ici les prend pour des saints ! s'énerva le cadet.
- Les Sanchez ont montré patte blanche et continuent de se plier à nos moindres exigences. Si cela continue, ils chercheront une autre famille à qui s'allier.
- Qu'ils le fassent seulement ! s'emporta Ricardo. Ca ne te semble pas étrange à toi qu'ils tiennent absolument à devenir nos alliés alors qu'ils pourraient choisir une autre famille plus riche et plus puissante que la nôtre ?!
- Qu'auraient-ils à gagner à nous piéger ? le questionna le chauve.
- Je n'en sais rien. Mais, je sais, je sens qu'il y a quelque chose qui cloche les concernant.
- Encore ton instinct, se moqua Vera avant de le provoquer, et que te dit ton fameux instinct concernant Romero et Estella ? Toi qui m'as convaincu de tenir ma langue à ce sujet.
- Je connais Rom et je sais qu'il tient à la famille plus que quiconque. Il n'aurait pas survécu à une exclusion. D'ailleurs, j'avais raison, tu vois qu'il a gardé ses distances avec Estella.
- Si tout est rentré dans l'ordre de ce côté-là, pourquoi avoir repoussé tant de fois le mariage de ta nièce avec Uriel ?
- Tu sais très bien pourquoi, rétorqua le plus jeune.
- Ta nièce fait uniquement ce que la famille attend d'elle. Elle le fait dans l'intérêt de tous.
- Elle ne devrait pas être mêlée à ça. Elle devrait pouvoir épouser qui bon lui chante.
- Comme qui... Rom ?! explosa Vera.
- Si c'est ce qu'elle désire alors oui !
- Ca va à l'encontre de toutes les règles de la famille ! protesta vivement son ami.
- Peu importe, c'est de ma nièce dont il s'agit !

- Dans ce cas, qu'Estella épouse Rom et qu'on invite les Borracha à la cérémonie après avoir déclaré la guerre aux Sanchez suite à cet affront ! Et qui sait, ta Blanche pourrait devenir membre de la famille tant qu'on y est ?! C'est comme ça que tu protèges les tiens ?! C'est comme ça que tu comptes faire ?! Comme ça que tu veux mener ton clan ?!
- Je n'en sais rien !!! rugit Rico à bout de souffle. Demande à Gaspar ce qu'on doit faire. Après tout, je ne suis pas le chef de cette putain de famille.
- Pas encore..., lui remémora le chauve.

Rico ne prit pas la peine de lui répondre et quitta la demeure, préférant rejoindre sa dulcinée que de continuer ces affrontements insensés avec les siens.

C'était très clair pour Ricardo, désormais, il devait commencer à prendre ses distances par rapport aux problèmes de son clan. Mais en était-il seulement capable ?

**

La berline noire ralentit progressivement en entrant sur le boulevard. Les yeux du conducteur cherchaient avec attention sa silhouette fine et son épaisse chevelure ébène.

Vêtue d'un débardeur noir par-dessus lequel elle portait un épais gilet en laine de couleur écrue aux motifs floraux marronnés auquel elle avait associé un jeans droit près du corps et une paire de hautes bottes brunes, elle apparut telle une vision.

Lui faisant signe, elle attira l'attention du chauffeur qui stationna sur le bas-côté, le temps pour elle de pénétrer dans l'habitacle et reprit la route, s'insérant avec fluidité dans la circulation qui commençait à envahir les rues des alentours de la capitale belge.

La jeune femme prit un instant pour admirer le conducteur qui semblait plus concentré que jamais sur la route.

- Ta ceinture, l'épingla Romero sans détourner le regard.

Estella s'exécuta en silence, un sourire étirant son visage angélique.

- J'étais occupé avec Vera et ton oncle, lui fit remarquer le Vénézuélien sur un ton de reproche.

- Quelle excuse leur as-tu donnée ? demanda-t-elle, à la fois curieuse et inquiète.

- L'excuse de la Cubaine.

- Encore ? le taquina-t-elle en riant.

- Tu m'as pris au dépourvu avec tes messages, se défendit-il, le visage fermé et le regard braqué sur le trafic.

- Ne l'utilise pas une troisième fois ou ils sauront que tu leur mens... Tu ne sors jamais plus de deux fois avec la même fille.

- Pourquoi voulais-tu me voir ? Il me semblait que nous avions tout mis au clair, hier.

- Je voulais en discuter à nouveau avec toi.

Les doigts du conducteur se crispèrent sur le volant et il lui reprocha :

- Tu as dit que c'était urgent.

- Ca l'est pour moi, conclut la splendide jeune femme sans quitter la circulation du regard.

Romero roula pendant près d'un quart d'heure durant lequel il ne put s'empêcher de baisser la garde. Son air strict et distant laissa progressivement place à une attitude plus joyeuse migrant vers sa bonne humeur habituelle lorsque la jeune Vénézuélienne lui jetait des regards en coin amusés afin de le dérider.

Ce fut donc d'humeur détendue qu'ils arrivèrent devant le même café-restaurant que la veille. Il s'agissait d'un petit local à l'abri des regards indiscrets dans un coin où Romero savait que les Velázquez n'avaient aucune connaissance et près duquel aucun des membres de la famille ne passait jamais.

Estella, qui semblait avoir bondi hors du véhicule, attendit impatiemment que son chauffeur fasse de même. Une fois chose faite, elle le précéda et pénétra dans le restaurant. Sans surprise, elle choisit la table du fond et s'installa dos à la porte. Elle savait parfaitement que Rom tiendrait à surveiller les allées et venues des clients.

Le Vénézuélien qui la suivait de près, s'installa à la place que la jeune femme lui avait intelligemment attribuée et fit signe au serveur de venir prendre leurs commandes.

Etonnée par la rapidité de son accompagnant à commander et l'air froid et distant qui avait repris possession de son visage aux traits durs, Estella se risqua à demander :

- Tu es pressé ? On t'attend peut-être quelque part ?

Il demeura silencieux et elle baissa les yeux sur ses mains qu'elle tenait posées devant elle. Il la contempla un instant jouer avec ses bagues, trop larges pour ses longs doigts fins dont les ongles, arborant divers dessins aux couleurs turquoise et dorées, claquaient à intervalles réguliers contre le bois usé de la table.

Estella était la nièce de Rico, la fille de Gina. Il l'avait toujours connue. Ils avaient grandi ensemble.

Plus jeunes, les choses étaient si naturelles entre eux. Elle était la gamine chiante qui les suivait partout, Rico et lui. Puis, ils avaient vieilli de quelques années et elle aussi.

Elle avait changé, plus qu'eux, en tout cas.

Il se souvenait très bien de la première fois où il l'avait trouvée jolie. Elle allait avoir seize ans et les avait accompagnés à une fête branchée donnée par un ami commun qui se déroulait sur une plage privée en Espagne. Elle n'était pas son genre, trop jeune, trop petite, pas assez de formes. Il les aimait exubérantes, provocatrices et un peu allumeuses. Il appréciait particulièrement les poitrines généreuses et les hanches qui ondulent aisément.

Elle, au contraire, était venue à cette soirée avec son innocence. Première fête pour elle qui n'était jamais autorisée à les accompagner. Vêtue d'un short en jeans court et d'une petite blouse en dentelle qui laissait apparaître son nombril, elle avait attaché ses cheveux, qui étaient moins longs à l'époque, et s'était trop maquillée. Elle avait pourtant fait forte impression auprès des garçons présents. Sa peau dorée et son visage d'ange avaient attisé l'envie de plus d'un. Pourtant aucun jeune homme n'avait dansé avec elle ce soir-là, son oncle et lui s'en étaient assurés.

Cette nuit-là, alors qu'elle dansait sur la plage aux lueurs des flammes ensorcelantes du feu de camp, il avait réalisé qu'elle n'était plus uniquement la nièce de Rico ou la fille de Gina.

Ce soir-là, il vit une lueur sauvage dans son regard, une force indéniable dont il ignorait l'existence.

Elle était Estella, membre à part entière de la famille Velázquez et elle était magnifique.

La jeune femme posa sa paume sur le poing du Vénézuélien pour le sortir de sa rêverie.

- Ça va ? s'inquiéta-t-elle, affectueuse.

Il se redressa et se libéra de sa caresse bienveillante alors que le serveur s'approchait.

- Alors que prennent les amoureux ? les interrogea-t-il, gai comme un pinson.

Ses paroles arrachèrent un sourire au visage de la Vénézuélienne, qui prédit immédiatement la réaction de son ami qui ne tarda pas à suivre :

- Tu vas repartir d'où tu viens, compter jusqu'à trois et revenir nous voir sans nous sortir tes conneries, le commanda Romero.

- Pardon ? demanda le garçon de salle, intimidé.
- Tu vas vraiment me faire répéter ? lui rétorqua Rom dont le visage aux traits durs affichait désormais un regard meurtrier.

Désarçonné, le steward se rendit près du comptoir d'où il venait originellement, compta jusqu'à trois avec une lenteur exagérée, préférant prendre plus de temps que nécessaire plutôt que de provoquer la rage du client, et revint, hésitant, à leur table.

- Madame, Monsieur, que puis-je vous servir ?
- Un cappuccino, s'il-vous-plaît, commanda la Vénézuélienne.
- Un café noir, lui répondit Romero.

Le serveur prit de rapides notes sur un carnet et leur proposa :

- Avec ça, vous désirez des…
- Juste un café noir, le coupa le Vénézuélien en le fusillant du regard.
- Ce sera parfait, le remercia Estella en lui offrant un regard tendre et amusé tandis qu'il se hâtait à la préparation des cafés.

Romero jeta un coup d'œil à sa montre et se décida à mettre les pieds dans le plat.

- Qu'est-ce qu'on fait là ? Je pensais avoir été clair, hier.
- Oui, tu as, en effet, été très clair, le félicita amèrement la jeune femme. Toi et moi, on s'est embrassés une fois, il y a six mois. Tu n'avais jamais pris le temps de mettre les choses à plat entre nous parce que pour toi, cela n'avait pas la moindre importance. Quand je t'ai avoué une fois de plus mes sentiments il y a deux jours, tu as décidé de mettre les points sur les « i » nous concernant.
- Dit comme ça, j'ai l'air d'un salaud, constata le Vénézuélien.

- Je ne suis pas loin de la façon dont tu m'as dit les choses hier, lui avoua-t-elle. Franchement, j'exagère à peine.

- Que veux-tu que je te dise ? Tu aurais préféré que je te fasse tourner en rond et que je te laisse imaginer certaines choses ?

- Peu importe, ce n'est pas à ce sujet que je t'ai fait venir, trancha-t-elle.

Dérouté, Romero, qui ignorait ce que la jeune femme avait en tête, voulut soudain lui poser un tas de questions et connaître sans attendre les raisons de sa présence, mais il fut interrompu par l'arrivée du serveur qui apportait les boissons chaudes commandées. Estella le remercia de sa voix cristalline et le Vénézuélien eut le sentiment que le garçon de salle était d'une lenteur terrible et calculée pour les servir.

Une fois seuls à la table, la jeune femme ne laissa pas son ami prendre la parole et lui demanda :

- J'ai besoin d'un service.

- Lequel ? s'enquit Rom, intrigué.

- Si je te dis de quoi il retourne, tu refuseras de m'aider.

- Je n'accepterai pas tant que je ne saurai pas de quoi il s'agit, trancha-t-il.

- Je sais que je n'ai pas d'expérience avec les hommes et je me doute que ce baiser, qui date de six mois, n'a pas la moindre importance à tes yeux. Néanmoins, tu connais mes sentiments à ton égard et ça fait déjà un petit temps que tu es au courant. Hier, tu as mis les choses au clair concernant tes sentiments et même si ça me fend le cœur, je les respecte. Mais tu as également pris connaissance des miens, une fois de plus. Tu veux qu'on soit amis, et moi, je désire être avec toi.

- Stella…, l'interrompit Romero.

- Laisse-moi finir… s'il-te-plaît…

Il acquiesça et elle continua :

- Si je t'ai demandé de venir aujourd'hui, c'est parce que, en dehors de tous les sentiments amicaux ou amoureux qu'on éprouve l'un pour l'autre, tu es la seule personne au monde sur laquelle je peux compter à deux cents pour cent. Tu as toujours pris soin de moi et tu as toujours été là pour moi.

- Rico également, la reprit le Vénézuélien.

- Tu sais que ce n'est pas la même chose.

- Vas-y, crache le morceau. Ta demande ne peut pas être si terrible que ça, conclut Rom pour lui-même en buvant une gorgée de son café.

Estella serra les poings comme pour se donner du courage et se lança :

- Je veux que tu fasses de moi un membre actif au sein de la famille.

Les mots avaient à peine franchi les lèvres de la Vénézuélienne que le jeune homme, réalisant la gravité de sa demande, manqua de s'étouffer.

Chapitre numéro vingt-six :

Bois ! Bois ! Bois !

- C'est pourtant vrai, lui assura la Vénézuélienne,
  intraitable. Aucune femme de notre famille n'a jamais
  fêté son enterrement de vie de jeune fille.
  Marie était scotchée.
- Mais le futur marié, lui, peut ? demanda-t-elle à Estella
  qui lui rétorqua sur le même ton assuré :
- En effet.
- Ce n'est pas pour être méchante, ironisa la Bruxelloise en
  buvant une gorgée de sa corona, mais votre famille, c'est
  vraiment du grand n'importe quoi.
- C'est la tradition. C'est comme ça et pas autrement, on
  n'y peut rien.
- Les traditions deviennent justement des traditions parce
  que les gens laissent faire les choses.
  Le rire cristallin de la Sud-américaine résonna dans la
pièce avant d'être interrompu par sa voix mélodieuse :
- La future mariée reste en compagnie et sous la
  surveillance de la femme qui représente l'autorité de la
  famille. Je comprends que ça puisse te choquer, mais
  c'est comme ça que ça se passe chez nous.

- Entre rester célibat' ou devoir passer mon enterrement de vie de jeune fille avec Gina, mon choix est fait, crois-moi, plaisanta Marie.

Le visage de la cadette des Velázquez avait retrouvé son sérieux habituel lorsque le sujet de son clan était abordé et ajouta tout naturellement, comme si elle évoquait une évidence :

- Si tu désires un jour épouser Rico, tu devras passer par là.

La Belge sentit que la discussion devenait soudainement plus tendue et se permit une dernière question :

- Que se passerait-il si un des membres désobéissait à une des règles de la famille ?
- Cela dépend de la situation et de l'importance des actes commis par ce membre. Mais, dans la majorité des cas, ce serait l'exclusion et ça, aucun de nous ne le supporterait.

Marie put aisément lire dans le regard de la beauté latine que, selon elle, il n'y avait pas pire châtiment et décida de changer de sujet en plaisantant :

- J'imagine que ce n'était pas la soirée dont tu rêvais en venant passer la nuit ici.

Estella sourit et rassura la compagne de son oncle en regardant les hauts murs du salon de la demeure de Romero :

- Ne t'en fais pas. Je ne m'imaginais rien de particulier en venant ici et puis, j'aime discuter avec toi, tu as une vision tellement différente des choses, ça me fait rire. De toute façon, je suis toujours bien lorsque je viens ici. Cet endroit me rassure.
- Ca doit te faire bizarre de voir ton amie, Loretta, se marier.
- Je suis contente pour elle, lui avoua la jeune Latina. Hector est quelqu'un de… spécial, néanmoins, il saura prendre soin d'elle. Je comprends son choix. Depuis l'agression de Luciana, les choses ne sont plus les mêmes entre nous. Je me retrouve un peu seule.
- Ce sera bientôt ton tour de te marier...

- Ne m'en parle pas, plaisanta Estella, passer toute une soirée avec ma mère, je n'y survivrai pas. On pourrait sortir faire la fête ? proposa-t-elle soudain.
- Pardon ? s'étrangla Marie qui ingurgitait une autre gorgée de sa bière. Je ne pense pas que ta famille serait très d'accord avec ça.
- Nous avons bien droit à une petite soirée détente nous aussi, pas vrai ?

Marie hésita, même si la proposition la tentait énormément. Elle se risqua finalement à demander :
- Et tu voudrais qu'on aille où ?
- J'ai ma petite idée, lui répondit la cadette, cachottière.
- D'accord, finit par accepter la Bruxelloise, je vais juste prévenir Rico.
- Je m'en charge, lui certifia la Vénézuélienne. Va te préparer pendant que je lui passe un coup de fil ; comme ça, on gagne du temps.

La jolie Brune s'exécuta sans broncher, impatiente d'aller se défouler sur le dancefloor.

***

« Bois ! Bois ! Bois ! » s'écriait le groupe d'une seule voix à l'attention du futur marié d'ores et déjà ivre et dont l'estomac et le foie étaient fortement malmenés.

Hector, qui se tenait affalé sur un petit fauteuil en velours bordeaux, se redressa difficilement, tanguant dangereusement sur la gauche puis sur la droite. Il passa sa main sur son crâne rasé et y remarqua la présence d'un chapeau pointu qu'il imagina multicolore et ridicule. Il fit ensuite un pas en avant et fut gêné par une des jeunes femmes qui se dandinaient devant lui, deux cache-tétons pour haut et un string en bonbons croquants cachant en partie son intimité. Il observa les deux sublimes créatures qui se situaient sur sa droite, l'une était entièrement nue, un masque de carnaval vénitien pour seul vêtement et l'autre arborait fièrement une tenue d'agent de police.

Soudain, une quatrième jeune femme, peu vêtue elle aussi, lui sauta sur le dos en émettant un petit aboiement strident : « Bois ! Bois ! Bois ! ».

Hector leva les yeux et reconnut Rico, Romero, Vera et Julio au sein du groupe de personnes qui l'entouraient.

- Tu dois boire, mon vieux, le commanda Romero, seul responsable d'avoir organisé cette petite sauterie qui se confirmait être aussi mémorable que tous l'avaient imaginée.

Le cadet de Julio regarda à sa gauche et remarqua la présence d'une grande Blonde platine aux formes parfaites et à la peau bronze qui n'était couverte que par un string doré et des autocollants en forme d'étoiles dans les mêmes tons parsemés sur sa poitrine généreuse.

- Tu dois boire avant de toucher aux filles, le taquina Ricardo en faisant signe à Julio de lui tendre la bouteille.

Le futur marié saisit avec difficulté la bouteille de tequila des mains de son frère, jeta un coup d'œil rapide vers la beauté étoilée et but une rafale de grandes gorgées avant de s'écrouler de tout son poids sur ses genoux tandis que le petit bout de femme toujours accrochée à ses épaules lui ordonnait : « Allez ! Hue dada ! En avant, mon étalon des plaines ! », provoquant un fou-rire général.

***

Marie descendit la première du taxi, suivie de près par Estella, qui s'émerveilla de la beauté de la devanture. La Bruxelloise fut également surprise par la splendeur du lieu.

La bâtisse était un ancien immeuble entièrement rénové devant lequel le trottoir était parsemé de petits arbustes et lampes photophores. Devant elles se trouvaient deux épais gorilles en costume noir tirés à quatre épingles.

- Tu es certaine qu'on va pouvoir entrer ? demanda Marie à sa comparse, peu convaincue.
- Fais-moi confiance, lui rétorqua sa complice.

La Vénézuélienne, perchée sur ses escarpins gigantesques, avança avec assurance vers les videurs.
- Votre nom, mademoiselle, requit le plus grand des deux.
- Estella Velázquez.

Il n'eut pas besoin de vérifier ce nom dans la liste des invités car il savait pertinemment qu'il s'agissait là de la future épouse d'Uriel Sanchez, le frère cadet de son patron.
- Et elle ? la questionna-t-il.
- Elle est avec moi, lui rétorqua Estella en feignant un air intransigeant.
- Très bien, mademoiselle Velázquez. Nous allons avertir monsieur Sanchez de votre présence.

La jeune femme se décomposa et le questionna timidement :
- Uriel est ici ?
- J'ai bien peur que non, mademoiselle, mais monsieur Angel Sanchez se trouve parmi nous ce soir.

Elle ne prit pas la peine de lui répondre et pénétra dans le bâtiment en saisissant la main de la Bruxelloise, toujours en admiration devant l'architecture du lieu.

Marie était déjà sortie en boîte de nuit avec ses amies. Des discothèques typiques aux murs en béton, dotées d'un bar le plus large possible afin de pousser à la consommation, une ou deux cages en hauteur pour les danseurs les plus dévergondés ou les plus saouls et quatre palmiers fluorescents en guise de décoration, histoire d'aménager l'espace à moindre coût.

Néanmoins, elle ne s'était jamais rendue dans un endroit comme celui-là.

La salle de danse semblait tout bonnement sortie d'un magazine de déco, de ceux que la Bruxelloise n'achetait jamais et se contentait de feuilleter dans la salle d'attente du dentiste pour éviter que les autres patients n'entament la conversation.

Un bar au style épuré en harmonie parfaite avec le mobilier, lui-même assorti aux murs et aux luminaires dans les tons clairs aux petites touches rose gold, donnait un style moderne à cette discothèque très chic.

Marie dût étouffer un rire lorsqu'elle imagina un instant la réaction des personnes présentes, qui semblaient appartenir à une classe assez aisée de la société, si le DJ se mettait à passer la danse des canards ou le dernier tube d'Annie Cordy.

Alors que les deux demoiselles ne s'y attendaient pas, un serveur en costume trois pièces vint à leur rencontre et les invita à accéder à l'espace V.I.P, chose qu'elles acceptèrent sur-le-champ.

Pour ce faire, elles suivirent le barman qui les accompagna dans un sas insonorisé qui les mena via un long et étroit couloir sombre à un lieu d'une toute autre ambiance.

Puis il les invita finalement à pénétrer dans un salon privé aux couleurs évolutives en fonction de la musique qui était diffusée. Le mur principal s'avérait être, en réalité, un aquarium géant. La Bruxelloise s'approcha de la vitre et posa ses mains telle une enfant contre celle-ci, tentant de découvrir quels poissons il contenait. Soudain, l'animal marin se montra dans toute sa splendeur et horrifiée, Marie s'éloigna de l'aquarium en constatant à haute voix :

- Il s'agit d'un requin.
- Tu ne risques rien, il est inoffensif dans son aquarium, tenta de la rassurer la Vénézuélienne en riant.
- Des requins inoffensifs? s'étonna la Belge. Tu connais "Les dents de la mer" ?
- Quoi ?

- Rassure-moi, vous avez la télé au Venezuela ? se moqua la Bruxelloise qui se tourna vers le serveur en le questionnant, vous avez des requins, mais est-ce qu'il y a moyen d'avoir un verre ou quoi ?

Sur ces mots, le garçon de salle leur indiqua la présence d'un minibar dans le pied de la table basse et quitta la pièce.

Marie plongea sur la table basse en question et soupira bruyamment en s'apercevant de l'absence de tequila.

- Du rhum, ça te va ? proposa-t-elle à son amie.
- C'est parfait, accepta Estella, perdue dans la contemplation du prédateur marin.
- Ce requin me fait penser à ta mère, plaisanta Marie. Gina est comme lui, splendide et terrifiant à la fois.

Estella étouffa un rire sincère tandis que son amie lui demandait, curieuse :

- Alors comment se passe l'enterrement de vie de garçon d'Hector ?
- Pardon ? s'excusa la cadette.
- Tu as eu Rico en ligne, pas vrai ? Il ne t'a pas dit comment se passait leur soirée ? la questionna-t-elle, intriguée.
- Au fait, j'allais justement te dire quelque chose à ce sujet..., marmonna la jeune Latina soudain interrompue par l'entrée d'une armoire à glace qui lui ordonna de l'accompagner.

Marie se redressa, abandonnant le service des boissons et le mit en garde :

- Euh... Je ne sais pas qui tu es mon pote, mais il est hors de question qu'elle aille où que ce soit sans moi !

L'homme à la large carrure s'avança plus près de la Bruxelloise, qui ne recula pas, continuant de le fixer méchamment, et l'informa avec un calme déroutant, comme s'il s'adressait à un petit être inoffensif :

- Angel Sanchez demande à la voir.

299

- Tu peux dire à ton Angel Sanchez qu'il peut aller se..., s'emporta la jeune femme.
- Ca va aller, la coupa Estella, consciente qu'il ne valait mieux ne pas dire certaines choses concernant cet homme tant redouté.
- Non, mais qu'est-ce que tu fais ? Tu dois rester avec moi, tenta de la raisonner Marie, dubitative.
- Je n'en ai pas pour longtemps, lui rétorqua la jeune Sud-américaine en lui glissant discrètement son téléphone portable dans la poche arrière de son jeans.

La Vénézuélienne suivit docilement le garde du corps hors du petit salon privé. Elle savait pertinemment qu'on ne faisait pas attendre un chef de famille et encore moins Angel Sanchez.

**

Une énième détonation retentit.

Une autre bouteille de champagne venait d'être ouverte par Julio en l'honneur de l'enterrement de vie de garçon de son jeune frère.

Le champagne, la tequila, le rhum et la bière avaient coulé à flots pour cette occasion. Le groupe d'amis s'était réparti dans la salle aux halos de lumières fluorescentes et dont le sol était couvert de confettis bariolés.

- Merci, dit-il à Romero qui remplissait sa flûte.
- Pourquoi ? s'étonna l'intéressé.
- Pour avoir organisé tout ça, cette soirée. Ca correspond bien à mon frère.

Rom jeta un coup d'œil à son ami, le futur marié, qui était perdu dans l'admiration d'une sublime danseuse qui balançait du bassin rien que pour lui.

- De rien. Il fallait fêter ça dignement. Hector bientôt marié, ça reste difficile à croire.

- C'est un palier important dans sa vie. Loretta est une jeune femme courageuse, elle saura le supporter et être là pour lui, décréta Julio en voyant son frère fesser la danseuse.
- Cette femme mérite une médaille, plaisanta Romero avant de s'éclipser vers le fond de la salle où se trouvait Rico, seul et soucieux.

Le Vénézuélien, une coupe pleine dans une main et une bouteille de champagne dans l'autre, rejoignit son ami qui, depuis près d'une heure, s'était retiré du groupe et avait préféré s'installer dans cet espace moins agité de la salle.
- Qu'est-ce que tu as en tête ? le questionna le nouvel arrivant en s'installant sur le haut tabouret voisin.
- Un tas de trucs, lui confia Ricardo, soucieux.
- La solution, dans ces cas-là, c'est de ne pas se tracasser, de se changer les idées et de faire la fête. Un peu de tequila, de belles femmes et du bon son, que veux-tu de plus ?
- Tu voudrais que je ne ressasse pas le tout, que je me mette la tête dans le sable ? Ca a l'air de très bien fonctionner pour toi, pas vrai ?

Rom posa son verre sur le bar, surpris, et tendit la bouteille à Ricardo qui but quelques gorgées au goulot avant de l'interroger, méfiant :
- De quoi tu parles ?
- Ma nièce.

Romero demeura silencieux un moment, confirmant malgré lui qu'il avait, bel et bien, un problème avec la jeune femme. Puis, il finit par articuler douloureusement :
- Depuis quand es-tu au courant ?
- De quoi ? Du baiser ou du fait qu'elle a toujours été amoureuse de toi ? Parce que ça, mon vieux, ça ne date pas d'hier.

L'oncle d'Estella regarda son ami qui semblait se décomposer sur son tabouret.

De fines gouttes de sueur perlaient sur le front du fils du borgne, tandis qu'il cherchait une excuse valable à donner à Ricardo.

Il savait ce qu'il risquait.

L'exclusion.

Cette simple pensée le terrassa. Romero était un solide, un dur. Pourtant là, il n'en menait pas large. Il avait peur. Il était terrifié à l'idée de se voir exclu de cette famille qui régissait sa vie et représentait tout à ses yeux.

Il échangea un long regard, à la fois douloureux et repentant, avec son ami avant de lui demander, une pointe d'arrogance dans la voix :

- Que veux-tu que je te dise ?
- La vérité, tout simplement.
- Oui, je l'ai embrassée, lui avoua Rom, mais c'était il y a six mois.

Ricardo chercha à comprendre les raisons qui avaient poussé son ami à lui cacher la vérité :

- Pourquoi ne m'as-tu rien dit ?
- Visiblement, Vera t'a transmis le message, lui rétorqua-t-il, hargneux.
- Ne lui remets pas la faute sur le dos. Il n'est pas celui qui doit rendre des comptes, ici, le blâma Rico.
- J'avais peur, finit par avouer son ami dans un douloureux murmure.
- Que je t'exclue de la famille ? s'étonna le futur chef de clan. Je n'en ai pas le pouvoir. Seul Gaspar en a l'autorité.

L'accusé grinça des dents en resserrant ses poings.

- Oh arrête, tu sais que ton frangin me déteste, il me ferait exclure à la moindre occasion et ce, sans même que j'aie fait quelque chose de mal.
- Toutefois, ici, tu as merdé. Méchamment merdé, l'accabla Ricardo. Pourquoi n'as-tu pas mis les choses

au clair avec Estella ? Je t'ai pourtant laissé le temps de régler les choses.

- C'est fait. Il ne s'est plus rien passé entre nous, se défendit le fautif.
- Comment as-tu pu lui faire ça ? Tu sais qu'elle a le béguin pour toi depuis des années. Tu n'aurais jamais dû jouer avec ses sentiments.
- C'était une erreur de ma part. Elle n'y est pour rien. J'ai eu tort.
- Tu dois mettre un terme à tout ça.
- C'est déjà fait, insista Romero.
- Non, je parle de mettre définitivement les choses au point entre vous.

Le blâmable se figea et prit pleinement conscience du message que son ami essayait de lui faire passer, avant de demander confirmation, incrédule :

- Tu voudrais que je ne la voie plus du tout ? C'est ça que tu es en train de me dire ?
- Elle va se marier, Rom ! s'énerva-t-il soudain. Que toi et moi soyons d'accord ou non, elle va épouser Uriel Sanchez. Enfonce-toi ça bien profond dans le crâne.
- Elle n'est pas obligée…
- Si, elle l'est et ce, par ta faute. Elle le fait uniquement pour sauver ta peau, lui reprocha Ricardo.
- Tu veux vraiment qu'on discute sincèrement, qu'on se dise la vérité ?
- Evidemment, lui répondit instinctivement Rico.
- Alors dis-moi quels sont tes plans ?
- A quel sujet ?
- Cette famille ! s'emporta le fautif. Cette famille dont tu te prétends membre ! Tu croyais quoi ? Tu penses vraiment que je n'ai pas entendu toutes les rumeurs à ton sujet disant que tu voudrais nous quitter, nous abandonner ?! Qu'est-ce que tu as à répondre à ça ?
- Je…

- La vérité, c'est que j'aime Estella et même si ça me crève le cœur, je vais rester loin d'elle parce que peu importe mes sentiments pour ta nièce, à mes yeux, la famille est la seule chose qui compte. Mais, toi, si tu nous abandonnes, je le jure devant Dieu, je te flingue, le menaça Romero, hors de lui, dont tous les muscles s'étaient contractés, le rendant encore plus impressionnant que d'ordinaire.

Le futur chef de clan, dont les poings étaient tellement serrés que les jointures étaient devenues blanchâtres, serra les dents pour ne pas exploser de rage et répondit le plus calmement possible :

- Je suis membre de cette famille et elle m'importe autant qu'à toi.
- Tu n'as pas répondu à la question, lui reprocha son ami en faisant un pas vers lui.
- Fin de la discussion, clôtura Rico, tendu comme un arc.

Rom demeura silencieux, conscient que sa menace ainsi que son baiser avec la future épouse Sanchez allaient sûrement lui valoir l'exclusion, tandis que Ricardo lui ordonnait, froid et autoritaire :

- Mets les choses au clair avec Estella, une fois pour toutes. Je veux que cette histoire soit réglée d'ici le mariage d'Hector.

Le téléphone du futur chef des Velázquez vibra, il venait de recevoir un message texte.

Envoyé par Estella à 23h37.
Viens tout de suite chez les Sanchez. Je crois qu'Estella a des problèmes. Marie.

Sur-le-champ, Rico plaça deux doigts entre ses grandes lèvres douces et siffla. Vera et Julio se hâtèrent, rejoignant immédiatement les deux hommes.

- Marie et Estella sont en danger, les informa le séduisant Vénézuélien.

- Il me semblait qu'elles devaient rester chez Rom ? s'étonna Julio.
- Visiblement, elles en ont fait autrement ! s'énerva le cadet du groupe.
- Je viens avec toi, décréta Romero.
- Non, tu restes. Julio, reste ici également. Vera, tu viens avec moi. Dis à Loan de nous accompagner.
- Je peux venir, insista le fils du borgne.
- Tu restes, le commanda Ricardo qui n'était plus d'humeur à plaisanter.
- Tu veux me punir ou quoi ?
- Non, je veux que tu restes car il est hors de question que tu sois à nouveau en contact avec les Sanchez. Tu as déjà fait assez de dégâts comme ça. Et n'oublie pas ce que je t'ai dit. Je veux que ce soit réglé d'ici le mariage, conclut son ami tandis qu'il se dirigeait déjà vers la sortie, vérifiant la bonne présence de son arme dans la ceinture de son jeans, bientôt rejoint par le chauve et un autre homme, nommé Loan Osante.

Chapitre numéro vingt-sept :

Tu aurais dû t'en assurer.

Le garde du corps lui fit signe de le précéder et Estella entra dans l'étroite salle sombre. Elle fit quelques pas avant de sursauter, surprise par le claquement de la porte derrière elle. Elle fit volte-face et s'aperçut que l'armoire à glace qui la suivait précédemment comme son ombre avait quitté la pièce. Immédiatement, elle se précipita vers la sortie et découvrit que la porte avait été verrouillée, condamnant cette possible échappatoire.

Elle sentit son cœur s'emballer et une sensation d'étouffement prendre possession de sa poitrine. Elle ferma les yeux et se força à se calmer, se concentrant sur sa respiration qui retrouva, petit à petit, un rythme presque normal.

Soudain, elle entendit un bruit venir du fond de la salle. L'obscurité régnante l'empêchait de distinguer l'utilité que devait avoir cette pièce d'ordinaire. Il lui semblait reconnaître, cependant qu'elle avançait en direction du bruit qui s'était à nouveau fait entendre, de vagues silhouettes de petits fauteuils et de tables basses comme seul mobilier de cette partie du bâtiment.

Elle fit encore quelques pas hésitants puis, se figea brusquement.

Quelqu'un était derrière elle.

Statufiée, elle était incapable d'effectuer le moindre mouvement. Muette, elle attendit un instant, apeurée, comme on attend de s'éveiller d'un cauchemar, impuissante.

Brusquement, elle perçut un souffle dans sa nuque. La personne s'était approchée de la Vénézuélienne.

Elle sentit la chaleur d'une paume dans le haut de son dos, la faisant frissonner de peur. Une caresse presque imperceptible se fit sentir au niveau de sa longue et soyeuse chevelure avant de descendre vers son cou.

La jeune femme, immobile, aurait voulu bouger, faire ou hurler quelque chose, appeler à l'aide, mais elle s'en sentait incapable.

L'homme s'approcha encore davantage, son corps pratiquement contre celui de la Vénézuélienne qui sentit, malgré elle, une vague de chaleur l'envahir.

Doucement, la personne posa sa main ample et froide sur son épaule qu'il dénuda habilement et Estella cessa de respirer. Elle sentit son souffle sur sa peau et ses mains migrer vers ses hanches fines. Electrisée, elle ferma les yeux au contact de sa caresse sur le tissus.

Ses doigts agiles emprisonnèrent sa hanche gauche tandis que sa main libre se dirigeaient vers sa poitrine au sein de laquelle son cœur inexpérimenté tambourinait déjà frénétiquement. Elle laissa échapper un soupir lorsqu'il effleura son sein avec douceur.

Impuissante, la jeune femme voulut articuler quelque chose, mais la main qui s'apprêtait à libérer sa poitrine de sa prison de textile vint brusquement se placer sur sa bouche, empêchant toute plainte de sa part.

Surprise, elle tenta de se dégager, mais l'homme resserra sa prise et la contraint à rester docile. Désormais, elle pouvait sentir son corps bouillant contre le sien, son souffle dans ses cheveux, son torse dans son dos et son sexe contre sa croupe.

Ses yeux s'ouvrirent grand tandis qu'il relâchait sa prise sur sa bouche, caressant sensuellement les lèvres fiévreuses de la Sud-américaine, qui frissonna d'une nouvelle sensation. La main qui maintenait ses hanches, remonta le long de son ventre et entreprit de déboutonner sa blouse, qui retenait sa petite poitrine dont les tétons s'étaient durcis.

Que lui arrivait-il ? Elle réalisa ce qui était en train de se produire et rougit de honte. Comment elle, innocente et éternelle enfant de la famille Velázquez, pouvait oser se conduire de la sorte, salissant son honneur ainsi que la réputation des siens ? Elle se mordit la lèvre inférieure lorsqu'elle découvrit, malgré la pénombre, sa blouse ouverte et une main caresser son soutien-gorge en dentelle dans les tons beiges. Son cou fut brusquement assailli de baisers chauds et elle ne put retenir un puissant gémissement qui s'accompagna d'un murmure sensuel tandis que deux mains vinrent pétrir sa poitrine offerte : « Rom... ».

Soudain, la porte du fond s'ouvrit et elle poussa un cri de surprise.

- Veuillez excuser mon interruption, monsieur Sanchez, mais Ricardo Velázquez est dans le bâtiment et il va créer des problèmes, l'informa un employé qui ne pouvait que percevoir deux ombres entrelacées.
- J'arrive, lui rétorqua l'homme qui se trouvait toujours collé contre la jeune femme, d'une voix dure et sans équivoque.

La porte se referma et toujours dans le noir le plus complet, Estella s'arracha violemment à lui et reboutonna aussi vite que possible sa blouse, qu'elle lissa du plat de la main.

D'un geste rapide, elle dompta sa chevelure en désordre et quitta la pièce sans se retourner, trop honteuse de son comportement.

***

"Où est ma nièce ?!" s'époumona Ricardo en s'adressant aux employés qu'il avait réunis au centre de la salle de danse principale dans laquelle la musique s'était arrêtée.

"Ici" s'exclama la jeune Vénézuélienne en rejoignant à la hâte son oncle, Marie, Loan et Vera.

Elle voulut se réfugier dans les bras de Rico, mais celui-ci l'en empêcha d'un geste de la main.

- Je pensais que vous saviez où elles se trouvaient, s'expliqua une voix à l'autre bout de la pièce, celle d'Angel Sanchez.

- Tu aurais dû t'en assurer, le blâma le Vénézuélien lorsque l'Espagnol fut à son niveau.

Angel croisa le regard de la superbe Estella qui baissa les yeux en repensant honteusement à son comportement indécent. Terrifiée, elle pria silencieusement pour qu'il ne dise rien à son oncle.

- Je peux savoir ce qu'il s'est passé ? demanda le chauve à la Vénézuélienne qui gardait le regard rivé sur le sol en carrelages brillants.

- Il y a quelque chose que je devrais savoir ? renchérit Rico au chef de famille espagnol.

Angel regarda le jeune homme droit dans les yeux et remarqua que le Vénézuélien était tendu comme un arc, à deux doigts de lui sauter dessus.

- J'ai simplement eu l'immense plaisir de faire la connaissance de ma future belle-sœur, les informa le redoutable marchand d'armes. Il y a un problème ?

- A toi de me le dire, s'énerva Rico, toujours aussi crispé.

- Ecoute, je vois bien que tu ne m'aimes pas.

- Je ne t'aime pas parce qu'en six mois, tu n'es jamais venu te présenter et officialiser la demande que ta famille a faite à la mienne.

- J'avais l'accord de ta sœur, se défendit l'Espagnol.

- Ma sœur n'est pas le chef de notre famille. Je n'aime pas le manque de respect avec lequel tu as traité les miens et celui avec lequel tu nous as traités ce soir donc non, actuellement, je ne t'aime pas.

Angel émit un petit rire cristallin et le gratifia, sincère :

- J'apprécie ta franchise.
- Dans ce cas, je vais être franc. La prochaine fois que l'un des nôtres se pointe ici, je veux être prévenu car, comme tu le sais, pour nous, la famille c'est tout ce qui compte. Dans le cas contraire, je saurai à quoi m'en tenir te concernant et nous pourrons dire adieu à une éventuelle alliance entre nos deux familles. Suis-je assez clair ?
- Très clair, lui concéda Angel, crispé à son tour.

Chapitre numéro vingt-huit :

Tu devrais mettre un costume.

Marie tenta de reconnaître les rues par lesquelles son compagnon passait, en vain. Il faisait nuit noire depuis longtemps.

Elle voulut monter le son de la radio afin d'étouffer la dispute qui faisait rage dans l'habitacle, mais avait d'ores et déjà les tympans sur le point d'exploser.

L'entièreté de la conversation bruyante et animée, qui avait lieu entre Ricardo et sa nièce, était totalement en espagnol. Marie, qui ne comprenait pas le moindre mot de ce qu'ils se disaient, pouvait néanmoins deviner aisément son contenu.

Estella, assise sur la banquette arrière, refusait d'endosser tous les torts dont Rico, fou de rage, l'accablait.

- Mais pour qui tu te prends ?! se braqua la Vénézuélienne. Tu n'es pas mon père !
- Tu es ma nièce et tu es sous ma responsabilité ! lui rétorqua son oncle, hors de lui. On dirait que tu fais une crise d'adolescence ridicule !
- Je ne suis plus une enfant ! se défendit Estella, revêche.
- Tu n'avais pas à te rendre chez les Sanchez sans ma permission !!! explosa-t-il brusquement.

- Ca te va bien de prendre la famille comme excuse alors qu'il est évident que tu prends de plus en plus tes distances. Au final, je suis la seule à me sacrifier au nom des Velázquez, lui rétorqua la jeune femme, blessante.

Soudain, le véhicule freina sec sur le boulevard désert à cette heure matinale et Rico se retourna violemment en direction de sa nièce.

« Rico ! » s'écria Marie, surprise par le choc qu'avait causé son arrêt d'urgence.

Ricardo, brisé, jeta un regard si dur à sa nièce, qu'elle ne sut s'il était fou de rage ou profondément blessé.

Il la dévisagea un court instant, sans se préoccuper de sa compagne qui ne comprenait pas ce qui était en train de se dérouler, puis fit à nouveau face au volant et reprit la route en direction de la demeure de sa sœur où il raccompagnait Estella.

Marie voulut sortir une de ses blagues qui ne faisaient jamais rire qu'elle, toutefois l'ambiance était si désastreuse qu'elle renonça.

Elle se contenta de fumer une des dernières cigarettes de son paquet. Elle n'en avait plus assez et allait tomber à court d'ici le lendemain matin. Habitée par l'angoisse de tout fumeur dont la réserve vitale de nicotine est dépassée, elle regarda le conducteur, jeta un coup d'œil à ses deux misérables cigarettes restantes et se tut.

Elle allait prendre sur elle et faire avec. Rico avait d'autres choses à penser.

Elle eut raison...

***

Le cadet soupira bruyamment en se laissant tomber dans le grand canapé en cuir blanc cassé qui occupait le somptueux bureau de son frère.

La pièce était grande et le haut plafond clair accentuait cette impression de grandeur. Les murs étaient de couleur taupe, grise et blanche, les différentes teintes se mariant à merveille dans un mélange de formes géométriques qui s'emboitaient les unes dans les autres.

Au centre, un majestueux lustre moderne en fer forgé noir et argenté surplombait la pièce de ses bras ornés de pendants en verre qui luisaient tels du cristal parmi lesquels de fines bandes de satin taupe et gris venaient s'entremêler.

La frise, qui coupait en son centre vertical les longs murs, avait demandé un travail tout particulier. Angel avait exigé que l'on utilise une technique bien particulière qu'il avait eu l'occasion d'admirer chez un ami à lui. L'équipe qui s'était chargée du travail avait utilisé une peinture spéciale qui, une fois appliquée selon une certaine technique, permettait d'obtenir un effet marbré qui donnait un cachet unique à la pièce.

Le mobilier italien avait, bien entendu, été fabriqué sur mesure selon ses désirs.

Angel était un homme de goût. Il avait toujours aimé les belles choses, les belles voitures, les belles maisons, le beau mobilier, les beaux vêtements et particulièrement les belles femmes.

A présent, il avait les moyens de s'offrir tout cela et ne se privait pas le moins du monde.

Il savait pertinemment qu'il lui fallait profiter de la vie car dans ce milieu, personne ne faisait jamais de vieux os. Il était avant tout un homme d'affaire, mais la force d'un homme comme lui était de voir plus loin, de deviner les besoins futurs, de précéder la demande. Il lui fallait être visionnaire.

Son cadet, en revanche, ne l'était pas. Il avait la fâcheuse tendance à ne pas regarder plus loin que le bout de son nez. Angel, par contre, voyait les tenants et les aboutissants de cette alliance avec les Velázquez et n'était pas près de laisser cette chance lui échapper.

Enfoui confortablement dans l'imposant fauteuil de bureau en cuir noir brillant, Angel se redressa légèrement et posa ses coudes sur des documents qui traînaient sur son secrétaire :

- Je ne comprends pas quel est le problème. Je l'ai, personnellement, trouvée très séduisante.
- Je ne dis pas le contraire, concéda son jeune frère, Uriel. C'est juste que oui, elle est bien, elle est même super bien, mais je voulais juste me la taper, pas me marier avec elle.

Une sonnerie mélodieuse les coupa. Angel pressa deux boutons qui enclenchèrent le haut-parleur et une voix enjouée l'avertit que son rendez-vous était bien arrivé. L'Espagnol remercia sa charmante secrétaire et clôtura poliment la conversation.

L'aîné se dressa, passa méthodiquement sa grande main sur les plis de son costume hors de prix qui disparurent comme par miracle, contourna l'imposant bureau laqué et s'approcha de son cadet en lui faisant signe de se lever.

Uriel s'exécuta tandis qu'Angel lui expliquait d'une voix calme et décidée :

- Cette alliance avec les Velázquez est très importante pour moi. Je ne peux rien te dire pour le moment, mais fais ce que je te dis, c'est dans notre intérêt.

Le cadet acquiesça sans conviction et suivit son frère jusqu'à la sortie tandis que celui-ci lui conseillait sur un ton autoritaire :

- Tu devrais mettre un costume.

Le jeune Espagnol jeta un coup d'œil à son jeans et à ses baskets de marque, voulut débattre puis renonça. Il quitta le bureau en croisant une dernière fois le regard de son frère dont il ignorait encore les plans.

Dans le couloir, Uriel eut un mauvais pressentiment en croisant une trentenaire à la peau sombre et à la crinière de feu, dont le visage était marqué par une profonde entaille, accompagnée de trois gardes du corps semblables à des monstres massifs et bestiaux. Il savait pertinemment qui elle était. Elle était le rendez-vous que son aîné attendait.

Elle était Rita, chef d'un des clans les plus dangereux et les plus respectés.

***

L'ambiance morose, qui régnait précédemment dans le véhicule, semblait avoir suivi le couple à domicile. Ricardo avait proposé à Marie de passer la nuit dans son appartement. Elle avait accepté sur-le-champ ; elle, qui ne demandait qu'à être libérée de la famille du séduisant jeune homme.

Elle avait refusé de renoncer à son petit chez elle prétextant qu'elle ne voulait pas amener Gus vivre avec eux chez Romero et Vera. Ricardo avait bien compris qu'elle désirait garder une porte de sortie, au cas où les choses tourneraient mal dans son clan. Cela ne l'avait pas gêné.

Au contraire, avec le temps, son désir de commencer une toute autre vie s'était fait plus pressant.

"Tu veux que je te prépare quelque chose à manger ? Je ne peux pas te promettre que ce sera comestible, mais je peux essayer" lui proposa Marie, attentionnée.

Le Vénézuélien s'approcha de la brune et l'embrassa tendrement.
- Ca ira, c'est gentil, déclina-t-il.
- Tu es sûr que tout va bien ? chercha-t-elle à savoir, inquiète.
- Oui, dure journée, c'est tout.
- Estella ? devina-t-elle.
- Estella, Vera, Rom, ... Cette famille est incapable de voir que j'essaie de la protéger.
   Marie posa une main pour son épaule et il ajouta :
- Ils savent que quelque chose se prépare me concernant et ils ne tarderont pas à comprendre que je veux les abandonner.

-   Tu ne vas pas les abandonner, tu vas commencer une nouvelle vie avec moi et tu seras toujours là pour eux. Ce sera simplement un peu différent.

Son visage s'était mêlé dans un mélange d'amertume et d'amusement.

-   Tu commences à les connaître... Réfléchis... Tu penses vraiment qu'ils vont continuer à me voir ?

Il laissa un instant de réflexion à la jolie brune puis répondit à sa propre question, d'un air désespéré :

-   Tu le sais tout comme moi, si je quitte cette famille, ce sera définitivement.

Marie chercha quelque chose de rassurant à lui dire, mais rien ne semblait lui venir à l'esprit.

-   Je vais prendre une douche, l'informa-t-il en déposant un baiser dans ses cheveux.

Ricardo augmenta légèrement la température de l'eau. Après quelques ajustements, il trouva la température parfaite et resta immobile un moment dans la cabine, à profiter du ruissellement de l'eau sur sa peau. Il se vida la tête, refusant de penser une seconde de plus à son clan qui lui causait tant de soucis. Il se concentra sur le bruit du liquide qui éclaboussait son corps parfait avec rage.

Cette douce harmonie fut soudain perturbée lorsqu'il réalisa que Marie le contemplait. Elle devait être présente dans la pièce depuis un certain temps à l'observer sans qu'il ne s'en soit aperçu. Lentement, elle déchaussa ses talons hauts satinés et laissa ses vêtements glisser sur le sol.

La sublime brunette pénétra dans la cabine de verre, nue et brûlante de désir.

Elle colla son bassin contre celui de l'irrésistible Vénézuélien, leurs formes se complétant parfaitement. Elle passa ses mains dans sa chevelure humide de son compagnon. Le jeune homme se pressa davantage contre le corps voluptueux de son aimée, parcourant de baisers doux et chauds son cou fin.

318

Sans en être consciente, les mains de la Bruxelloise caressèrent les abdos dessinés de l'Apollon qui gémit de plaisir.

Soudain, le séduisant latino agrippa la jeune femme par les fesses et la souleva avec une facilité déconcertante avant de la plaquer contre le mur de carrelages froids.

Exaltés comme jamais, leurs corps en ébullition, les lèvres de Rico trouvèrent celles de son aimée dans un baiser passionné qui les laissa hors d'haleine.

Ses longs doigts fins accrochés dans la chevelure châtain du latino, Marie lui murmura, dans un souffle : "Prends-moi".

La dominant désormais entièrement, il la pénétra avec une lenteur exquise, lui arrachant un long et puissant gémissement. Le souffle court, il accéléra progressivement ses va-et-vient. Marie, dont le corps se tordait tout entier de plaisir, échangea un long baiser avec son partenaire, baiser qui ne fut perturbé que par les cris de plaisir que lui provoquaient les butées du Vénézuélien avant de la submerger définitivement dans une explosion de sensations.

Chapitre numéro vingt-neuf :

La sorcière de Caracas.

Le réveil avait été difficile. La nuit aussi. Ricardo avait à peine fermé l'œil, son esprit avait refusé de le laisser se reposer.

Chaque année, à cette date, son passé revenait le hanter. Un passé connu, avec lequel il avait appris à vivre et un passé dont il n'avait aucun souvenir.

Ses parents, leur assassinat. Il ne se souvenait de rien. A l'époque, il n'avait que quelques mois lorsque ces terribles évènements s'étaient déroulés.

Son enfance, il n'en restait que des bribes. Gina et Gaspar. Vargas aussi. Nés presqu'à la même date que Romero, ils n'avaient que quelques jours de différence et avaient grandi ensemble.

Le nord du Venezuela puis le Mexique avant de changer de continent. L'Europe, il était déjà plus âgé. Il se souvenait parfaitement de l'Espagne et de la France. Maintenant, c'était la Belgique. Il avait atterri bien loin de la capitale vénézuélienne.

Il se souvenait que ses aînés lui disaient qu'ils étaient en danger, qu'il leur fallait fuir, échapper aux Garcia. Evoquer le passé ou certains sujets tabous tels que les circonstances de l'assassinat de ses parents étaient interdits au sein de la famille.

Plus tard, il y avait eu le mari de Gina, le père d'Estella. La naissance de celle-ci. Avec le temps, tout était devenu de plus en plus flou et personne ne souhaitait éclaircir cette période de la vie du clan.

Personne sauf Rico…

« Je ne suis pas certaine que ce soit une bonne idée » se plaignit Marie auprès de son compagnon, tous deux campant sur le palier de la demeure Velázquez.

- Je sais que tu voudrais rester avec moi, mais j'ai une affaire urgente à régler avec Vera, et Rom aide Hector toute la journée.
- Quel genre d'affaire ? enquêta-t-elle.
- Le genre dont s'occupe la famille et dont tu n'as pas besoin d'être au courant, décréta-t-il plus sèchement que ce qu'il aurait voulu.
- Je ne risque rien, grogna-t-elle.
- Je ne veux pas que tu restes seule, pas pour le moment. Tout le monde semble persuadé que les Sanchez sont sans danger, mais je ne suis pas convaincu, tenta-t-il de la convaincre, sincèrement inquiet.

Marie pouffa et s'exclama :

- Je ne suis pas certaine d'être plus en sécurité avec ta sœur.

Le visage dans ses mains, Ricardo cherchait une autre solution. Il savait que la Bruxelloise aurait pu aider sa nièce et Romero, mais il espérait que celui-ci profiterait de l'opportunité pour mettre les choses au clair avec celle-ci.

- Ca ira, le rassura Marie, un sourire radieux sur le visage, le sortant de sa réflexion.
- Tu es sûre ? s'assura-t-il, étonné par son changement radical d'attitude.
- Oui, ta sœur et moi sommes parties du mauvais pied. Ce n'est pas plus mal qu'on apprenne à se connaître davantage et qui sait, on pourrait finir par s'entendre, mentit-elle, désirant enlever ce stress à son compagnon. Et puis, tu ne pars pas longtemps, pas vrai ?

-   Je ferai au plus vite, lui répondit le séduisant
    Vénézuélien en l'embrassant tendrement avant de
    pénétrer dans la maisonnée.

Une fois à l'intérieur, le couple inspecta les pièces
principales sans rencontrer personne.
« Gina ? Vargas ? Gaspar ? » les appela en vain le cadet de la
famille lorsque Marie l'interpella après avoir repéré, de la
fenêtre de la cuisine, la présence de Gaspar affalé sur le banc de
la cour.
    « Je t'attends ici » l'informa la sublime Brune en
s'installant dans le confortable divan du salon. Avant d'aller
rejoindre son frère, Ricardo s'approcha de la jeune femme et lui
baisa le front en lui murmurant, conscient des efforts fournis
depuis plusieurs jours par sa compagne : « Gracias mi amor ».

***

    « Il est un peu tôt pour commencer à boire, tu ne crois
pas ? » le questionna une voix, à la fois, grave et mélodieuse,
dans son dos.
    Gaspar leva ses petits yeux vitreux et malgré les rayons
du soleil, parvint à distinguer son frère cadet qui le surplombait
désormais de toute sa hauteur. Il soupira exagérément et se
contenta de ne pas lui répondre, trop fier.
-   Où est passé tout le monde ? enquêta Ricardo, désirant
    établir un contact avec l'ivrogne.
-   Estella est chez Loret…ta et Rom…ero joue les
    déména…geurs avec Hector. Quant à Gina, ma sœur
    adooooorée, je ne sais pas… pas où elle est et crois-
    moooi, je ne préfère pas savoir, articula difficilement
    l'ivrogne.
-   Tu ne devrais pas boire autant, lui conseilla le cadet,
    visiblement déçu par les propos mesquins de son frère.
-   Je ne… je ne suis peut-être plus… plus le chef de cette
    famille…

- Tu es toujours le chef de notre clan, le coupa Ricardo, tranchant.
- Nous savons tous les deux… et tous les autres aussi… que c'est faux, mais je suis encore ! Encore mon propre chef et j'ai le droit ! J'ai le droit de boire… ce que je veux et quand je… quand je le veux. Surtout aujourd'hui…
- Ca ne la ramènera pas, tu sais, lui rétorqua Ricardo, bienveillant et protecteur. Elle n'aurait pas voulu que tu te mettes dans cet état.
- Tu n'en sais rien ! Tu ne l'as pas connue ! s'emporta l'aîné, avec violence, accompagnant ses mots d'une pluie de postillons.
- Aïe ! plaisanta Rico, tentant de dissiper l'atmosphère pesante et malsaine qui accompagnait constamment son frère, depuis plusieurs mois, tel un spectre maléfique dont il ne pouvait échapper à l'emprise.

***

Marie savait qu'il s'agissait de la sorcière de Caracas avant même qu'elle ne passe la porte. Elle l'avait reconnue au son de ses talons hauts dans l'allée pavée. Gina avait une manière si particulière, si sûre d'elle de claquer ses talons contre le sol que ce bruit était reconnaissable entre mille.

La sorcière de Caracas était le surnom que Marie lui donnait lorsqu'elle expliquait à ses meilleures amies quel monstre vénéneux était la sœur de son compagnon, héritier d'une chaîne de magasins d'aspirateurs depuis plusieurs générations.

Lorsque Gina entra dans le salon, Marie ne fut pas étonnée de remarquer la présence de Vargas à ses côtés, ce gars-là la suivait tout le temps partout. La sorcière échangea quelques mots en espagnol avec son ami qui, les bras chargés de sacs, se dirigea vers l'étage, les laissant seules dans le salon principal.

- Bonjour, toi, la salua Gina tandis qu'un immense sourire étirait son visage.
- Bonjour, moi, lui répondit Marie, alors que la superbe créature se dévêtait de son manteau, le posant avec soin sur un des fauteuils libres.
- Je te demanderais bien ce que tu fais ici, mais je le sais déjà, lui lança-t-elle piquante. Tu accompagnes mon frère.

Marie sourit et décida de ne pas répondre à cette attaque avant de l'informer d'un ton avenant :

- Rico voulait être avec sa famille. Aujourd'hui est un jour particulier pour lui.
- Et toi, tu te contentes... de le suivre partout ? Evidemment, se moqua la vipère vénézuélienne. Tu veux un café, un thé, un verre d'eau ? proposa-t-elle en entrant dans la cuisine.
- Non, merci, déclina poliment la Bruxelloise qui décida de ne pas rentrer dans son jeu de provocation.
- Comme tu voudras, lui rétorqua Gina en se penchant discrètement vers la fenêtre, apercevant Rico et Gaspar qui discutaient ensemble à l'extérieur.
- Et toi, ça va ? Tu tiens le coup ? se risqua à lui demander Marie.

Gina se figea un instant, plongea son regard perçant dans celui de la Belge qui semblait désormais jouer un tout autre jeu et enquêta, méfiante :

- Tu veux vraiment que je croie que tu t'inquiètes pour moi ? A quoi joues-tu ?
- J'essaie seulement d'être gentille, d'enterrer la hache de guerre que tu as voulu me planter dans le dos... pour Rico.

La Latina rit joyeusement avant de se défendre :

- Tu es encore avec cette histoire... Tu n'as aucune preuve que je sois de près ou de loin liée à ton agression.
- Je le sais, et pourtant j'aimerais croire que nous pouvons arriver à nous entendre dans l'intérêt de ton frère.

- Et bien, figure-toi que je me porte à merveille, chantonna Gina dont les mouvements étaient ceux d'un prédateur sur son terrain de chasse.
- Gaspar me semble plutôt retourné, constata Marie.
- Ah Gaspar… Gaspar… Il est tout retourné par l'anniversaire de la mort d'une mère, une mort qui date de plus de vingt ans, un rien le retourne, rétorqua froidement la sœur de son compagnon. C'est plutôt une excuse pour boire, ne pas avoir à prendre soin de sa famille et raconter à tout le monde des histoires sans queue ni tête, décréta-t-elle en jetant à nouveau un coup d'œil vers ses frères, toujours en grande discussion.
- Rico me semble également très affecté par cette date, la reprit la Brune qui l'observait de loin, comme on espionnerait un animal sauvage.
  Gina étouffa un rire sincère et éclaira la jeune femme :
- Rico pleure une idée, une image de la mère parfaite.
- Une image ? chercha-t-elle à comprendre.
- Quand mes parents ont été assassinés, mon frère n'était qu'un nourrisson. Il ne les a pas connus. Il sait seulement ce que Gaspar et moi lui en avons dit. Il n'a aucun souvenir, juste une vieille photo abîmée. Son deuil est dans sa tête.
- Il lui a manqué une mère, ce n'est pas rien.
- Il n'a jamais manqué de quoi que ce soit, se vexa la Vénézuélienne, crois-moi, je m'en suis assurée.
- On n'a pas besoin d'une mère, déclara Marie, pour elle.
  La Latina l'observa un moment avant d'aborder un sujet qu'elle devina sensible.
- Tes parents… Tu as encore des contacts avec eux ?
- Non, reprit sèchement la Belge qui ne souhaitait pas s'étendre là-dessus.
- Ah, la famille, soupira Gina avec un sourire moqueur.
- La famille, c'est celle qu'on choisit.
- Non, ma chérie, la famille, c'est simplement les gens qui sont là pour nous quand on en a besoin. La famille est

326

composée des seules personnes qui t'aident quand tu es dans la merde. La famille, ça ne se choisit pas, ça se mérite.

- Là-dessus, on est d'accord, ajouta Marie, surprise de trouver un point commun entre elle et la sublime réincarnation du diable qui se tenait face à elle.
- En effet, confirma Gina, également très surprise. Qui l'aurait cru…

**

Le chef de la famille Velázquez gloussa bruyamment avant de laisser une grande quantité d'alcool se répandre dans son gosier, puis se tourna vers son frère :

- Gina est… là. Tu devrais aller… t'assurer que ta copine est tou… toujours en vie.
- Tu exagères, lui reprocha le cadet.
- J'exa…gère, se moqua l'aîné en feignant l'étonnement. Tu crois la connaître, mais… mais tu ignores de quoi… de quoi elle est capable.
- Je sais qu'elle est prête à tout pour protéger les siens, sa famille. Elle ne reculerait devant rien pour nous défendre, toi et moi. Personnellement, je considère ça comme une qualité.
- Oui, elle est prête… à tout, mais pas uniquement pour nous… pour nous protéger, mais aussi pour protéger… ses secrets.
- Ses secrets, mais de quoi parles-tu ? le sonda Ricardo, agacé par le comportement de son aîné.
- Je sais que tu es… malin, tu es comme… elle. Moi, je ressemble tellement… tellement plus à papa. Comment crois-tu que nous avons survécu… hein… après la mort de nos parents ? Comment imagines-tu que nous… que nous nous en sommes sortis, deux adolescents… avec un bébé ?
- Il y avait Vargas avec vous.

Gaspar hurla de rire.

- Tu crois vraiment... que c'est comme ça que les... que les Velázquez s'en sont sortis ? Grâce à... Vargas ?

Ricardo eut un mouvement de recul et son aîné le dévisagea, un sourire mesquin étirant son visage fin.

- N'aie pas peur, je ne... te dirai pas un mot... de plus. Je t'ai toujours... considéré comme... un membre de la famille, comme mon petit frère... et je ne veux pas qu'elle... qu'elle s'en prenne à toi.

Soudain, Rico se crispa et lui vola la bouteille des mains en le réprimandant, furieux :

- Tu dérailles complètement ! Tu devrais arrêter de boire, ça te fait perdre la tête !

Le cadet rentra comme une furie dans la maison et fit irruption dans le salon, faisant sursauter Marie avant de s'adresser à sa sœur :

- Gaspar n'a plus droit à une seule goutte d'alcool, ça le fait complètement délirer !
- Que t'a-t-il dit ?! le sollicita Gina, tendue.
- Rien, des bêtises, lui répondit le jeune homme, soudainement méfiant.

Un klaxon se fit entendre et Rico informa sa sœur :

- Je dois me charger de faire la tournée avec Vera. Marie va m'attendre ici. Sois gentille avec elle.
- Comme toujours, minauda l'aînée en riant.
- Je ne plaisante pas, la reprit son frère, froid et distant. S'il lui manque un cheveu, je t'en tiendrai responsable.

Il perçut une lueur de mécontentement dans le regard félin de sa sœur qu'il ignora. Il alla ensuite embrasser son aimée et rejoignit d'un pas rapide Vera qui l'attendait au volant de sa vieille berline dont le moteur vrombissant traduisait l'impatience naissante du conducteur qui détestait devoir attendre.

Ricardo monta immédiatement dans le véhicule qui démarra en trombe tandis que le chauve lui demandait :

- Ca va ? Qu'est-ce qui t'a pris autant de temps ?
- Rien, t'inquiète… Au fait, tu te souviens de la famille Guerrero qu'on a aidée à faire venir en Belgique, il y a quelques années ? l'interrogea le cadet.

Le chauve frotta son crâne luisant comme si cela allait l'aider à se souvenir et après un moment, sembla se remémorer cette famille :

- Ce n'est pas ceux dont la grand-mère avait connu tes parents ?
- Oui, c'est bien ça, confirma le séduisant Vénézuélien. Je voudrais que tu les retrouves pour moi.
- Pourquoi ne demandes-tu pas simplement à ta sœur ?
- Parce que je ne veux pas qu'elle soit au courant, lui confia son ami, mystérieux. Je peux compter sur toi pour t'en occuper… discrètement ?
- C'est comme si c'était fait, mano', lui confirma Vera en pressant davantage la pédale d'accélérateur.

Chapitre numéro trente :

L'amour, c'est fait pour les idiotes.

« Bonjour, les filles ! » s'exclama Hector, enjoué. Il avança vers les deux jeunes femmes, flanqua un baiser sur les lèvres fines de sa future épouse, Loretta, et salua Estella d'un baiser tout aussi brutal sur la joue avant de foncer vers l'évier de la cuisine afin de débarbouiller son visage dégoulinant de sueur.

"Pas de baisers avant demain" lui reprocha la cadette des Velázquez, contrariée et pourtant amusée par ce non-respect des règles familiales.

Après avoir tendu les perles qu'elle tenait dans les mains à son amie, Loretta s'empressa de suivre son futur époux afin de lui proposer un des plats qu'elle avait stocké dans le frigidaire.

A présent seule dans le living, Estella s'avança vers le petit miroir ovale fixé au mur à quelques mètres d'elle et porta les perles à son cou.

- Tu ferais mieux de ne pas les perdre, l'avertit une voix grave et imposante derrière elle.

Soudain, le miroir révéla l'identité de l'orateur : Romero.

- Ta mère ne reculera devant rien pour t'abattre si tu perds ce collier, continua-t-il en saisissant le bijou des mains de la jeune femme avant d'attacher celui-ci autour de son cou avec une précision et une délicatesse toutes particulières.

Estella fit volte-face, arborant fièrement les perles et le questionna, peu sûre d'elle :

- Comment suis-je ?
- Ca va.
- Ca va ? s'étonna-t-elle avant de continuer, tu vas vraiment m'en vouloir et refuser d'avoir une vraie discussion avec moi jusqu'à mes quatre-vingts ans ?
- Je ne t'en veux pas et nous avons discuté. Nous ne faisons plus que ça ces derniers temps. Discuter encore et toujours avant d'en arriver, à chaque fois, à la même conclusion...
- Que tu ne m'aimes pas et que tu refuses de me parrainer.
- Tu ne peux pas devenir un membre actif. Regarde-moi, j'en suis un et ça m'a changé à jamais. Je ne veux pas ça pour toi.
- Tu vois que tu tiens à moi.
- Je tiens à toi comme à beaucoup de gens dans cette famille, la reprit-il, sérieux, ça ne veut pas dire que je t'aime.

Elle ravala un sanglot et le visage sévère de son ami se ferma davantage avant de continuer, excédé :

- Tu me fais rire... Au final, tu n'es qu'une gamine. Tu crois être amoureuse de moi et comme je ne suis pas intéressé, tu veux devenir un membre actif juste parce que tu sais que je serai contre. Tu crois que notre baiser avait une quelconque signification ? se moqua-t-il, railleur. Tu sais avec combien de femmes j'ai couché ? Tu crois vraiment que j'aimais chacune d'entre elles ? Je suis un mec, Stella. Je baise tout ce qui me semble baisable parce que je suis comme ça. Et pour ton information, je ne suis jamais tombé amoureux... de personne, insista-t-il. L'amour, c'est fait pour les idiotes comme toi qui croient encore au prince charmant.

332

La jeune femme ne prit pas la peine de répondre et voulut caresser le visage crispé de l'homme qu'elle aimait si profondément, mais celui-ci l'en empêcha en saisissant sa main au vol.

- Je ne peux plus te toucher maintenant ? lui demanda-t-elle, la voix brisée.
- As-tu écouté un seul mot de ce que je viens de te dire ? s'énerva-t-il, irrité.
- Ca ne change pas ce que je ressens, lui avoua la Latina.

Une larme coula le long de la joue de la Vénézuélienne qui s'approcha du jeune homme et lui déposa un baiser humide sur la tempe en lui murmurant à l'oreille :

- J'espère qu'un jour tu réaliseras à quel point il est difficile de t'aimer. Tu voudrais tout prendre et ne rien donner. Mais ce n'est pas ça l'amour, Rom.
- Et qu'est-ce que tu connais à l'amour ?
- Apparemment plus que toi, le provoqua-t-elle.
- Bon, tu as fini ?
- Regarde-moi dans les yeux et dis-moi que tu ne m'aimes pas.
- Stella, je suis de nouveau avec Taïs, lui avoua-t-il.
  Elle se figea, terrassée.
- Regarde-moi dans les yeux et dis-moi que tu ne m'aimes pas, dans ce cas, réitéra-t-elle sa requête, le cœur brisé.
- Quelle importance ça peut bien avoir ?! s'énerva-t-il. Je te dis que je suis avec Taïs. Tu sais ce que ça signifie… être avec quelqu'un ? Etre libre de l'embrasser, de caresser sa peau, de lui faire l'amour,… sans risquer de perdre tout ce à quoi tu tiens.

Les larmes de la jeune femme dessinaient désormais deux bandes de mascara noir sur ses joues.

- Dis-moi que tu ne m'aimes pas et je te laisserai tranquille, finit-elle par lui promettre.
- Je ne t'aime pas, lui rétorqua-t-il aussitôt, la rage au ventre, avant de se diriger vers la porte d'entrée.

333

- Rom ! l'interpella une dernière fois Estella. Je sais ce que cela fait d'être touchée par quelqu'un.
- De quoi parles-tu ? tenta-t-il de comprendre.
- Angel Sanchez.

Il prit un instant pour réaliser ce qu'elle venait de lui dire et alors qu'il serrait les poings dans le but de contrôler une terrible vague de rage qui se répandait en lui, il fondit sur la jeune femme si vite qu'elle crut qu'il allait la frapper.

Horrifiée, elle leva les yeux et croisa son regard empli d'une bestialité et d'un dégoût insurmontables. Très calmement cette fois, il s'approcha davantage de la jeune femme et lui murmura à l'oreille :

- Bravo, tu es finalement devenue comme ta mère.
  Elle le gifla violemment avant de constater :
- Je sais que tu m'aimes… Mais à partir de ce jour, tu n'existes plus à mes yeux. Tu peux être avec Taïs ou qui d'autre te plaît. Je m'en moque. Tu es mort pour moi.
- Stella…, murmura-t-il malgré son arrogance.
- Tu m'as brisé le cœur et jamais je ne te le pardonnerai.

Suite à ces mots, Romero fit un pas en arrière. Son air furieux s'était transformé en déception. Le Vénézuélien s'immobilisa un instant en admirant la beauté délicate qui n'était et n'avait jamais été sienne, puis quitta nonchalamment la pièce en décrétant :

- Tu diras à Hector que je l'attends dans la voiture.

Quelques secondes plus tard, Hector réapparut dans le living suivi de près par Loretta, baisa le front de la cadette des Velázquez aussi brutalement que lors de son arrivée et fonça vers l'extérieur de l'habitation, se doutant que c'était là que son ami l'attendait.

A peine ce fut chose faite que Loretta, qui n'avait pas raté une miette de leur conversation, questionna son amie, impatiente :

- Alors comme ça, tu as eu une relation avec Angel Sanchez ? Et Rom, comment crois-tu qu'il va réagir ? Tu penses qu'il va laisser tomber Taïs et te faire la cour ?

Le visage éteint, Estella détacha les perles qu'elle arborait au cou, les rendit à son amie, enfila sa veste afin de rentrer, en avance, chez elle et informa sa confidente d'un air très sérieux :

- Je crois qu'il va assassiner Angel Sanchez.

Chapitre numéro trente et un :

La voilà, ta réponse.

« Comment cela était-il arrivé ? » se demanda la mariée.

Comment, en quelques mois à peine, était-elle devenue l'épouse d'un des membres principaux du clan Velázquez ? A cet instant, elle eut une pensée pour son père, décédé récemment, qui aurait été si fier d'elle, en ce jour.

« Ma fille est l'épouse d'un membre de la famille Velázquez » se serait-il vanté auprès de toutes ses connaissances, auprès de ses voisins aussi. Rien n'aurait pu le combler davantage... Sauf peut-être un petit-fils, futur membre du clan tout comme son père. Loretta sourit intérieurement.

Elle se tourna vers la piste de danse qui, décorée de rubans blancs et argent, de bougeoirs argentés et de couronnes de fleurs aux couleurs ocre était méconnaissable.
Julio et Hector avaient dépensé sans compter pour ce mariage.

« On ne se marie qu'une fois... enfin espérons-le et je compte sur toi, ma jolie, pour t'en assurer ! » lui avait lancé son beau-frère avec son humour habituel.

Loretta n'avait pas eu d'argent à investir dans la cérémonie ou même l'achat de sa robe. Hector avait tout pris en charge. En contrepartie, elle laissait Luciana s'installer dans la maison de son défunt père alors qu'elle emménageait avec son mari.

337

« Nous sommes une famille et dans une famille, on s'entraide. Toi, ma chérie, tu as tout compris et je suis certaine que tu seras une excellente épouse » l'avait complimentée Gina lors de la soirée de son enterrement de vie de jeune fille.

Gina avait été à la base de ce mariage. Elle était celle qui avait en premier lieu insinué cette idée dans l'esprit d'Hector qui, en bon séducteur, avait fait la cour à celle qui allait devenir sa femme.

La jeune mariée contempla son époux, vêtu d'un pantalon de costume noir et d'une chemise blanche trempée de sueur suite aux danses répétées qu'il offrait à toutes celles qui le réclamaient. Loretta n'était ni vexée, ni jalouse, c'était la tradition. C'était comme ça que les choses devaient se faire et c'était de cette façon dont elles se faisaient.

Le jeune marié croisa son regard et lui fit une grimace, lui arrachant un rire sincère. Elle était tout simplement heureuse. Ce jour marquait, pour elle, le début d'une nouvelle vie, la vie d'épouse d'un membre actif de la famille.

- Encore félicitations ! s'exclama Romero en posant une main sur l'épaule de la jeune femme.
- Merci encore pour l'aide lors du déménagement.
- Oh, arrête, ce n'était rien.
- Je suis tellement heureuse, lui confia-t-elle.
- Je suis content pour toi et pour lui, dit-il en observant Hector danser comme un imbécile avec la grand-mère de Luciana, âgée d'au moins quatre-vingt-cinq ans.
- Je suis triste qu'Estella ne soit pas venue, lui avoua-t-elle, peinée.
- Je n'en reviens pas qu'elle t'ait fait ça. Elle savait pourtant à quel point c'était important pour toi qu'elle soit présente, aujourd'hui.
- Honnêtement, ce n'est plus ce que c'était entre nous trois. Regarde Luciana, elle n'est plus qu'un fantôme depuis son agression.

Romero observa la jeune Vénézuélienne qui travaillait au bar. Quelques jours plus tôt, elle s'était proposée pour aider à faire le service. Il lui rétorqua, confiant :

- Laisse-lui un peu de temps, elle va s'en remettre. Elle est plus forte qu'on ne le croit.
- Tu ne devrais pas en vouloir à Estella pour ce qu'elle a fait.

Il se crispa, blessé par ce qu'il percevait comme un affront, comme si Estella était sa propriété et qu'elle avait commis un crime impardonnable.

- Tu lui as brisé le cœur et elle ne sait simplement pas comment sortir la tête de l'eau. Surtout que tu ne te gênes pas, de ton côté…, lui fit remarquer la jeune mariée en notant l'arrivée de Taïs.

Romero déposa un baiser amical dans la chevelure relevée de la ravissante mariée avant de clôturer la conversation : « Encore félicitations, ma belle. Tu fais une magnifique épouse. Hector a beaucoup de chance. ».

Le jeune homme alla ensuite accueillir sa partenaire.

Taïs, vêtue d'une robe courte dans les tons verts, avait attaché ses cheveux en un chignon travaillé et arborait de longue boucles d'oreilles dorées qui mettaient en valeur le hâle naturel de sa peau.

- La petite n'est pas avec toi, s'inquiéta soudain Romero.
- Je suis passée voir s'il restait, par hasard, quelqu'un chez Gina. Estella était présente et s'est proposée de garder Selena.
- Tu aurais dû me dire ce que tu avais en tête, lui reprocha-t-il.
- Pourquoi ? Estella s'est toujours très bien occupée de la gamine, se justifia sa compagne.
- Ce n'est pas ça le problème, maugréa-t-il.
- Ecoute, je lui ai expliqué que je voulais qu'on se retrouve un peu seuls tous les deux et elle a parfaitement compris.
- Vraiment ? s'étonna le Vénézuélien.

- Oui, ça n'avait pas l'air de la déranger du tout.
- Tu lui as laissé les médicaments à administrer ?
- Oui, je lui ai tout donné et en quantité suffisante alors essayons de nous détendre et de penser à nous, lui proposa-t-elle en l'entraînant vers la piste de danse au rythme de ses déhanchements évocateurs.

Pendant ce temps, à l'autre bout de la piste, alors que Ricardo et Marie dansaient l'un contre l'autre, elle lui demanda, inquiète, comment les évènements allaient évoluer et quand ils pourraient enfin laisser cette vie derrière eux. Rico leva les yeux et chercha du regard ses amis et ses proches. Il aperçut au loin le crâne brillant du chauve plongé dans la poitrine d'une demoiselle tandis qu'Hector offrait à ses invités une danse du ventre en effectuant de petits cercles autour de sa jeune épouse. La vision de Julio en train de vider le bar arracha un sourire au séduisant Vénézuélien, dont le regard dévia vers son frère aîné qui, seul dans son coin, semblait broyer du noir.

- Bientôt… nous quitterons tout ça, très bientôt, lui murmura son cavalier.

Marie soupira malgré elle et les yeux brillants, le sonda, abattue :

- Pourquoi pas dès maintenant ?
- Je dois régler quelque chose avant, lui confia-t-il alors que le slow prenait fin. Une fois que ce sera fait, nous partirons, lui promit-il, sûr de lui.
Elle lui sourit.
- Je suis là pour toi, lui avoua-t-elle, amoureuse.
- Je le sais, la rassura-t-il, aimant. Je le vois. Je t'aime tellement, lui chuchota Rico dans le creux de l'oreille avant de lui voler un baiser.

Elle prit son visage d'ange démoniaque dans ses mains et lui rendit son baiser, plus passionné et plus ardent que ceux qu'ils échangeaient d'ordinaire.

- Quoi que tu fasses, promets-moi d'être prudent, le supplia-t-elle, sincèrement inquiète.

340

- Comme toujours, la taquina-t-il en la soulevant dans les airs comme une enfant.

***

- Regarde-moi un peu ce cinéma, maugréa Gina, mauvaise, à l'attention de son éternel acolyte en regardant la scène mièvre qui se déroulait, sous ses yeux, entre son frère et cette étrangère qui bouleversait la famille à laquelle elle tenait tant. Je dois mettre un terme à tout ça avant que cela dégénère.
- Gaspar ? devina l'homme à la tresse.
- Pour lui, le moment est venu, décréta la plantureuse Vénézuélienne sans émotion.
- Rico t'a dit quelque chose ?
- Il n'a pas besoin. Il en sait déjà beaucoup trop. Je ne prendrai pas le risque que mon imbécile de frère lui en dise davantage sur son passé. Il ne doit jamais savoir la vérité, Vargas. Il ne nous pardonnerait jamais s'il savait que tout ceci, la famille, est bâtie sur un mensonge. Ca me tuerait.
- Ne dis pas ça ! Il n'apprendra jamais ce que nous avons fait, ni qui il est vraiment. Je t'en fais la promesse. Quand veux-tu que je m'en charge ?
- Aussi vite que possible, trancha l'aînée des Velázquez.
- C'est comme si c'était fait.
- Merci.
- Viendras-tu me voir cette nuit ? la questionna-t-il en resserrant sa prise sur ses hanches.
- Bien sûr, mon chéri, lui assura-t-elle. Maintenant laisse-moi, lui ordonna-t-elle en s'apercevant que Ricardo venait à sa rencontre.

Son cadet tenait dans ses mains deux coupes de champagne.

Une fois à son niveau, Gina saisit la plus remplie en le remerciant d'un léger mouvement de tête hautain.

- Tu as l'air de bien t'amuser, lui reprocha-t-elle, infecte.

Rico sourit, amer, et entra joyeusement dans le jeu de la provocation :

- Tu sais, Gaspar et moi avons beaucoup discuté et nous en sommes venus à la conclusion que tu étais le genre de personne qui obtient toujours ce qu'elle désire. Peu importe les moyens à employer.

Elle demeura muette, comme s'il parlait de quelqu'un d'autre.

- Il m'a dit que tu étais prête à tout pour protéger tes secrets, ajouta-t-il, soupçonneux. De quels secrets parlait-il ?
- Tu devrais lui poser la question, il semble en savoir plus que moi à ce sujet.
- Il a également fait allusion à certaines choses que tu aurais faites pour nous permettre de quitter Caracas. Tu veux m'expliquer ? la poussa-t-il dans ses retranchements.
- Il n'y a rien à dire ou à expliquer, lui répondit la Vénézuélienne. J'ai fait ce que j'avais à faire pour que nous survivions, afin que tu puisses être ici aujourd'hui, en vie, en bonne santé et prêt à prendre soin de ta famille.
- Tu n'as pas répondu à ma question, la coupa-t-il, accusateur.

Folle de rage, elle lui fit face, pointa son index vers le visage de son cadet et l'éclaira, crispée :

- Ai-je tué des gens ? Oui, c'est vrai. Ai-je volé pour que nous ne mourions pas de faim ? Oui, ça m'est arrivé. Ai-je sucé quelques vieilles queues pour que nous ayons un endroit où dormir ? Oui, plus d'une fois. Alors au lieu de venir avec tes reproches et tes grands airs de parfait gentleman, tu devrais être reconnaissant envers ta famille.
- Ne me remets pas la faute sur le dos, je n'ai rien demandé.

342

- Il ne s'agit pas de ce que tu as demandé ou non, mais de quel genre de personne je suis. Gaspar peut te dire ce qu'il veut. Il ne m'a jamais aidée en rien. Déjà à l'époque, il ne nous a attiré que des problèmes.

Pressant désormais avec force son index parfaitement manucuré contre la large épaule de son frère, elle enchaîna, acide :
- Heureusement pour vous deux, je ne suis pas du genre à abandonner ma famille. Je ne l'ai jamais été et je ne le serai jamais. Tu voulais savoir ce que j'ai fait pour que nous puissions quitter Caracas… Tout ce qui était nécessaire car j'ai le sens de la famille et que je suis loyale envers les miens, même s'il s'agit d'un frère ivrogne et d'un autre qui se montre ingrat envers la seule personne à avoir toujours été là pour lui.

Elle vida son verre d'une traite et clôtura leur conversation :
- La voilà, ta réponse. J'ai fait tout ce qui était nécessaire.

Gina s'éloigna, mortifiée, et tandis que la Vénézuélienne allait rejoindre son ami de longue date à la coiffe tressée, Vera s'approcha de Ricardo et le sonda, intrigué :
- Que t'a-t-elle dit ?
- Ce n'est pas ce qu'elle a dit qui a de l'importance, mais ce qu'elle a omis de dire. Elle me ment. Elle a quelque chose à cacher. Continue de chercher les Guerrero, le commanda le jeune homme, je tiens à savoir toute la vérité qu'elle tente désespérément de cacher.

***

Romero et Taïs se déhanchaient au rythme d'une musique latine envoûtante qui résonnait dans l'entrepôt, transformé en salle de réception pour l'occasion. Le jeune homme regardait sa partenaire se tortiller avec talent. Enfouis au cœur de la piste de danse, sa compagne profita de la fièvre qui avait pris possession des danseurs pour séduire son compagnon,

343

venant se placer contre lui. A présent dans son dos, Romero saisit les hanches généreuses de Taïs qui profita de cette position pour se plaquer à lui, plaçant sa croupe contre son sexe volumineux.

Rom, à la fois surpris et ravi de l'initiative, emprisonna sa cavalière de ses bras puissants et tout en continuant leur danse envoûtante, il commença à effectuer de petits mouvements de va-et-vient tantôt lents, tantôt plus rapides. Le corps de la jeune femme se tendit, espérant secrètement que celui qu'elle aimait la prenne sur-le-champ.

Au cours de leur danse endiablée, ils avaient migrés vers une partie plus sombre et moins agitée de la salle. Toujours portée par le rythme captivant de la chanson, Taïs fit volte-face et se lova contre Romero qui pouvait sentir les tétons durs de la jeune femme à travers sa robe tant elle était excitée.

Le Vénézuélien laissa une main glisser discrètement vers l'intérieur de ses cuisses humides de sueur. La robe courte qu'avait décidé de porter sa partenaire lui facilita la tâche et il atteint sans difficulté son but. Ses doigts experts atteignirent immédiatement la destination recherchée, écartèrent la barrière de satin humide qui se tenait sur son chemin et, arrachant un puissant gémissement à sa compagne, pénétrèrent son intimité profonde.

Il contempla un moment Taïs, qui se tordait de plaisir au rythme de ses mouvements experts et contre toute attente, ne ressentit rien.

D'ordinaire, il aurait éprouvé du plaisir de la voir à ce point soumise, d'imaginer leur future nuit torride, de la faire jouir au sein de la foule de danseurs, mais là, rien. Il ne ressentait rien.

Subissant toujours les assauts de son cavalier, Taïs, tentant de garder son plaisir secret, attira le visage dur et terriblement séduisant de celui avec qui elle partageait cette danse intime et l'embrassa avec passion.

Romero goûta ces lèvres qu'il avait embrassées tant de fois et leur trouva un goût fade. Elles n'étaient pas douces et chaudes comme celles d'Estella. La langue qu'il rencontra ne lui procura aucun frisson. Même cet entrejambe, qui lui avait, autrefois, apporté tant de réconfort, semblait avoir perdu toute emprise sur lui.

Il envisagea de se retirer mais ses bonnes manières l'empêchèrent de gâcher le plaisir de celle pour laquelle il éprouvait toujours une profonde affection.

Caressant simultanément son clitoris, le jeune homme accéléra ses mouvements mécaniques. Subjuguée par les sensations, Taïs jouit aussi discrètement que possible avant de recevoir un baiser de son amant.

Il la prit dans ses bras avec une tendresse particulière et lui chuchota au creux de l'oreille :

- Je suis désolé d'être comme je suis. Tu méritais quelqu'un de mieux.
- Rom…
- Tu m'as donnée une fille magnifique et je t'en serai toujours extrêmement reconnaissant, la remercia-t-il en l'embrassant avec affection avant de quitter la piste de danse pour sortir respirer de l'air frais.

Soudain, alors qu'il se libérait du groupe de danseurs, Romero remarqua, dans la foule, un visage qui ne lui était pas familier, à quelques mètres de lui. La chanson précédente se termina, laissant place à une autre, plus festive. Le jeune homme le dévisagea à son tour et soudain, alors que le son de la musique augmentait anormalement, le Vénézuélien comprit qu'il s'agissait d'une diversion afin d'attirer l'attention de la foule à un endroit précis. Son regard dévia sur sa gauche et rencontra celui d'un autre homme dont le visage lui semblait également inconnu.

Alors qu'il ne s'y attendait pas, un homme, dans son dos, le frappa brutalement, le faisant chuter et entreprit de le frapper violemment dans les côtes.

Romero accusa quelques coups, puis saisit avec force le pied de son agresseur, le faisant tomber à son tour. Se relevant d'un bond, le Vénézuélien dégaina l'arme qu'il portait à sa ceinture et mit en joue l'attaquant.

Il prit une seconde pour regarder son agresseur dans les yeux et appuya sur la détente. Le coup partit et Rom poussa un cri d'alerte qui résonna dans toute la salle tandis que la balle de 9mm traversait de part en part le crâne de l'assaillant.

"BORRACHA!".

Chapitre numéro trente-deux :

A toi de vouloir en faire partie.

Un coup de feu retentit dans l'entrepôt, aussi assourdissant que si la foudre était tombée.

Par réflexe, Marie ferma les yeux et protégea ses oreilles de ses mains tandis que d'autres coups de feu éclataient, accompagnés de hurlements horrifiés.

Figée, elle n'osait plus bouger et après quelques secondes qui lui semblèrent être des heures, elle parvint à ouvrir les paupières.

Sous ses yeux se déroulait un spectacle macabre.

Des coups de feu s'échangeaient entre plusieurs hommes de la famille et des inconnus armés. Non loin d'elle, plusieurs invités gisaient au sol, gravement blessés ou mortellement touchés. C'était difficile à évaluer tant il y avait de sang.

Marie, désemparée, chercha Rico dans la foule en panique.

« Va te mettre à l'abri, idiote ! » lui ordonna Vera en ouvrant le feu sur leurs assaillants, mais elle en était incapable.

La Bruxelloise avait l'impression que tout allait au ralenti et se sentait inapte à mettre un pas devant l'autre tant elle était déboussolée par les détonations assourdissantes et les plaintes rugissantes des invités paniqués.

Soudain, alors qu'elle continuait de chercher son aimé du regard, elle croisa celui de Julio. Derrière lui, se tenait un homme armé d'un long poignard aiguisé qui luisait telle une lame d'argent liquide.

« Julio ! Derrière toi ! » tenta de l'avertir la jeune femme dont la voix s'était déliée, mais l'assaillant le saisit par surprise et lui trancha la gorge.

Marie, épouvantée, poussa un cri qui sembla suspendre le temps tandis que le membre du clan Velázquez s'écrasait avec lenteur sur le sol.

Brusquement, une personne saisit la Bruxelloise avec fermeté au niveau des poignets, l'obligeant à se mettre à l'abri. Profondément traumatisée, Marie, qui n'avait pas la force de résister, leva les yeux vers son sauveur qui tentait de la mettre en sécurité et découvrit son identité : Gina Velázquez.

- Pourquoi ? lui demanda-t-elle, hors d'haleine.

Gina saisit le petit pistolet qu'elle portait au niveau de la cuisse et vérifia le nombre de balles présentes dans le chargeur avec un calme déroutant.

- Rico ne me pardonnerait pas si tu te prenais une balle. Mais sache que je suis prête à tout pour protéger ma famille, il ne tient qu'à toi de vouloir en faire partie.

La sœur de Ricardo baisa le front de la jeune femme toujours sous le choc qui ne se débattit pas, et lui murmura quelques mots en espagnol telle une prière mystique. Puis, armée, Gina se repositionna, attendant avec rage que quelqu'un vienne à sa rencontre.

***

Au même moment, chez les Velázquez, la fatigue commençait à gagner Estella qui tentait difficilement de terminer le chapitre qu'elle lisait à haute voix. L'enfant la fixait intensément, émerveillée, comme pour l'encourager dans sa narration.

Depuis sa naissance, Selena avait été traitée comme une princesse par les membres du clan Velázquez. Au début, Gina avait tenté de convaincre Rom d'épouser la mère de l'enfant, mais avait vite renoncé en comprenant que les jeunes parents ne feraient jamais un couple durable.

Lorsque le chapitre toucha à sa fin, la jeune femme rangea le livre pour enfants dans le sac que Taïs lui avait laissé et prit les médicaments à administrer. Quatre pots de gélules. Elle les installa les uns à côté des autres sur la table du salon, en saisit une dans chaque pot et alla chercher un verre d'eau dans la cuisine. Elle tenait les pilules dans sa main droite, trois opaques blanchâtres et une de couleur orange vif.

Etrangement, cette gélule colorée lui sembla familière. Elle la fit pivoter et lut le nom de la marque pharmaceutique en imprimé doré. Elle tenta de se remémorer où elle avait eu l'occasion d'en voir auparavant. En vain.

Pendant un instant, la jeune femme imagina quel avenir s'offrait à elle. Son mariage avec Uriel approchait à grands pas, l'unissant pour toujours à un homme qu'elle n'aimait pas. Heureusement, elle aurait des enfants, seule joie à laquelle elle aurait droit. Plusieurs enfants pour combler le vide qui allait remplir son cœur dès l'instant où elle deviendrait Madame Sanchez.

Estella pensa à Romero, qui devait être en train de faire la fête au Chicas en compagnie de Taïs. Elle se souvenait parfaitement du jour où elle avait fait la connaissance de cette femme. Rom l'avait rencontrée lors d'une soirée trop arrosée dans un des clubs de la capitale. Taïs avait eu le coup de foudre pour cet homme qu'elle considérait comme un dieu. Quelques temps après, Romero était venu avec sa nouvelle compagne à un repas de famille. Selon lui, ce n'était rien de sérieux, juste une connaissance avec qui il passait du bon temps, mais pour elle, c'était très différent. A l'époque, cette jeune femme était folle amoureuse de cet homme qu'elle continuait, encore aujourd'hui, d'idolâtrer et était déjà prête à tout pour le garder.

Après quelques semaines, Romero commença à se lasser comme il le faisait avec toutes ses conquêtes. Cependant, Taïs n'était pas prête à le laisser la quitter sans se battre. Elle avait tout tenté pour le récupérer et y était parvenue pour de courtes périodes.

Quand cela n'avait plus fonctionné, elle était miraculeusement tombée enceinte.

Evidemment, Selena était la fille de Rom. Aucun doute là-dessus, elle était son portrait tout craché. Mais il avait soudain été clair que Taïs ne prenait plus de contraceptifs comme son compagnon le croyait.

Depuis ce moment-là, Romero était pris au piège.

Dans l'obscurité, Estella ouvrit le robinet et fit couler un peu d'eau dans un verre vide. Elle se remémora les nombreuses disputes qu'elle avait eues avec Romero au sujet de la mère de l'enfant, mais également de celles qu'elle avait, elle-même, eues avec Taïs.

« Tu l'as piégé ! ».

« Crois-tu réellement que tu auras encore une emprise sur Rom lorsque Selena sera grande ou lui feras-tu un autre bébé dans le dos ?! ».

« Tu as de la chance que ta fille tombe toujours malade à des moments qui t'arrangent ».

Cette dernière dispute lui revint en mémoire. Elle lui avait reproché de se servir de l'état de santé critique de Selena pour continuer à passer du temps avec Romero.

Brusquement, la jeune femme se rappela où elle avait vu les gélules orange. Rapidement, elle saisit une petite trousse posée sur le micro-ondes et retourna avec le verre d'eau dans l'autre main près de l'enfant.

Estella s'installa sur le divan à côté de la petite fille aux yeux brillants et inspecta les informations renseignées sur les contenants médicamenteux. Tout semblait correspondre au traitement que devait suivre Selena hormis pour le quatrième récipient, ingrédient principal du traitement. La Vénézuélienne sortit de la trousse de sa mère un pot contenant les mêmes pilules orange aux écritures dorées que celles administrées à l'enfant et dut constater l'horrible vérité.

Taïs avait remplacé certains médicaments de sa fille par des vitamines.

Il fallut quelques instants à la Latina pour prendre pleinement conscience de ce qu'elle venait de découvrir puis saisit son téléphone portable afin d'avertir le père de l'enfant. Mais alors qu'elle s'apprêtait à composer le numéro, Estella entendit des pas dans l'allée. La jeune femme se pressa vers les interrupteurs et éteignit les lumières. Soudain, deux ombres passèrent le long de la fenêtre de la pièce dans laquelle Selena et elle se trouvaient. Sur-le-champ, elle prit la petite fille dans ses bras en lui faisant signe de se taire.

Sans bruit, elle contourna le salon et arriva directement à l'arrière de la maison.

Toutefois, alors qu'elle allait sortir de la demeure en passant par la cour, la jeune femme entendit des chuchotements, venant de l'extérieur, s'approcher dans sa direction.

A cet instant, elle comprit qu'il n'y avait pas d'issues possibles, elle était prise au piège.

Sans attendre, elle saisit le pistolet qui était dissimulé derrière le meuble du téléphone, resserra sa prise autour de l'enfant et se dirigea aussi vite que possible vers l'étage.

Dans un silence absolu, Estella s'enferma avec la petite fille dans la salle de bain et composa le numéro de téléphone de Romero tandis qu'un bruit sourd retentissait, indiquant à la Vénézuélienne que la porte arrière venait d'être enfoncée.

Les assaillants étaient désormais entrés dans la maison.

Chapitre numéro trente-trois :

Nous sommes les Velázquez.

- Combien de balles vous reste-t-il ? demanda Ricardo à ses compagnons.
- Trois, répondit le chauve, qui profita de la panique environnante pour sécuriser sa position.
- Moi, il m'en reste sept, l'informa Gaspar.
- Deux, enchaîna Romero, et toi ?
- Deux aussi, leur rétorqua Hector.
- Mierda ! s'emporta Rico.

Il jeta un coup d'œil à Loan pour connaître le nombre de munitions dont il disposait, mais celui-ci lui indiqua d'un signe de la main qu'il était à sec.

Rico regarda en direction des assaillants restants et réalisa qu'ils se replaçaient afin d'être avantagés non seulement par leur nombre, mais aussi tactiquement.

Rico jeta un coup d'œil rapide vers Marie, qui le dévisageait, épouvantée par le spectacle horrifique auquel elle assistait. Il réalisa qu'il s'agissait peut-être de la dernière fois qu'ils se voyaient et il fut envahi par la culpabilité. Il était responsable de son entrée dans son univers sanglant, contre lequel elle n'était nullement préparée.

Il était responsable de ce qui allait lui arriver et refusait d'abandonner sans se battre, pour elle du moins. Peu importait la force de frappe de leurs assaillants, il allait la protéger quoi qu'il advienne, même si cela devait lui coûter la vie.

- Loan et Hector, déployez-vous sur le flanc droit. Vera et Gaspar, vous prenez la gauche. Rom, tu viens avec moi.
- En position ! s'écria Vera tandis que le duo mené par Hector leur faisait signe qu'eux aussi étaient en place.

Rom, qui se trouvait avec le futur chef de famille, lui murmura :

- Nous sommes avec toi. Quelle que soit la fin…

Conforté par son ami, Ricardo s'écria viruleusement :

- Nous sommes les Velázquez et pour nous, la famille, c'est tout ce qui compte ! Ils croient pouvoir venir nous attaquer ! Ils pensent qu'ils peuvent tuer les membres de notre famille et s'en sortir ! Ont-ils tort ?!

Rico n'entendit aucune réponse de ses alliés qui le regardaient bouche-bée.

- Ont-ils tort ?! leur redemanda Rico dans un hurlement rageur.
- Oui ! s'exclamèrent ses comparses dans un cri.
- Ont-ils tort ?! se répéta le jeune Vénézuélien.
- Oui ! firent-ils dans une nouvelle proclamation.

Marie contempla, sans voix, ce qui était en train de se dérouler sous ses yeux puis échangea un regard avec Gina, qui semblait penser la même chose. Rico était, sans le savoir, en train de se proclamer chef de ce clan.

- Et pourquoi ont-ils tort ?! les interrogea Ricardo.
- Parce que nous sommes les Velázquez ! hurla Romero tandis qu'Hector et Vera se mettaient à pousser des cris qui furent suivis par les membres de leur groupe de défense, mais également par tous les invités qui s'étaient réfugiés le plus loin possible de la zone de combat.

Les bruits de la foule, mélange de cris, de hululements et d'applaudissements parvinrent aux agresseurs telle une invitation au combat et qui, malgré leur supériorité numérique, leur glaça les os.

Les Velázquez allaient leur en donner pour leur compte.

Ricardo fit signe à ses amis de se concentrer et les commanda :

- On y va dans... cinq... quatre... trois... deux... maintenant !

Mais alors qu'ils s'apprêtaient à charger, des coups de feu retentirent à l'extérieur du bâtiment isolé.

Les flics ? Impossible qu'ils soient arrivés aussi vite.

En moins de temps qu'il n'en faut pour le dire, leurs adversaires furent mis hors d'état de nuire. Le dernier, désarmé, fut plaqué au sol par une espèce de panthère noire aux crins d'or qui lui planta trois coups de couteau dans la poitrine en affichant un rictus horrifique.

- Tu connais Rita, je suppose ? le questionna une voix masculine depuis l'entrée.

Ricardo s'approcha, toujours arme au poing, lorsqu'il reconnut la silhouette d'Angel Sanchez qui le rejoignait en costume impeccablement repassé.

- Mais comment as-tu su que...
- Disons que j'ai des contacts, le coupa Angel.
- Tu ne devrais pas rester. Les flics ne vont pas tarder à débarquer.
- L'appel d'urgence envoyé par la centrale vient d'être dévié vers la mauvaise patrouille. Il faudra un certain temps pour qu'ils s'en rendent compte et qu'ils arrivent finalement à cette adresse.
- Comment peux-tu savoir ça ? l'interrogea Rico, perplexe.
- Tu serais surpris de ce qu'on est capable de savoir ou faire quand on a de l'argent et il s'avère que j'en possède énormément.

Rita se racla bruyamment la gorge et Rico lui serra la main, conscient de son impolitesse, avant de jeter un coup d'œil vers les membres encore en vie de sa famille. Quand son regard s'attarda sur Hector agenouillé à côté de la dépouille de son frère, il commença à réaliser l'ampleur des dégâts qu'avait causés cette attaque et remercia l'Espagnol, sincère et reconnaissant :

- Merci beaucoup.
- On peut dire que vous savez comment vous faire des amis, plaisanta le chef de la famille Sanchez pour qui tout ça ne semblait être qu'une vaste blague.
- J'ai une dette envers toi, lui rétorqua le cadet des Velázquez.
- Tu ne me dois rien, mais disons seulement qu'il serait temps que ce mariage ait lieu dans votre intérêt comme dans le nôtre.

Rico savait qu'il disait vrai.

Cette association leur apportait une fourniture d'armes de bonne qualité et intraçables ainsi qu'une solide alliance entre leur clan et celui de Rita. Les Velázquez n'avaient en aucun cas les moyens de refuser cette union. Ils échangèrent un regard. Rico ne répondit rien et se contenta de lui serrer la main en guise d'accord tacite.

Brusquement, Rita prit la parole :

- Une rumeur circule. Apparemment, les Borracha n'auraient osé mener cette attaque que parce que les Garcia auraient décidé de les soutenir dans leur vendetta contre vous.
- Nous ne parlons pas des Garcia au sein de notre famille et puis, il me semble que tu n'as visiblement plus l'âge de croire aux rumeurs, la taquina Gina, contente de retrouver une vieille connaissance.

Ricardo ne prêta pas plus attention que ça à ses dires, conscient que les Garcia étaient bien trop occupés à Caracas pour prendre le temps de régler un conflit datant de plus de 20 ans et s'empressa d'aller rejoindre Marie, profondément choquée par l'attaque qu'ils venaient de subir.

Il s'approcha de la Bruxelloise. Ils échangèrent un regard et soudain, tout devint clair pour le séduisant Vénézuélien.

Il était décidé.

Il allait quitter la famille tant qu'il en était encore temps, tant que ça lui était encore possible, tant qu'il était encore vivant pour le faire.

***

- Tu as de la chance qu'on soit en public, le menaça Romero.

L'Espagnol regarda autour de lui. Gina et Rita étaient allées aider les blessés, Ricardo se trouvait près d'une jeune femme au teint clair et Gaspar se recueillait ainsi que le jeune marié sur le corps sans vie du maître des lieux.

- Elle n'a visiblement pas su tenir sa langue sur le moment que j'ai partagé avec elle, conclut l'Espagnol en croisant le regard furibond du Vénézuélien aux affreuses brûlures.
- En effet, lui confirma Rom en serrant les dents, luttant férocement pour ne pas le frapper.
- Je comprends pourquoi elle te plaît, lui concéda Angel en se remémorant la peau délicate et les formes exquises de la cadette des Velázquez.
- Je ne suis pas avec elle, l'informa Romero, tentant de ne pas perdre son sang-froid.
- Vraiment ? Dans ce cas, explique-moi pourquoi elle murmure ton nom quand on la touche ?

Le Vénézuélien, dont les poings se serrèrent, ne répondit rien et l'Espagnol enchaîna :

- C'est bien ce que je pensais… Elle a des sentiments pour toi. Ne t'en fais pas, ses sentiments passeront d'ici peu. Et je vais te donner un conseil amical. Reste loin d'elle car Estella sera bientôt une Sanchez et les femmes infidèles finissent très mal dans notre famille, tout comme leurs courtisans.

Romero sentit son pouls s'accélérer sous la menace qui venait de lui être faite et rétorqua, le regard meurtrier :

- Tu ferais mieux de…

La sonnerie tonitruante aux consonances folkloriques de son téléphone portable retentit, le coupant dans son élan. Il le sortit en maugréant quelques mots en espagnol et s'aperçut qu'il s'agissait d'un appel d'Estella, qui avait précédemment tenté de le contacter à plusieurs reprises. Romero décrocha et activa le haut-parleur tandis que Gina et Rico s'approchaient pour avoir des nouvelles de la jeune femme.

- Stella, tout va bien ?
- Viens tout de suite, murmura une voix à peine audible.
- Je ne t'entends presque pas, parle plus fort, Stella.
- Viens tout de suite, Rom, pleurnicha son interlocutrice, fébrile.
- Je ne peux pas, nous venons de…
- Des hommes sont dans la maison, l'informa Estella dont la terreur était désormais parfaitement perceptible dans la voix.

Tout à coup, deux détonations retentirent et Romero perçut les pleurs étouffés d'un enfant juste avant que la communication ne se coupe.

En un regard, Gina leur ordonna de ramener Selena et sa fille en vie et ils quittèrent le bâtiment aussi vite que le vent, suivis de près par Vera et Hector, déjà prêts à faire payer les responsables de la mort de son frère, à qui les rescapés de l'attaque venaient faire leurs adieux.

***

Pendant ce temps, Marie, qui s'était installée sur une des rares chaises du Chicas à ne pas avoir été brisée pendant l'attaque, sentait les nausées la submerger puissamment. Son cœur battait encore la chamade dans sa poitrine et elle prenait de profondes inspirations pour rétablir son rythme cardiaque.

Après plusieurs minutes, elle chercha, tremblante, une cigarette dans son sac, posé sur ses genoux.

- S'il-te-plaît, lui proposa une voix imposante en lui tendant une cigarette et un briquet.

Elle saisit les deux objets, alluma la clope et rendit le briquet en levant les yeux vers son interlocuteur tandis qu'elle laissait une vague de fumée toxique se répandre dans ses poumons.

La Brunette découvrit un jeune homme de type latino. Il lui semblait être assez grand et arborait avec fierté une large carrure. Elle se concentra quelques instants sur ses courts cheveux châtains, coupés à la brosse, puis son regard s'attarda sur les deux billes perçantes aux reflets dorés qui lui servaient d'yeux.

Le regard de la jeune femme furent, malgré elle, attirés par la chemise blanche tachée de sang que portait l'inconnu et elle dut lutter contre une autre vague de nausées qu'elle parvint tant bien que mal à surmonter.

-   Qui t'es, toi ? le sonda Marie.
-   Loan Osante, l'informa-t-il.
-   Loan, c'est un nom de gonzesse, décréta la Bruxelloise entre ses dents alors que le jeune homme s'installait à côté d'elle.
-   C'est normal d'être sous le choc, tu sais, l'informa-t-il en remarquant le claquement frénétique des talons de la Belge sur le sol carrelé.
-   Qu'est-ce que tu fous ici ? Je ne t'ai jamais vu avant, articula-t-elle avec lenteur.
-   Je suis en phase de test. J'espère, d'ici peu, faire partie de la famille.

A l'écoute de ces mots, Marie ravala un sanglot. Tout ce qui venait de se produire lui semblait tellement irréaliste… et encore plus que ce jeune homme veuille prendre part à cette vie insensée. Elle ne put résister davantage et totalement dépassée par les évènements, elle fondit en larmes, n'ayant aucune idée de comment se sortir de cette situation cauchemardesque.

**

Au même moment, à l'autre bout de la grande salle principale du Chicas, Angel, remarquant le départ en catastrophe des membres principaux de la famille, s'approcha de Gina qui l'interrogea, suspicieuse :

- Comment savais-tu que nous étions attaqués ?
- Je garde toujours un œil sur mes associés, lui confessa l'Espagnol, mystérieux. Tu ne vas pas porter secours à ta charmante fille ?
- Ma charmante fille, le reprit la beauté vénéneuse, est une Velázquez. Elle sait parfaitement se défendre, tout comme sa mère.
- Elle est également aussi délicieuse, ajouta le chef de famille en déposant un baiser délicat sur l'épaule dénudée de la Vénézuélienne.

Par ce geste, Gina comprit que quelque chose s'était passé entre sa fille et lui, et l'Espagnol la provoqua en tentant d'interpréter sa réaction, sûr de lui et séducteur :

- Oh, on dirait que ça te brise le cœur que je préfère désormais la fille à la mère ?

Elle se colla contre lui, pressant sa poitrine généreuse contre son buste musclé et son pubis contre son sexe qu'elle sentit se raidir à ce contact. Ses lèvres, teintées d'une couleur rouge orangée, s'approchèrent des siennes, si proches qu'il lui sembla qu'elle allait l'embrasser. Elle n'en fit pourtant rien.

Soudain, avant de s'arracher à lui, Gina lui confessa dans un murmure chaud et enivrant :

- De quel cœur, parles-tu ? Le mien a cessé de battre il y a bien longtemps.

Remerciements :

Un grand merci à mon mari, Pierre, pour son soutien inconditionnel, ses conseils avisés et sa patience sans faille.

Je le remercie tout particulièrement pour son investissement dans mon projet de publication.

Merci à Lisianne qui corrige avec talent et toujours beaucoup d'humour mes histoires de mafieux.

Je tiens bien évidemment à remercier mes lecteurs qui donnent vie aux personnages de ma saga.

Une pensée particulière pour Jenn, Alexandra, Solenn, Sandrine, Francine, Virginie, Fati, Pascaline, Lorynna, Eric et tous les autres membres passionnés de ma communauté Facebook avec lesquels j'ai la chance d'échanger, au quotidien.

Merci à vous tous qui me soutenez et me poussez à me dépasser !

J'espère sincèrement que ce tome vous aura plu.

Si vous souhaitez me soutenir dans mon aventure d'autoédition, un des meilleurs moyens est de commenter les Velázquez, mais aussi de partager votre amour pour cette famille mafieuse autour de vous.

Merci d'avance.

La seconde et dernière partie de l'intégrale arrive très bientôt en version papier. Retrouvez dès maintenant tous les épisodes de la saga « Les Velázquez » en numérique.

Aspi Deth.

Sites et réseaux sociaux :

Pour plus d'informations sur « Les Velázquez », mon expérience d'autoédition ou mon actualité, n'hésitez pas à me suivre sur

Mon blog :
www.aspideth.com

Pour des informations au jour le jour concernant l'avancement de mes différents projets d'écriture, le tout dans une ambiance conviviale, n'hésitez pas à passer faire un tour sur ma page Facebook et mon compte Twitter.

Facebook :
www.facebook.com/AspiDeth

Twitter :
www.twitter.com/AspiDeth

Vous pouvez également me transmettre vos commentaires, remarques et/ou encouragements en me contactant via **email** à l'adresse suivante (je réponds à tous vos messages) :
aspideth@gmail.com